THE QUEEN OF CRIME
繁體中文版
20週年
紀念珍藏

赫丘勒的十二道任務

著——阿嘉莎・克莉絲蒂
譯——屠珍

The Labours of Hercules

通俗是一種功力

吳念真（導演、作家）

通俗是一種功力。絕對自覺的通俗更是一種絕對的功力。

這樣的話從我這種俗氣的人的嘴巴說出來，大概很多人要笑破褲底了。不過，笑完之後請容我稍稍申訴。這申訴說得或許會比較長一點，以及，通俗一點。

小時候身材很爛，各種遊戲競爭完全任人宰割，唯一隱遁逃避的方法是躲起來看書或聽大人瞎掰。那年頭窮鄉僻壤的小孩能看的書不多，小學二年級時最喜歡的是超大本的《文壇》，老師借的。看著看著，某天老師發現我的造句竟出現：「捧著：朝陽捧著一臉笑顏為群山剪綵」這樣亂七八糟的文字，就拒絕再讓我看那些超齡的東西了。

老師的書不給看，我開始抓大人的書看。一種是厚得跟磚塊一樣的日文書，對我來說那完全是天書，但插圖好看，經常有限制級的素描。另一種書是比較薄的，通常藏得很嚴密，只是裡面有太多專有名詞、重複的單字和毫無限制的標點，比如「啊啊啊」、「……！！！」

老讓我百思不解。有一天，充滿求知欲地詢問大人竟然換來一巴掌後，那種閱讀的機會和樂趣也隨著消失了。

所幸這些閱讀的失落感，很快從大人的龍門陣中重新得到養分。講到這裡，我似乎先得跟一個村中長輩游條春先生致敬，並願他在天之靈安息。

我所成長的礦區，幾乎全是為著黃金而從四面八方擁至的冒險型人物，每人幾乎都有一段異於常人的傳奇故事。這些故事當事人說來未必精采，但一透過游條春先生的嘴巴重現，有時連當事人都聽得忘我，甚至涕泗縱橫，彷彿聽的是別人的故事。

條春伯沒當過日本兵，可是他可以綜合一堆台籍日本兵的遭遇，一如連續劇般從入伍、受訓、逃亡荒島，面對同鄉同袍的死亡，並取下他們的骨骸寄望帶回故鄉，乃至骨骸過多搞不清哪是誰的等等，讓聽的人完全隨他的敘述或悲或笑，彷彿跟他一起打了一場太平洋戰爭。此外他也可以把新聞事件說得讓一個三、四年級的小孩，到現在仍記得當時腦中被觸動的畫面。例如當年瑠公圳分屍案的凶手做案之後帶著小孩到安東街吃麵（這讓我一直以為台北的安東街是條專門賣麵的街道），還有甘迺迪總統被暗殺、賈桂琳抱住她先生、安全人員跳上飛快的車子保護賈桂琳……當然，這記憶全來自條春伯的嘴巴而不是報紙。我的記憶全是畫面，有畫面，是因為條春伯說得精采，說得有如親臨他至死都還搞不清地理位置的達拉斯命案現場。

於是這小孩長大後無條件地相信：通俗是一種功力，絕對自覺的通俗更是一種絕對的功力。透過那樣自覺的通俗傳播，即使連大字都不識一個的人，都能得到和高階閱讀者一樣的感動、快樂、共鳴，和所謂的知識、文化自然順暢的接軌。也許就是因為這些活生生的例子，俗氣的自己始終相信：講理念容易講故事難，講人人皆懂、皆能入迷的故事更難，而能隨時把這樣的故事講個不停的人，絕對值得立碑立傳。

條春伯嚴格地說是有自覺的轉述者，至於創作者，我的心目中有兩個。一個是日本導演山田洋次，一個是推理小說家阿嘉莎．克莉絲蒂。

山田洋次創造了寅次郎這個集合所有男人優點跟缺點的角色，在以《男人真命苦》為名的系列下，總共完成百部左右的電影。它們的敘述風格、開頭、結尾的方法不變，唯一改變的是故事，是時代，是遍歷日本小鄉小鎮的場景。數十年來，看《男人真命苦》幾已成為日本人每年的一種儀式，一如新春的神社參拜。

數十年前訪問過山田導演，他說，當他發現電影已然有它被期待的性格時，電影已經不是導演自己的。他說：當所有人都感動於美人魚的歌聲時，你願意為了讓她擁有跟你一樣的腳，而讓她失去人間少有的嗓音嗎？

人間少有的嗓音與動人的歌聲，都來自山田導演絕對自覺的通俗創造。

再如阿嘉莎．克莉絲蒂，如果我們光拿出她說過的故事和聽過她故事的人口數字，就足以嚇死你。五十多年的寫作生涯，她總共寫出六十六本長篇推理小說，外加一百多篇短篇小說和劇本。其中有二十六本推理小說被改編，拍了四十多部電影和電視劇集。作品被翻譯成一百零三種文字的版本，銷量超過二十億本。

夠了。你還想知道什麼？知道二十億本的意義是什麼嗎？二十億本的意義是全世界平均三個人就有一個人讀過她的書，聽過她說的故事。

說來巧合，她和山田洋次一樣，創造出個性鮮明的固定主角（當然，前前後後她弄出來好幾個），然後由他（或是她）帶引我們走進一個犯罪現場，追尋真正的罪犯。

故事就這樣？沒錯，應該說這是通常的架構。那你要我看什麼？不急，真的不急，克莉絲蒂會慢慢冒出一堆足夠讓你疑惑、驚嚇、意外，甚至滿足你的想像力、考驗你的耐心和智商的事件來。

推理小說不都是這樣嗎？你說得沒錯，大部分是這樣，不一樣的是……對了，她像條春伯，像山田洋次，她真會說，而且她用文字說。

文字的敘述可以讓全世界幾代的人「聽」得過癮、「聽」個不停，除了聖經，也許就是克莉絲蒂。她不是神，但她真的夠神。

數十年前，台灣剛剛出現她的推理系列中譯本，那時是我結婚前，常有同齡的文藝青年來我租住的地方借宿，瞄到我在看克莉絲蒂，表情詭異地說：「啊？你在看三毛促銷的這個喔？」

我只記得他抓了一本進廁所，清晨四點多，他敲開我的房門說：「幹，我實在很討厭那個白羅……再拿一本來看看，我跟你說真的，要不是你的書，我真的很想把那個矮儸壓到馬桶吃屎！」

我知道他毀了，愛吃又假客氣，撐著尊嚴騙自己。克莉絲蒂再度優雅地撕破一個高貴的知識份子的假面具，她的手法簡單，那手法叫通俗，絕對自覺的通俗，無與倫比、無法招架的功力。

昔日的文藝青年如今跟我一樣，已然老去，但不時還會看到他寫一些充滿理念和使命感極重的文章，在報紙和雜誌上出現。我知道他要說什麼，只是常常疑惑他想跟誰說；同樣，我記得他說過什麼，但轉眼間忘記他說了什麼。但請原諒我，幾十年前那個晚上，他在我家看完的那兩本克莉絲蒂的小說內容，我可還記得清清楚楚。

也許有一天再遇到他的時候，我會問他之後是否還看過克莉絲蒂其他的書，如果沒有，我會跟他說，想讀要趁早，因為你會老、會來不及。至於白羅那個矮儸，大概永遠不會消失。哦，對了，還有一個叫瑪波，你說不定會來不及認識……

老派偵探之必要

冬陽（推理評論人，台灣推理作家協會理事長）

「讀者非常喜歡白羅這個人物，表示『那個開朗的小個子，過氣的比利時名偵探』。顯然白羅是這本小說受歡迎的一個原因，雖然白羅可能不贊同用『過氣』二字來形容他。」知名編輯兼作家經紀人約翰．柯倫（John Curran）在《阿嘉莎．克莉絲蒂的秘密筆記》一書如是說，文中提到的「這本小說」，正是克莉絲蒂初試啼聲、名偵探赫丘勒．白羅優雅登場的《史岱爾莊謀殺案》，一部於一個世紀前出版的偵探推理作品。

百年光陰的淬鍊顯然證明了白羅絕無過氣的疲態，連帶讓我聯想起電影《金牌特務》（*Kingsman*）上映後，大眾熱議西裝如何能帥氣俊挺歷久不衰——或許可以從這個切入角度，在這裡跟老書迷、新讀友探究這個蛋頭翹鬍子偵探（我沒有影射哪款洋芋片食品喔）的魅力所在。

且讓我們話說從頭。

「我敢打賭你寫不出好的推理小說。」一九一六年，阿嘉莎．米勒（克莉絲蒂婚前的舊姓）在媽媽的打字機上敲擊，打算回應姐姐梅姬這挑釁的話語。她努力嘗試，但故事寫得不好，於是改從身旁熟悉的事物著手——比方說毒藥。阿嘉莎在藥房工作過，曾在某個夜裡驚醒，匆匆回到調劑室重新配置，因為她不記得有沒有漏做一個重要步驟，否則病患就要去見閻王了——噢，這似乎是個謀殺好點子。

阿嘉莎還記得姨婆對她的叮嚀：要注意他人覬覦她珍藏的首飾，時時留意是不是有人偷偷拉長了耳朵聽她們的竊竊私語。小阿嘉莎不但執行得徹底，還把這個習慣寫進小說裡。同時她還注意到，因為世界大戰爆發，家鄉托基湧入許多比利時難民，不如讓一個逃難到英國的比利時退休警官擔任偵探？一定很有趣！

啊，偵探小說顧名思義，只要塑造出一個教人印象深刻的偵探，大概就成功一半。這個人物必須要有特色、有個性，甚至是怪癖，而且聰明又自負。好幾個名字浮現在她腦海裡：莫里斯．盧布朗（Maurice Leblanc）筆下的怪盜紳士亞森．羅蘋、卡斯頓．勒胡（Gaston Leroux）創造的新聞記者胡爾達必，當然還有那最最知名的夏洛克．福爾摩斯——連帶創造一個華生型的助手好了。該怎麼安排呢……

於是，一位偵探的樣貌漸漸成形：五呎四吋的小個兒，蛋型臉上蓄著保養得宜、梳理有型的鬍子，衣著一塵不染，漆皮鞋擦得錚亮。他有嚴重的潔癖，說話不時夾雜法語，喜歡成雙成對的東西，喜歡方的不喜歡圓的（雞蛋為什麼不是方的呢？），口頭禪是「動動灰色的腦細胞」。阿嘉莎心想，他應該要有個像福爾摩斯一樣響亮的名字，取名「赫丘勒斯」怎麼樣？希臘神話中的大力士。姓氏叫白羅，不過搭赫丘勒斯這個名字好像不配……改一下，赫丘勒．白羅好像不錯？就這麼定了吧！

白羅很聰明，懂得觀察入微沒錯，但這並不表示他就得是台獨尊腦袋、缺乏情感的冰冷思考機器，尤其要在人物關係錯綜複雜的莊園宅邸查案追凶，交際手腕得高明些才行。他不是在謀殺發生、屍體出現後才開始像頭獵犬四處嗅聞，而是憑藉旺盛的好奇心與強烈的同理心接觸各種人事物，進而探入被害者、犯罪者、各個看似無辜但多少都和事件沾上邊的關係者的心靈深處，佐以現今稱作鑑識、法醫等等科學鐵證（哎，證據人人知道，可是要怎麼跟真相合理地連結到一塊，這就是名偵探的功力啦），讓原本叫人束手無策的事件得以畫下完美句點。也因此，白羅偶爾能預測進而制止罪案的發生，甚至對殘酷但值得憐憫的罪行網開一面，這樣才合乎人性不是嗎？

婚後以阿嘉莎．克莉絲蒂為名，推出《史岱爾莊謀殺案》後深獲好評，相隔六年的《羅傑艾克洛命案》更是引發街談巷議，而克莉絲蒂全球暢銷前十大作品中，還包括《東方快車謀殺案》、《尼羅河謀殺案》、《ABC謀殺案》、《藍色列車之謎》、《底牌》、《五隻小豬之歌》，合計八部皆由白羅擔綱演出。讀者不只喜愛這個聰明角色，還臣服於平實流暢的文筆及相對顯得衝突的複雜劇情，冷酷的謀殺動機隱藏在細膩的人際關係裡，穿透看似單純、帶點童話氣息的表象後，端賴名偵探明察秋毫、撥亂反正。尤其讓一個比利時人在英國土地上辦案，是克莉絲蒂的小心思，因為「英國人總是不信任外國人，也不相信睿智」（語出英國偵探俱樂部主席馬丁・愛德華茲〔Martin Edwards〕），讀者同凶手一樣輕忽不設防，卻也得到了參與鬥智競賽的意外驚奇和美好滿足。

這樣的閱讀感受，我稱之為「老派偵探之必要」，因為它純粹簡約，經得起反覆咀嚼，猶如前述的西裝革履，在潮流更迭的時間長河裡維持恆久的優雅風範——呼應吳念真先生寫在「策畫者的話」中的一段文字，那不是惺惺作態的高傲睥睨，而是「絕對自覺的通俗，無與倫比、無法招架的功力」所致。

不信？往下讀去就知道。而且我敢打賭，你有很高的比例會將整個白羅系列嗑完，然後是瑪波小姐系列以及其他系列，當然也不可能錯過像名列暢銷首位的《一個都不留》這類獨立之作……

註　克莉絲蒂推理全集一至三十八冊為「神探白羅系列」，三十九至五十二冊為「神探瑪波系列」，五十三至八十冊包含鬼豔先生、湯米與陶品絲、雷斯上校、巴鬥主任等名探故事。

獻詞

阿嘉莎．克莉絲蒂是世界讀者最眾，也最廣受喜愛的女作家。

身為克莉絲蒂的孫兒，我相信奶奶會非常樂見這次出版，

因為她極以自己作品中的趣味與娛樂為豪。

歡迎所有喜歡本系列的台灣新讀者參與這場饗宴！

——馬修．培察（Mathew Prichard）

赫丘勒的十二道任務

目錄

前言

赫丘勒．白羅的住所是相當現代化的裝潢，閃耀著鍍鉻的金屬光澤。儘管幾張安樂椅上鋪著柔軟的坐墊，但外形看來仍舊十分方正呆板。

赫丘勒．白羅正坐在其中一張椅子上——不偏不倚地坐在椅子正中間。對面一張椅子上則坐著萬靈學院的院士伯頓博士，他正興味十足地細細品嘗著白羅敬他的「穆頓羅德」紅酒。伯頓博士一身邋遢，身材中廣，不修邊幅，在那頭亂蓬蓬的白髮底下是張紅潤、慈祥、面帶微笑的臉。他咯咯喘笑著，而且習慣性地把自己和周圍弄得滿是菸灰。儘管白羅已在他周圍放了好幾個菸灰缸，卻一點都派不上用場。

伯頓博士正在問一個問題。

「告訴我，」他說，「你為什麼叫赫丘勒？」

「你是指我的教名嗎？」

「這不能算是『教名』，」對方反駁道，「那根本就是個異教徒的名字。但為什麼取這名字？我就是很好奇。是出於你父親的一時奇想嗎？或是你母親靈機一動的怪念頭？還是有家族掌故？如果我沒記錯的話——雖然我的記憶力大不如前了——你有個兄弟叫阿基里斯[1]，對不對？」

這句話令白羅想起阿基里斯．白羅短暫的一生。他真的存在過嗎？

「那個名字只用了很短的一段時間。」他答道。

伯頓博士巧妙地把話題從阿基里斯．白羅身上移開。

「為孩子命名應當多加小心，」他沉思著說，「我也有好幾個教子教女。有一個叫布朗雪[2]，但她的膚色和吉普賽人一樣黑！還有一個叫迪德麗，「憂傷的迪德麗」[3]處境堪憐，現實生活中她卻生活美滿。另一個叫佩萱絲[4]，但她應改名為英佩萱絲[5]才名副其實！另外還有一個叫戴安娜[6]，嗯，戴安娜——」這個古典文學博士打了個冷顫。「她呀，現在體重有二百四十磅，而她的年紀不過才十五歲呢！人家說這只是青春期的發胖，我可不那麼想。戴安娜！他們原來是要給她取名海倫[7]，但我堅決反對，因為我知道她爸媽長得是什麼模樣！還有她奶奶那副德性！我盡量想給她取個較符合本人的名字，瑪莎或是朵卡絲什麼的，可是沒用，白費唇舌。真是一群怪人、怪父母……」

說著他開始喘氣，那張福態的臉都皺了起來。

白羅探詢地望著他。

「想像這樣一段對話吧。令堂和福爾摩斯的母親坐在一起，一邊織著、縫著小孩的衣服，一邊討論著阿基里斯、赫丘勒[8]、夏洛克[9]、麥克夫特[10]……」

白羅並未回應他朋友的這種幽默。

「我懂，你是想說，我的外表並不像大力士赫丘勒斯，對吧？」

伯頓博士的目光上下打量著赫丘勒．白羅，眼神掃過這個穿著條紋長褲、合身黑西裝，打著漂亮蝴蝶結、外表一絲不苟的小個子，再從他那雙又黑又亮的皮鞋望到他的蛋形腦袋和他嘴唇上那撇誇張的鬍子。

「坦白說，白羅，」伯頓博士說，「我覺得你一點都不像！」他又加了一句：「你很少有時間研究古典文學吧？」

1 阿基里斯（Achilles），希臘神話的英雄人物，出生後，母親把他倒提著在冥河水中浸過，因此除腳踵沒著水外，身體其他部分刀槍不入。

2 布朗雪（Blanche）在法語的意思是「白」。

3 「憂傷的迪德麗」（Deirdre of the Sorrows）為改編自凱爾特古老民間傳說的悲劇，劇中女主角迪德麗（Deirdre）溫柔美麗卻命運多舛，最後以頭觸岩自殺身亡。

4 佩萱絲（Patience），在英語中意為「耐心」。

5 英佩萱絲（Impatience），在英語中意為「不耐煩」。

6 戴安娜（Diana），羅馬神話中的月神和狩獵女神。

7 海倫（Helen），希臘傳說中的最美麗的女人，為天神宙斯（Zeus）之女、斯巴達國王之妻，後被特洛伊王子帕里斯（Paris）劫走，因而引起特洛伊戰爭。

8 赫丘勒（Hercule），此與希臘神話中的大力士 Hercules（赫丘勒斯）僅一字之差。白羅兄弟皆以希臘神話中的英雄人物命名。赫丘勒斯乃天神宙斯和底比斯王后所生，力大無比，以挑戰十二項艱難任務聞名。

9 夏洛克（Sherlock），大偵探福爾摩斯的名字。

10 麥克夫特（Mycroft）是英國偵探小說家柯南．道爾（Sir Arthur Conan Doyle）筆下的人物，是大偵探福爾摩斯的哥哥。

「是沒錯。」

「可惜，可惜，你的人生不知道損失了多少樂趣。依我之見，每個人都應該學習古典文學！」

白羅聳聳肩。

「我雖然沒有涉獵，但生活照樣過得挺不錯。」

「生活！生活！這根本就不是生活的問題。你的觀點根本就錯了！古典文學不是那種通往成功捷徑的現代函授課程！工作時光並不重要，重要的是閒暇生活，這就是我們常犯的錯誤。就拿你來說吧，你一直忙於工作，但如果有一天你想放下一切，讓生活更輕鬆自在些，你會如何打發閒下來的時間？」

白羅不假思索地說出他的答案。

「我打算專心——我是說真的——栽植櫛瓜。」

伯頓博士大吃一驚。

「櫛瓜？你是指那種淡而無味、腫腫、綠綠的東西？」

「啊，」白羅興奮地說，「重點就在這裡，它們可以不必淡而無味。」

「哦！我明白——也許上面淋點乳酪，或是奶油醬，或者撒上洋蔥絲。」

「不對，不對，你弄錯了。我的想法是櫛瓜本身的味道可以改良，可以讓它具有——」

白羅瞇起眼睛說，「酒的香味……」

「老天！朋友，那可不是紅酒啊！」

一提起酒的香味，倒使伯頓博士想起手邊的那杯酒，於是他便啜了一口慢慢品嘗著。

「這真是好酒，醇得很，真不錯。」他點頭讚賞。「不過，櫛瓜的事——你不是當真吧？你不是——」他十分厭惡地說，「你當真要彎著腰，」他的雙手惋惜地垂在他的大肚皮上。「攪弄著糞肥後四處撒，然後將用水泡過的羊毛一絲絲地鋪蓋其上吧？」

「聽起來似乎你對於培育櫛瓜還挺內行的嘛。」

「我以前住在鄉下的時候，見過園丁栽種。不過，認真地說，白羅，那怎麼能算是閒暇消遣呢！更不能和另一種愛好相比。」他換了一種愉快聲調。「在一間擺滿書籍、又長又矮的房間裡，在燒著木柴的壁爐旁，舒舒服服地坐在安樂椅上——一定得是間長屋子，不是方形的——四周滿滿都是書，再配上一杯紅酒，有一本書正在你手中攤開。當你閱讀的時候，時間彷彿倒退回去了。」

他聲音洪亮地引述了一段希臘文，接著他把這段希臘文翻譯出來。

「『舵手在漆黑的大海上，靠著熟練的技巧再次撥正那艘被驚濤駭浪衝擊的輕舟。』你當然永遠領會不到那原文的精神！」

他沉溺在自己的興奮心情中，一時忘了對面的白羅。白羅凝神望著他，突然感到疑惑，一陣刺痛。自己是不是真的錯過了什麼呢？一些豐富生命內涵的事物？哀傷不禁湧上心頭。對，自己原本有機會熟悉古典文學，很久以前。但現在，唉，為時已晚了……

伯頓博士打斷了他的傷感情緒。

「你是說你真的考慮退休了嗎？」

「是的。」

對方咯咯地笑了起來。

「你不會的！」

「我向你保證——」

「你辦不到，朋友。你太喜歡自己的工作。」

「不，真的，我已經做好安排。只要再辦幾個案子——經過篩選的經典之作，你知道，不是來一件就辦一件——幾個對我有吸引力的案子！」

伯頓博士咧嘴一笑。

「不都是這樣？再辦一兩起案子，然後再辦一起，一起又一起。我保證你絕對無法像帕瑪．多拿那樣舉行告別演唱會後便完全退出舞台，白羅！」

他又咯咯笑著，慢慢站起來，像個慈祥的土神。

「你所從事的又不是赫丘勒斯那種艱難的任務，」他說，「你做的都是你心甘情願的事情。你等著看我說得對不對。我敢打賭，再過十二個月你仍然會在這裡。而櫛瓜呢，」他停了一下。「仍是淡而無味的櫛瓜。」

伯頓博士向主人道別後，走出那間狹長房間。

在這幾頁現身過後，伯頓教授便自此退場。而我們關心的則是他所留下的影響，亦即那個「想法」。

因為他走後，赫丘勒．白羅作夢似地慢慢坐了下來，喃喃自語道：「赫丘勒斯的艱難任務……對了，這倒是個好主意，這……」

§

次日，赫丘勒．白羅一整天都在翻閱一本厚重的皮面大書和其他幾本較薄的小書，偶爾也瞄一下許多打好字的便條紙。

另外他吩咐祕書萊蒙小姐，把一切有關大力士赫丘勒斯這個主題的資料，全都搜集齊全，放在他桌上。

萊蒙小姐不是個愛問「為什麼」的人，她效率極高地完成了這項工作。

赫丘勒．白羅首先便一頭栽進那令人眼花撩亂的古代神話中，尤其是所有關於「大力士赫丘勒斯，一位偉大的英雄，死後名列諸神之中，享有神聖的榮譽」的條目。

截至目前為止一切尚稱順利，但並非總是一帆風順。白羅勤奮地閱讀了兩個小時，其間不停寫寫筆記、皺皺眉頭，參閱著那些小紙片和其他參考書。最後，他終於重重靠回椅背，搖了搖頭。昨天晚上他心中那種被刺傷的感覺，此時早已煙消雲散。呼，這些人！

就拿這位大力士赫丘勒斯，這位英雄——什麼英雄！——來說，他在白羅眼中，只不過是個渾身長著結實肌肉、智力不高，甚至有犯罪傾向的大塊頭罷了！這不禁使白羅想起一八九五年在里昂受審的一個屠夫阿道夫．杜朗，他連續殺害好幾個小孩，相當孔武有力。那場答辯猶如癲癇症發作般（當然此時他的罪名已定）各方花了好幾天的時間爭論，只為了判定他是否惡性重大——這位古時的英雄赫丘勒斯，也許在今日就會被判定惡性重大喔。

不，白羅搖搖頭，如果古希臘人是這樣認定何謂英雄，那就不該按照現代的標準去衡量他的作為。整個古代神話的內容架構，著實使他感到驚訝。裡面的男女神祇，似乎和現代的罪犯沒什麼兩樣，每個人都有不同的別名，以一個現代人的角度來看，他們全是不折不扣的罪犯：那些酗酒、縱情聲色、亂倫、強姦、搶劫、謀殺、詐騙等行徑，鐵定能讓法官忙得不得喘息。他們沒有高尚的家庭生活，毫無秩序規則可言，甚至他們的犯罪行為也完全欠缺方法和條理！

「什麼大力士赫丘勒斯嘛！」赫丘勒．白羅說著，夢想破滅地站了起來。

他滿意地環視屋內：一個正方形房間，擺放著各式方形的現代家具——就連角落一個精美的現代派雕塑，也是方塊疊方塊所組成的，上面還有用銅絲盤成的幾何圖形。站在這間明亮、整潔的房間當中的，則是他自己。他朝鏡子裡望了一眼，鏡中人是一個現代赫丘勒斯，和那張令人不敢領教的素描——一個渾身結實肌肉、手中揮舞棍棒的裸體男子——所呈現的形象迥然不同。相反的，這是個矮小壯實的人，身上穿著都市居民的正規服裝，還留了撇鬍子呢，那是大力士赫丘勒斯作夢也留不來的鬍子——兩撇華麗而獨特的髭鬍喔。

但是，現代的赫丘勒．白羅和古代神話中的那個赫丘勒斯，卻有一點共同之處：他們兩人都為這世界消除了某些禍害——他們都稱得上是他們那個世代的卓越貢獻者吧。

昨天晚上，伯頓博士臨走的時候拋下一句：「你所從事的又不是赫丘勒斯那種艱難的任務……」

啊，這點他可就說錯了，這個老古董。赫丘勒斯的豐功偉績將再重現——由一位現代赫丘勒斯達成。多麼獨創而有趣的念頭！在他退休前，他要接辦十二件案子，不多也不少；這十二宗挑選過的案件還必須和大力士赫丘勒斯的十二件任務有對應關係。是的，這將不僅相當有趣，而且兼具藝術性，是樁神聖的任務。

白羅拿起那本古典文學辭典，再次沉浸於古代神話故事之中。他並不打算完全模仿故事的原型，不會攙雜女性的情愛糾葛，沒有涅索斯[11]的內衣……單單只是任務而已。

那麼，第一件任務就是取來涅墨亞獅子的毛皮。

「涅墨亞獅子。」他說了好幾遍。

11　涅索斯（Nessus），希臘神話中半人半馬的怪物，因企圖搶奪大力士赫丘勒斯之妻，被赫丘勒斯用毒箭射中。涅索斯死前欺騙赫丘勒斯的妻子說，若將他的血染在赫丘勒斯的內衣上就能永保愛情。後來赫丘勒斯因為接觸衣服上殘餘的箭毒而死亡。

當然，他並非期望在案子裡真的出現一頭活生生的猛獅。總不會真有某個動物園的園長委託他偵辦一樁和獅子有關的案件吧，那也未免太巧了。

不，獅子在這裡只是象徵性。第一宗案件應該和社會上的知名人士有關，不但聳動而且舉足輕重！必須是個犯罪大師，或是大眾心目中的寵兒，可能是某位名作家、政客，或是知名畫家，甚至是一位皇室成員。

他喜歡皇室成員這個想法……

他並不著急。他願意等，等待一樁他認為可以當作第一道任務的重大案件。

01

涅墨亞獅子

The Labours of Hercules

涅墨亞獅子是巨人杜篷和巨蛇厄喀德娜之子。牠蹂躪阿爾戈利斯的原野，任何人間的武器都不能傷害牠。赫丘勒斯在涅墨亞森林用手把牠掐死，剝下牠的皮做了自己的衣服。這是大力士赫丘勒斯的第一件任務。

「萊蒙小姐，今天早晨有什麼趣事嗎？」次日早晨他走進辦公室問道。

他相當依賴萊蒙小姐。雖說她是個沒有想像力的女人，但她具有天生的直覺，只要建議什麼事情可以考慮，通常那件事就值得考慮。她生來就是當祕書的料。

「沒有什麼特別的，白羅先生。只有一封信我想你可能會感興趣，我把它放在卷宗最上面了。」

「是什麼啊？」他頗感興趣地向前跨了一步。

「有個男人寫信來，請你幫他調查他妻子那隻走失的北京狗。」

白羅的腳步停在半空中，不滿地朝萊蒙小姐瞥了一眼。但她沒留意，逕自在一旁打起字來，她打字的速度簡直和掃射的機關槍一樣快。

白羅氣得火冒三丈，他又生氣又懊惱。這位盡職的女祕書萊蒙小姐實在太令他失望了！一隻北京狗，一隻北京狗！這事竟緊接在他昨夜做的那場好夢之後。昨夜夢中，他正在白金漢宮接受皇室的褒獎——就在此時，他的好夢被無情地打斷了：他的男僕端著他每早必喝的熱可可走了進來！

一些惡毒挖苦的話已顫到了嘴邊，但他終究沒說出口，因為萊蒙小姐正迅速而有效率地打字，想必是無法聽見。

他不高興地嘟囔一聲，拿起那封放在寫字檯卷宗上的信。

正如萊蒙小姐所說，信是從城裡寄來的，對方的要求簡短而粗俗——調查一隻被綁架的北京狗，那種眼突腿短、備受闊太太嬌寵的小狗。赫丘勒邊看信，邊輕蔑地噘著嘴唇。

這種事既不特別，又不奇怪，或者——但是，對，對，萊蒙小姐是對的，是有一處小地方令人起疑，是有個小地方不大對勁。

赫丘勒．白羅坐了下來，慢慢地仔細看了一遍那封信。其內容既不是他平時偵辦的那種類型，更不是他期望承辦的案子。從任何角度來看，這都不是什麼重大案件，簡直可以說它根本是不值一提。他不喜歡這案子的關鍵在於，如果偵破了，它也不能和大力士赫丘勒斯所達成的任務相提並論。

他卻感到好奇，是的，他感到相當好奇……

他提高音量，蓋過萊蒙小姐打字機的聲音，好讓她聽見。

「打個電話給這位約瑟夫．霍金爵士，」他吩咐道，「約好時間，我去他的辦公室和他談談。」

一如往常，萊蒙小姐的判斷總是正確的。

§

「我是個平凡的人，白羅先生。」約瑟夫・霍金爵士說。

赫丘勒・白羅用手稍微致意，表示（也許可以這樣理解）讚賞約瑟夫爵士儘管事業有成卻還能如此謙虛；但你也可以說是不贊成爵士太過自謙。其實在赫丘勒・白羅那高深莫測的頭腦裡，最主要的想法是約瑟夫爵士確實（用口語的話來說）——是一個很不起眼的人。赫丘勒・白羅挑剔地望著他那過長的下巴，凹陷的小眼睛，球狀的圓鼻頭和緊閉的嘴巴。這初步印象讓他想起某人或某件事，但一時又不確定是何人、何事。他腦中浮現模糊的記憶，彷彿許久以前，在比利時，好像和肥皂有關……

約瑟夫爵士繼續說著。

「我不打官腔，說話也從不拐彎抹角。白羅先生，大多數的人都不會計較這點小事，只會將它當成一筆爛帳，花錢了事。但這不是約瑟夫・霍金的一貫作風。我是個有錢人，事實上，兩百英鎊對我來說根本不算什麼——」

白羅插嘴說了聲：「那我得恭喜你了！」

「啊？」約瑟夫爵士頓了頓，那雙小眼睛瞇得更細了。他強調道：「但這並不是說我不把錢看在眼裡。該付的錢，我照付——不過我照市價付，絕不會多給。」

「您知道我的費用很高吧？」

「哦，知道。呃，不過嘛，」約瑟夫爵士狡黠地望著他。「這倒是小事一樁。」赫丘勒．白羅聳聳肩，說道：「我從不讓人討價還價。我是個專家，對專家所做的服務，你必須付出高價。」

約瑟夫爵士坦白地說：「我知道在這行你是個頂尖人物，有許多人都向我推薦你。我絕對要把這事調查個水落石出不可，不在乎花多少錢，所以我才找你來。」

「你很幸運。」赫丘勒．白羅說。

約瑟夫爵士又「啊？」了一聲。

「你非常幸運，」赫丘勒．白羅面不改色地說，「我就不客氣地說吧，目前正是我事業的巔峰，不過再過些時日，我就打算退休，屆時我要住在鄉下，偶爾出遊，到世界各處去看看；也或許就在菜園裡耕種，致力改良櫛瓜，櫛瓜是個很營養的蔬菜，但不夠美味。然而這不是重點。我主要是想說明，我在退休之前已經給自己訂了一個目標——就是我將接辦十二個案子，不多也不少。我將它形容為自發性的『赫丘勒的十二道任務』。約瑟夫爵士，你這個案子將是十二道任務裡的頭一件。」他感嘆道，「因為它看起來那麼不值得重視，反倒把我給吸引住了。」

「值得重視？」約瑟夫爵士問道。

「我是說不值得重視。我偵破過各式各樣的案子，謀殺、離奇死亡、盜竊、偷竊財寶等等，這還是第一次被要求運用我的智慧才能，來偵辦一隻北京狗的綁架案呢。」

約瑟夫爵士嘟囔一聲，說道：「你真叫人吃驚！你一定不曾遇過女人拿著心愛寵物的事不停地煩你吧！」

「那倒是事實。不過，這可是我頭一回遇到做丈夫的請我承辦這類案子。」

約瑟夫爵士感激地瞇著小眼睛，說道：「現在我明白人家為什麼把你推薦給我了。你是個十分精明能幹的人，白羅先生。」

「那就說說案情吧。那隻狗是什麼時候不見的？」白羅問。

「整整一個星期前。」

「我想尊夫人現在一定急得都快瘋了吧？」

約瑟夫爵士瞪起雙眼，說道：「你不知道，那狗已經被送回來了。」

「送回來了？容我問一聲，那你請我來做什麼？」

約瑟夫爵士滿臉脹得通紅。

「因為有人在暗地裡想辦法欺騙我！白羅先生，我現在就把事情的經過講給你聽。一星期前，小狗被人偷走了——那是在我太太雇用的侍伴帶牠到肯辛頓公園散步的時候。有人剪斷狗鏈把牠帶走。第二天我太太就接到勒索兩百英鎊的通知。請注意——是兩百英鎊！就為贖回整天圍繞在你身旁汪汪叫的一隻小狗！」

「那你並不同意支付那筆款子囉？」

「當然不同意——或者說，我要是事先知情，就一定不會付錢。但我太太深知我的個性，什麼也沒說就把錢——對方要求全是面額一鎊的鈔票——寄到指定地址去了。」
「之後狗就被送回來了？」
「對。那天傍晚，有人按了門鈴，開門一看，那隻狗就蹲在門前的石階上，但屋外半個人影也沒看見。」
「很好，接著往下說。」
「隨後，米麗只好坦承自己做的蠢事，我便發了頓脾氣。但是沒一會兒，我就心平氣和了。反正這件事都已經做了，你根本無法要求一個女人做什麼理智的事——要不是在俱樂部碰到薩姆森，我敢說自己也會就此作罷。」
「怎麼回事？」
「真要命，這純粹是個敲詐的騙局！他也遇到了相同的事，有人敲了他太太三百英鎊！說真的，這真是太過分了！我決定要制止這種事再發生，便請你來了。」
「可是，約瑟夫爵士，最恰當、也最省錢的辦法，應該是報警啊。」
約瑟夫爵士揉揉鼻子，問道：「你結婚了嗎，白羅先生？」
「唉，」白羅答道，「我沒有那種福氣。」
「這就難怪了。」約瑟夫爵士說，「我不知那叫不叫福氣，不過，你要是結了婚，就知道女人是種奇怪的生物。只要一提起報警，我太太就會歇斯底里——她認定如果我去報警，她的寶貝山山就會受到傷害。她堅決反對那樣做，甚至我可以告訴你，她並不同意請你來調查此案。但我在這點上非常堅持，她也就讓步了。不過，你知道她並不喜歡我這樣做。」

「我看這事有點棘手，也許我最好先去見見尊夫人，從她那裡獲得一些詳細情況，同時也向她保證這樣一來，日後她的狗將安全無虞。」赫丘勒．白羅輕聲說。

約瑟夫爵士點點頭，起身說：「那我現在就開車帶你去。」

§

兩個女人正坐在一間寬敞卻悶熱、裝飾過於華麗的客廳裡。

約瑟夫爵士和赫丘勒．白羅走進去，一隻北京狗立刻狂吠，衝過來繞著白羅的腳打轉。

「山山，過來，到媽媽這邊來，小寶貝兒。噢，卡娜比小姐，去把牠抱過來。」

另外那個女人急忙跑過去抱牠。

赫丘勒．白羅小聲說道：「這隻狗凶猛得還真像頭獅子咧！」

那個抱著山山的女人氣喘吁吁地附和道：「是啊，說真的，牠是一隻很好的看門狗。什麼都不怕，誰也不怕。好，小乖乖！」

經過簡要的介紹之後，約瑟夫爵士說：「白羅先生，那就請你接手吧。」

他點了點頭，便離開了客廳。

霍金夫人看起來脾氣不佳，個子矮小，體型稍胖，染著一頭紅髮。她那焦慮不安的侍伴卡娜比小姐是個和藹可親、體態豐滿的女人，年紀大約在四十到五十之間。她不只尊敬霍金夫人，而且顯然對她十分畏懼。

「現在，霍金夫人，就請把這椿可惡的罪行從頭說給我聽聽吧。」白羅說。

霍金夫人滿臉通紅。

「我很高興你這麼說，白羅先生。因為這確實是椿犯罪行為。北京狗是很敏感的，就和孩子一樣敏感。可憐的山山，一定被嚇壞了。」

卡娜比小姐喘著氣附和道：「是啊，真惡毒，太惡毒了！」

「請描述實際情況。」

「嗯，是這樣的，山山那天跟著卡娜比小姐到公園散步──」

「唉，是啊，都是我的錯。」那位侍伴又插嘴道，「我怎麼會那麼笨，又那麼粗心大意……」

霍金夫人尖刻地說：「我不怪你，卡娜比小姐，但我的確認為你應該更警覺才對。」

白羅把目光移向那位侍伴身上。

「出了什麼事？」

卡娜比小姐一下子滔滔不絕且有點激動地說：「這簡直是不可思議的事！我們正沿著那條花徑往前走，山山當然是跑在前頭，牠開心地在草地上跑著。之後我準備轉身，忽然旁邊一輛嬰兒車裡的小嬰兒把我吸引住了──好可愛的娃娃，對著我笑，有著粉紅小臉蛋，一頭漂亮的鬈髮。我忍不住就和那位保母聊了起來，問她孩子有多大，她說十七個月……我可以確定我只和她說了一兩分鐘的話；後來回頭一看，山山不見了，那條狗鏈已經被人割斷。」

霍金夫人接著說：「如果你有把心思放在工作上的話，就不會有人偷偷靠近、割斷鏈子了。」

卡娜比小姐似乎就要放聲大哭了，白羅連忙插嘴道：「後來又怎麼樣了？」

「嗯，我當然就到處去找，放開喉嚨叫喊！我還問公園管理員是否見到有人帶走一隻北京狗，可是他什麼也沒注意到……我真不知道該怎麼辦，便繼續四處尋找，最後只好垂頭喪氣地回家——」

卡娜比小姐突然頓住，不過白羅卻可以清楚地想像後來發生的情景。他問道：「接著你們就收到了一封信？」

霍金夫人說：「是的，是第二天早晨第一班郵件送來的。信上說，如果我們想見到山山活著回來，就必須用非掛號的信封，將面額一鎊共兩百英鎊現款寄到布魯姆斯貝利廣場三十八號給柯蒂茲上尉。信上還說，如果在錢上做記號或是報了警，山山的耳朵和尾巴就會被割掉！」

卡娜比小姐開始大聲抽泣。

「太可怕了，」她低聲說，「怎麼會有人這樣狠毒！」

霍金夫人接著說：「信上說，如果立刻把錢送去，山山當天傍晚就會好好地被送回來。

可是如果——如果我事後去報警，今後山山可得為此付出相當代價——」

卡娜比小姐眼淚汪汪地嘟囔道：「哦，我的天，直到現在我還很害怕呢——當然，白羅先生不算是警察——」

霍金夫人焦慮地說：「所以，白羅先生，你調查這事時得十分小心謹慎。」

赫丘勒．白羅馬上就減輕她的顧慮。

「我不是警方的人。我當然會十分小心謹慎，而且會悄悄地偵查。你只管放心，霍金夫人，山山會很安全，不會再出事。這一點我可以向你『保證』。」

兩個女人似乎都由於這個神奇的字眼而感到放心了。

「你還留著那封信嗎？」白羅問。

霍金夫人搖搖頭。

「沒有，信中告知在付錢時必須把它一併寄回。」

「你照辦了？」

「是的。」

「嗯，真可惜。」

卡娜比小姐馬上說：「我還留著那根斷了的鏈子呢，我去把它拿來好嗎？」

接著她便走出客廳。白羅趁她不在場問了幾個問題。霍金夫人答道：「艾美．卡娜比嗎？哦，她還可以。心地不錯，就是有點糊塗。我先後雇用過好幾位侍伴，全都是些愚蠢的人。不過艾美挺喜歡山山的，她對這次的不幸事件感到很自責。說不定是她散步時只顧和人聊天，完全忽視了我的小寶貝。這種老處女全都一個樣，酷愛逗弄小嬰兒！不過，我可以確定她和這事一點牽連都沒有。」

「看起來也確實不像。」白羅同意道，「不過，畢竟小狗是在她負責照顧時丟失的，所以得弄清楚她是否忠誠。她在你這兒工作多久？」

「快一年了。我有她品行優良的推薦函。她曾在哈婷菲老夫人那裡工作十年，直到老太太去世。之後她照顧一位生病的修女好一陣子。她真的是個挺好的人——只不過正如我所說的，她也是個愚蠢的人。」

這時艾美回來了，呼吸有些急促，非常慎重地把那根被割斷的狗鏈交給白羅，滿心期待地望著他。白羅仔細檢查一番，說道：「沒錯，是被利器割斷的。」

那兩個女人等著白羅指示。他又說：「那我就先留下這個。」他鄭重其事地把它放進口袋裡，兩個女人深深鬆了一口氣，因為白羅的舉動使她們終於放心了。

§

赫丘勒・白羅向來凡事都會仔細驗證，一點也不遺漏。雖然表面上看起來卡娜比小姐只是個態度可親、算不上精明能幹的女人，白羅還是去拜訪那位不苟言笑、已故哈婷菲夫人的侄女。

「艾美．卡娜比？」拉弗絲小姐說，「我當然記得她。她心地善良，和尤麗亞姑姑十分投合。她疼愛狗，而且擅長朗讀。她做事得體，從來不和人起衝突。她出了什麼事？我希望不是什麼不幸吧。一年前我曾經把她推薦給一位夫人，姓霍什麼的——」

白羅連忙說明卡娜比小姐目前還在那兒工作，只是最近為著一隻走失的狗傷透腦筋。

「艾美．卡娜比很愛小狗的。我姑姑曾養過一隻北京狗，她去世後就把牠送給卡娜比小姐了，卡娜比小姐十分寵愛牠。後來那狗兒死了，讓她傷心極了。哦，是的，她是個好人，當然，是沒有那麼能幹啦。」

赫丘勒．白羅同意這種看法：大概沒有人會認為卡娜比小姐既能幹又有智慧。

接下來，他去拜訪出事那天下午，曾和卡娜比小姐談話的那個公園管理員。還好事情發生不久，那人仍記憶猶新。

「是個中年婦女，胖胖的沒什麼特別，就是她的北京狗走丟了。我認得她，每天下午她多半會來遛狗。那天我看見她帶著狗走進來了；之後狗不見了，她看起來很慌亂，跑到我這兒來問我是否看見有人帶走一隻北京狗。我真想反問一句，公園裡到處都是狗，有各類品種，狼狗、北京狗、德國短腿獵狗甚至還有俄羅斯狼狗，也可以說我們這兒什麼樣的狗都有。我根本不可能特別注意一隻北京狗吧？」

赫丘勒・白羅沉思地點點頭。

接著他去了布魯姆斯貝利廣場三十八號。

三十八號、三十九號和四十號是巴拉克旅館。白羅步上台階推開門走了進去。裡面很暗，有股燉白菜和燻鮭魚混雜的味道。左邊一張紅木桌上放著一盆快要凋零的菊花，上方還有一個頗大的郵件架，用綠色的布蓋著，上面插著不少信件。白羅沉思地朝那架上的分隔板望了片刻後，推開右邊一扇門，走進休息室，裡面有幾張小桌子和幾把安樂椅，椅上鋪蓋著相當沉悶的印花裝飾布。有三位老太太和一位相貌凶惡的老先生抬起頭來，不友善地望著此時闖進來的不速之客。赫丘勒・白羅只好窘迫地退了出來。

他順著走道走下去，來到樓梯口。在它右邊另有個小走道可以通到餐廳。

走進那條通道，沒多少路就有一扇門，門上寫著「辦公室」的字樣。

白羅輕叩那扇門，無人回應。他便推開門，朝裡面望了一眼。這房裡有張大寫字檯，上面擺滿了文件，卻不見半個人影。他又退出來，關上門，朝前走進餐廳。

裡面有個圍著髒圍裙、神態憂鬱的女孩，正從一個餐具箱裡掏出刀叉來擺放。

「對不起，我想見一下你們的女經理，可以嗎？」赫丘勒・白羅不好意思地說。

女孩兩眼無神地望了他一下，說道：「我不知道她在哪兒，真的不知道。」

「辦公室裡沒人。」白羅說。

「那我也不知道她現在在哪兒。」

「可否，」赫丘勒．白羅堅持道，「請你幫我找一下，好嗎？」

女孩嘆了口氣。她的日子已經夠枯燥乏味了，現在又加上這個新負擔。她陰沉地說：「唉，那我找找看吧。」

白羅向她致謝後，又退回走道裡，也不敢再去休息室面對裡頭那幾雙不友善的眼睛。他抬頭凝視著那個郵件架，忽然傳來一陣衣裙的摩擦聲和一股濃烈的紫羅蘭香水味，女經理走過來了。哈特太太彬彬有禮地說：「對不起，我剛才不在辦公室。你要訂房嗎？」

「不是。我是來打聽我的一個朋友柯蒂茲上尉，他最近是不是曾來你這裡住過？」赫丘勒．白羅輕聲問。

「柯蒂茲？」哈特太太詫異道，「柯蒂茲上尉？讓我想想看，好像在哪裡聽過這名字？」

白羅不發一語。她搖搖頭。

「那就是說，沒有一位柯蒂茲上尉曾在這裡住過了？」

「對，至少最近沒有。但是你知道，這個姓聽起來相當耳熟，你能不能簡單地形容一下這位朋友？」

「哦，」赫丘勒．白羅答道，「這倒有點困難。」接著他又問道：「我猜想有時某些信會寄到你們這裡來，但事實上，收信人不住在這裡吧？」

「是的，確實有這種情況。」

「那你都怎麼處理這種信件呢？」

「我們一般會把它們保留一段時間。因為，你知道，收信人有時過幾天會來。當然，如果這些信件或包裹長期無人領取，我們就退回給郵局。」

赫丘勒．白羅理解地點點頭。

「我明白了。」接著他補充道：「之前我給一個朋友寫了封信寄到這兒。」

哈特太太的表情顯得豁然開朗起來了。

「這就對了。我一定是在信封上見過柯蒂茲這個姓。可是，有許多退役的將官常在我們這兒下榻——讓我查查看。」

她抬頭盯著牆上那個郵件架。

「沒有那封信。」白羅說。

「那我應該已經把它退給郵差了。太對不起了，但願不是什麼急事吧？」

「沒關係，沒關係，不是急事。」

他轉身朝大門走去，哈特太太渾身散發著一股刺鼻的紫羅蘭香水味追了上來。

「你的朋友如果真的來——」「大概不會來了，我想必定是弄錯了……」

「我們的住宿費很公道，」哈特太太說，「飯後飲料咖啡不另外收費。我想請你參觀一下我們幾間有客廳的客房……」

赫丘勒．白羅費了不少勁兒才得以脫身。

§

薩姆森太太家的客廳更寬敞，布置更奢華，相較之下比起霍金太太家，暖氣當然也熱得更叫人煩悶。赫丘勒．白羅小心地穿梭在靠牆那些金邊螺形腳的小桌和眾多雕塑品之間。論身高，薩姆森太太比霍金太太更高些，頭髮染成金黃色。她那隻北京狗叫南凱波，兩隻凸眼傲慢地審視著白羅。薩姆森太太的侍伴基布爾小姐身材又乾又瘦；但卡娜比小姐則是胖胖的。不過她一樣也很健談，並且有點上氣不接下氣。當然了，她也由於南凱波失蹤而受過女主人責備。

「白羅先生，這真是令人吃驚的事，前後過程全都發生在一秒鐘之內。那是在哈羅德公園的外面，只不過有位護士問了我幾點鐘而已……」

白羅打斷她的話。

「一位護士？醫院裡的護士嗎？」

「不，不是，是一位幫人看孩子的保母。那個小嬰兒實在太可愛了！真是個可愛的小寶貝。那麼漂亮的紅潤臉蛋！人家都說倫敦的孩子看起來都不太健康，但我可以確定——」

「愛倫！」薩姆森太太喊了一聲。

基布爾小姐臉紅了，趕緊閉了嘴。

薩姆森太太尖刻地說道：「基布爾小姐和一個毫不相干的陌生人胡扯，那個壞蛋便割斷了那條狗鏈，把南凱波偷走了。」

基布爾小姐含淚地嘟囔道：「一切都發生在那一瞬間。我一轉身，可愛的寶貝波波就不見了，手裡只剩下了半截狗鏈。也許你想看一下那根鏈子吧，白羅先生？」

「不必了。」白羅連忙說。他無意收集半截的狗鏈。「我猜想，」他接著說，「不久你們就收到了一封信，對吧？」

整件事的經過情形，和霍金家的完全一模一樣：那封信威脅說要割掉南凱波的耳朵和尾巴。不同點只有兩處：一是勒索的款項是三百英鎊；二是指定把錢寄到肯辛頓區克隆梅花街七十六號的哈林頓旅館，署名布萊克海軍中校。薩姆森太太說：「南凱波安全回來後，我親自到那個地址去了一趟，白羅先生，不管怎麼樣，三百英鎊畢竟不是一筆小數目啊。」

「當然，是相當可觀的一筆錢。」

「首先我看到我寄錢去的那個信封正好插在牆上的郵件架上。在女經理出現之前，我順手把那封信偷偷取下來塞進自己的手提包。可惜的是——」

「可惜的是，當你打開信封一看，裡面裝的只是一疊白紙。」

「你怎麼知道？」薩姆森太太不解地望著他。

白羅聳聳肩。

「很明顯嘛，親愛的夫人，那名竊賊在送回小狗之前必須先把錢拿到手，然後他在信封裡塞了些白紙放回郵件架上，免得別人發現那封信不見了。」

「壓根兒就沒有一位叫布萊克的海軍中校在那裡住過。」

白羅微微一笑。

「我丈夫對這事當然非常惱火。事實上，他氣得臉都發青了！」

白羅小心謹慎地輕問：「你在把錢寄出去之前——呃，沒和他商量嗎？」

「當然沒有。」薩姆森太太肯定地說。

白羅有點疑惑地望著她。那位夫人連忙解釋道：「我絕不敢冒那個險。只要一提到錢，男人就特別敏感。我想雅各一定會堅持去報警，但我不能冒那個險。我那可憐的寶貝南凱波還在壞人手上，要是那樣做，牠一定會慘遭毒手！當然，我事後不得不告訴我的丈夫，因為我得解釋為什麼銀行帳戶會透支。」

「當然，當然。」

「我沒想到他居然會那樣生氣。」薩姆森太太一邊說，一邊整理手腕上那個漂亮的鑲鑽手鐲，又順手轉了幾下手指上的幾枚戒指。「男人只關心錢，其他什麼都不管。」

§

赫丘勒・白羅搭上電梯，來到約瑟夫・霍金先生的辦公室。他遞了名片，祕書說約瑟夫爵士正有客人，等會兒就接見。不一會兒，一位高傲的金髮女郎從霍金先生的辦公室裡走出來，手上捧著一疊文件。她從這個奇怪的外國小男人身邊經過時，還不屑地瞥了他一眼。

約瑟夫爵士坐在一張大紅木寫字檯後面，臉頰上留有一塊口紅印。

「怎麼樣，白羅先生？請坐，為我帶來什麼好消息了？」

赫丘勒．白羅說：「整件事其實簡單得讓人驚訝。兩起案件都是把贖款寄到一家旅館。那種地方都沒有管理員看門，大廳裡也沒有服務生。裡面常有一群進進出出的旅客，包括眾多的退役軍人。而且不論誰都可以輕而易舉地從牆上的郵件架上抽取信件，若不是把它取走，就是把信封裡的錢拿走，塞進一些白紙後再把它放回原處。因此，兩樁案件的線索到此就斷了。」

「你的意思是，沒辦法知道那個取信的人是誰？」

「我倒是有些想法，但還得花上幾天時間追蹤。」

約瑟夫爵士不解地望著他。

「幹得好，那就等你一有結論——」

「我就到你家中去報告。」

「如果你真的把這事調查得水落石出，那可是件了不起的成就。」

「絕對不會失敗，赫丘勒從來就不會失敗。」

約瑟夫．霍金爵士望著那位小個子，咧嘴一笑。

「你對自己充滿了信心，是嗎？」他問道。

「信心十足。」

「那太好了。」約瑟夫・霍金爵士朝椅背上一靠，說道：「不過別忘了，驕傲可是失敗的前奏！」

§

赫丘勒・白羅坐在暖氣爐前面（對那幾何的俐落式樣感到心滿意足），向他的管家兼男僕下達指示。

「聽明白了嗎，喬治？」

「聽清楚了，主人。」

「最有可能的是某公寓樓上的一個房間或小屋，鐵定在某個範圍內。就是在公園南邊、肯辛頓教堂東邊、奈茲橋兵營西邊和福厄姆路北面的這個範圍內。」

「全都明白了，主人。」

「真是件怪案子。從案情上看來，犯人相當具有組織才能，他神祕莫測地完全隱身於幕後——我可以封他為涅墨亞猛獅。是的，真是件有意思的小小案子。我本來是對那位雇主感興趣，可惜他長得很像列日那位肥皂商，就是那個為了要和金髮祕書結婚而毒死妻子的人。那是我早期偵破的一起案子。」

喬治晃晃腦袋，低沉地說：「提到那些金髮女郎，先生，有許多麻煩事都是因她們而惹出來的。」

§

三天後，那位忠心的喬治說：「這是詳細地址，先生。」

赫丘勒．白羅接過一張遞給他的紙條。

「太棒了，盡職的喬治。可是在每週的哪一天呢？」

「每逢星期四，先生。」

「星期四，今天正巧是星期四。那就別再耽擱了。」

二十分鐘過後，赫丘勒．白羅來到一座新興住宅區鄰近的一條窄巷道，步上一處偏僻的樓房樓梯。羅休姆公寓十號在三樓，也是最高的那一層。這棟樓房沒有電梯。他只好吃力地順著螺旋窄梯，繞著圈往上爬。

好不容易才爬到最高層的平台那兒，白羅停下來喘口氣。這時，從十號房門裡突然傳出一陣聲響——有一隻狗正大聲吠著，打破了四周的寂靜。

赫丘勒．白羅臉上展現了微笑。他點點頭，按一下十號的門鈴。

那吠聲更大了，一陣腳步聲走到門口。門打開了……

艾美．卡娜比小姐大吃一驚，抬起一隻手按著自己豐滿的胸脯。

「我可以進來嗎？」赫丘勒．白羅問道，沒等對方答覆就跨進門檻去。

房內右邊是客廳，門敞開著，他便走了進去。卡娜比小姐疑惑地跟在他身後。

那間屋子很小，擁擠不堪。可以看到客廳當中有個人，一位老婦人正躺在一張煤氣爐附近的沙發上。白羅走進去的時候，一隻北京狗從沙發上跳下來，向他發出一陣懷疑的狂吠。

「啊哈，」白羅說，「主角在這兒！向你致敬，我的小朋友。」

他彎腰伸出一隻手。小狗聞了一下，兩隻敏銳的眼睛盯著陌生人的臉。

「這麼說，你已經都知道了？」卡娜比小姐有氣無力地說。

赫丘勒．白羅點點頭。

「是的，全明白了。」他望了望沙發上的那個女人。「我想那位是你的姐姐吧。」

「是的，埃米莉，這……這位是白羅先生。」卡娜比小姐錯愕地答道。

「噢！」埃米莉．卡娜比驚嘆一聲。

「奧古斯……」艾美．卡娜比對著小狗喊道。

那隻北京狗搖著尾巴回頭望了她一眼，然後又磨著白羅那隻手，尾巴輕輕搖擺。

白羅把牠輕輕抱起來放在膝蓋上，然後說道：「我終於逮到這頭涅墨亞獅子。任務也算完成了。」

艾美．卡娜比生硬地問道：「你真的什麼都知道了嗎？」

白羅點點頭。

「我想是的。你策畫了整件事，而且是靠奧古斯的幫助。每當你帶著主人的北京狗出門散步，就把牠帶到這兒來，然後掉包帶著奧古斯出去。而公園管理員總是看見你像往常一樣帶著北京狗溜達。如果我們再找到那個嬰兒保母，她也會告訴我們，你和她談話時確實牽著一隻北京狗。然後，你趁說話的時候偷偷切斷狗鏈。而經過訓練的奧古斯便立刻跑開，一路直奔回家。幾分鐘後，你再驚呼小狗被人偷走了。」

沉寂片刻後，卡娜比小姐挺直了身子，帶著一種讓人同情的口吻說：「是的，你說的一點都沒錯。我……我無話可說了。」

沙發上那個病懨懨的女人輕聲哭了起來。

「真的沒有什麼可說的嗎，小姐？」白羅問道。

「什麼也沒有。我一直在做竊賊——現在終於讓人發現了。」

「難道沒有什麼要為自己辯護的話嗎？」

艾美．卡娜比蒼白的臉頰上突然露出紅暈。她說：「我，我對自己的所作所為一點也不後悔。我覺得你是個心地善良的人，白羅先生，你應該能體會我心中一直都在提心弔膽。」

「提心弔膽？」

「是的，我想，這對一位紳士來說是很難理解的心情。你知道，我不是個聰明女人，沒受過任何正規專業訓練，可是年紀愈來愈大，我對將來充滿恐懼。我一直無法存錢，因為我要養活姐姐埃米莉。有誰會關心照顧我呢？我愈來愈老，動作愈來愈不靈活，日後也許沒人會雇用我。她們喜歡年輕、辦事俐落的人。我認識不少像我這樣的女人，根本沒人願意雇用。到時候只能住在一間小屋裡，饑寒交迫。最近我們幾乎連房租也快付不起……當然社會上有些救濟院，但並不是那麼容易申請，除非有管道，或認識有社會地位的朋友出面幫忙，但我誰都不認識。其實社會上有不少和我境遇相同的人——為人做侍伴的窮妹妹，沒受過什麼專業訓練的無用女人，心中毫無指望，只有極大的恐懼……」她聲音顫抖地接著說：「所以，我們有些人聚在一起聊天時，我就想到這個主意。其實那是在我有了奧古斯以後才想到的。你知道，對大多數人來說，北京狗都長得一模一樣，就和我們認為每個東方人都長得一樣似的。當然這很荒謬，聰明人不會錯把奧古斯當成南凱波或是山山這些其他的北京狗，因為牠比其他狗聰明，也漂亮得多。可是我剛才說過了，對大多數人來說，北京狗長得都一模一樣。於是我想到了這個辦法，同時也是考慮到許多闊太太家裡養的都是北京狗。」

白羅微微一笑，說道：「這必定是個賺大錢的生財之道！你們這群同夥總共有多少人呢？也許我還得問問，你們成功得手多少次了？」

「山山是第十六次。」

赫丘勒・白羅揚起眉毛。

「我可得恭喜你們，你們這個組織配合得天衣無縫。」

埃米莉・卡娜比說：「艾美一向很有組織力。當年收留我們的老爹——他是埃塞克斯郡凱林頓教區的牧師，總是誇讚艾美是個企畫人才。她一向負責安排社團聚會、義賣活動什麼的。」

白羅微微欠身說：「我同意。小姐，你作為罪犯也算得上是一流的。」

「罪犯，噢，老天！我想我是名罪犯。可是，我卻從未有那種感覺。」艾美．卡娜比驚叫道。

「什麼樣的感覺？」

「當然，你說得沒錯，這是犯法的。可是你知道——我該怎麼解釋呢？幾乎所有雇用我們的女主人都非常傲慢無禮，難以相處。就拿霍金夫人來說吧，她根本就不在乎向我說些什麼。有一天，她說她的補藥味道不對，那幾乎是誣衊我動了手腳。諸如此類的事可多得很。」卡娜比小姐的臉脹得通紅。「那真的讓人非常難受，卻又不能解釋或頂嘴，這就令人更加憤怒。你明白我的意思嗎？」

「完全明白。」赫丘勒．白羅答道。

「尤其看到他們如此揮霍，真讓人不服氣。約瑟夫爵士老愛誇耀他在城裡事業成功。當然我明白自己生就一副女人的頭腦，不懂經濟這類學問，但我總覺得那一定是做了非法的勾當。嗯，你知道，白羅先生，這一切都讓我的心理相當不平衡，於是我就想從這些有錢人身上弄點錢，反正他們也不在乎，而且我也沒有什麼愧疚感——嗯，好像根本沒錯似的。」

白羅喃喃道：「你是一位現代的俠盜羅賓漢！告訴我，你是否曾被迫去履行信中的威脅呢？」

「什麼威脅？」

「例如被迫照你信中所說的那樣傷害那些小狗呢？」

卡娜比小姐大眼睛瞪望著他。

「當然沒有，我壓根沒想要那麼做！那只是……只能算是一種用詞上的藝術加工。」

「不只富有藝術性，還真管用呢。」

「那當然，我知道那一定非常有效。因我知道自己對奧古斯的感情，當然我也確定那些女人在事前絕對不會告訴丈夫，所以這項計畫每次都進行得十分順利。有時那些闊太太會把信和錢交給她們的侍伴寄過來。我們大都用熨斗的蒸汽把信封打開，取出錢來，然後再往裡面塞些白紙。也有一兩次那些太太會自己去投郵，那她的侍伴就必須親自到旅館去一趟，從郵件架上把信取走。不過，那是相當容易的。」

「保母呢？每一次總會有個保母啊？」

「白羅先生，大家都知道，那些老處女的特質就是愛逗弄小嬰孩。所以，她們自然會專注於嬰兒而不會留意周遭發生了什麼事。」

赫丘勒·白羅感嘆道：「你的心理分析十分了不起，你的組織能力也屬一流，而且還是個優秀的演員呢。我和霍金夫人見面那天，你的表演就無可挑剔。卡娜比小姐，永遠不要小看自己。雖然你是那種沒受過專業培訓的女人，但你的頭腦和勇氣卻十分出眾。」

卡娜比小姐淡然一笑。

「不過，我還是被逮住了，白羅先生。」

「小姐，那只有我才辦得到，你逃不掉的！當我在和薩姆森夫人面談時，就意識到山山被綁架只是系列案件中的一件。我聽說你有一隻北京狗，另外你還有個生病的姐姐。所以只需要讓我那個了不起的傭人，在特定範圍內去尋找一個小住所——裡面住著一個生病的女人，並養著一隻北京狗，她還有個妹妹每週放假必定去探望她。這很簡單。」

艾美．卡娜比坐直身子，說道：「你這人一定很善良。我大膽向你提出個請求。我知道我的所作所為免不了受懲罰，也許會入獄。不過，白羅先生，你能不能不要公開這件事。否則，那會讓埃米莉和我們那些夥伴傷心。但是，我想我也不能用假名入獄吧？我這種要求是不是很矛盾啊？」

赫丘勒答道：「我想我能做的比這還要多。但是，首先有件事我得講清楚，那就是這個把戲得立刻停止，今後不准再發生什麼走失小狗的事情。這一切都得結束！」

「可以，當然可以！」

「你從霍金太太那裡詐取的錢也得退還。」

艾美．卡娜比立即穿過房間，打開寫字檯的一個抽屜，拿來一包鈔票交給白羅。

「我今天原本想把它放進我們的合作基金！」

白羅接過錢，清點後站起來。

「我想，卡娜比小姐，我可以說服約瑟夫爵士不向當局告發。」

「那太好啦，白羅先生！」

艾美．卡娜比緊握雙手，埃米莉高興得歡呼，連奧古斯也跟著汪汪大吠，猛搖尾巴。

「至於你呀，我的小朋友，」白羅對小狗說，「倒是有樣東西我希望你能為我解惑，那就是你的隱身術。在這些案件當中，居然沒人懷疑另外一隻冒充的北京狗——奧古斯有一張可隱身的獅子皮！」

「是的，白羅先生，根據傳說，北京狗曾經一度是獅子。牠們到現在都還擁有獅子的心靈！」

「我猜想，奧古斯是那位已故哈婷菲夫人留給你的吧？難道你一點都不擔心，牠獨自穿越車水馬龍的街道時會發生危險嗎？」

「哦，不用擔心，白羅先生。奧古斯穿越街道時非常靈活。我精心訓練過牠。牠甚至明瞭交通規則咧！」

「在這一點上，」赫丘勒．白羅說，「牠可比不少活人還強呢！」

§

約瑟夫爵士在書房裡接待赫丘勒．白羅。

「怎麼樣，白羅先生？你誇下的海口實現了嗎？」
「容我先問你一個問題，」白羅邊坐下來邊說，「我知道罪犯是誰了；而且我也可以拿出足夠證據定那個人的罪。可是如果那樣做，你就收不回你的那筆錢了。」
「收不回我那筆錢？」
約瑟夫爵士氣得臉都紫了。赫丘勒．白羅接著說：「不過我不是警察，我是為了你才接下這個案子。如果你不提起訴訟，我倒可以為你要回那筆錢。」
「呃？」約瑟夫爵士說，「這我倒要好好考慮。」
「這全由你決定。嚴格說來，為了公眾利益你應該告發。大多數人都會那樣做。」
「我想他們是會。」約瑟夫爵士一本正經地說，「問題倒不在錢財。若說世上有什麼我最憎恨的事，那就是詐騙。從來沒有人詐騙了我還能逃脫。」
「那你決定怎麼辦呢？」
約瑟夫爵士用拳頭搥了桌子一下。
「我，我還是要錢！誰也別想拿走我的兩百英鎊！」
赫丘勒．白羅立刻站起來，走到寫字檯前，開了一張兩百英鎊的支票交給約瑟夫爵士。
約瑟夫爵士輕聲問道：「真是見鬼了！那傢伙到底是誰？」
白羅搖搖頭。
「你如果收下錢，就不能再問了。」

約瑟夫爵士摺好支票，放進衣服口袋裡。

「太可惜了，不過錢還是最實在的。那我欠你多少錢，白羅先生？」

「其實我的費用並不高，像我說過的，這事並不很重大。」他頓了頓，又說道，「我至今處理的案件，大都是凶殺案……」

約瑟夫爵士微微一驚，問道：「那一定挺有意思吧？」

「有時候是的。說也奇怪，你讓我想起多年以前在比利時辦的一樁案子——那個男主角長得和你實在太像了。他是一個富有的肥皂商，為了要和他的女祕書結婚竟把妻子毒死了……對，長得簡直是太像了……」

約瑟夫爵士沒好氣地哼了一聲，連嘴唇都發青了。紅潤的面頰頓時黯然失色，兩隻眼睛呆視著白羅。他在椅子裡哆嗦了一下。

接著，他就用一隻發抖的手摸索他的衣服口袋，取出那張支票把它撕得粉碎。

「這就算結清了——看見了沒有？就算是你的辦案費用吧。」

「哦，可是約瑟夫爵士，我的酬勞不需要那麼多。」

「沒關係，收下吧。」

「我會把它捐贈給一個合適的慈善機構。」

「你愛給誰就給誰吧。」

白羅朝前探身，說道：「我想用不著我特別提示，約瑟夫爵士，處在你這種地位，你得特別小心行事。」

約瑟夫爵士聲音微弱得幾乎讓人聽不清。

「不必擔心，我會十分小心。」

白羅走出那幢房子，下台階時自言自語道：「這麼說，我還真猜對了。」

§

霍金夫人對她的丈夫說：「奇怪了，這藥水的味道和以前不大一樣。少了那種苦味，真不知道是怎麼回事？」

約瑟夫爵士咆哮道：「藥劑師都是一些粗心大意的人。他們配製的玩意兒每次都不一樣。」

霍金夫人疑惑地說：「可能是那麼回事吧。」

「本來就是嘛，還會有什麼別的原因？」

「那個矮個子弄清楚山山的事了嗎？」

「弄清楚了，他把我的錢追回來了。」

「罪犯到底是誰啊？」

「這他倒沒說，赫丘勒．白羅是個口風很緊的專業偵探。不過，不用再擔心了。」

「他倒是個滿有趣的小個子，不是嗎？」
約瑟夫爵士微微打了個寒顫，朝自己肩膀上方斜瞥了一眼，彷彿感到赫丘勒．白羅隱身在他右肩上方似的。他心想，今後那個隱身的影子將會永遠待在那兒了。
「那人是個聰明透頂的小魔鬼！」接著他心中又想，「葛麗塔，管她去的！我不會再為任何一個金髮女郎甘冒被吊死的危險呢！」

§

「哦！」艾美．卡娜比難以置信地凝視著那張兩百英鎊的支票，驚呼道，「埃米莉！埃米莉！聽我唸唸這封信！」

親愛的卡娜比小姐：
在你們那筆值得贊助的基金面臨虧空之前，請接受我的捐贈。

赫丘勒．白羅敬啟

「艾美，」埃米莉．卡娜比激動地說，「你真是太幸運了。不然的話，真不知道你現在會身處何處。」

「要不是沃姆伍德監獄，就是霍洛威監獄？」艾美．卡娜比輕聲說，「不過，這一切都過去了，對不對，奧古斯？今後你再也不用跟著帶刀的媽媽或者媽媽的朋友到公園去散步了。」她雙眼流露出一種思念的神情，嘆息道：「親愛的奧古斯，實在怪可惜的，你是那麼聰明，什麼都教得會……」

02

勒爾那九頭蛇

The Labours of Hercules

有條在勒爾那沼澤中長大的九頭巨蛇，名叫許德拉，是巨人杜篷和厄喀德娜之子。牠的九個頭中有八個頭可以殺得死，但唯有一個頭是殺不死的，砍掉之後又會生出兩個來。大力士赫丘勒斯除掉九頭巨蛇，並將所有的箭浸泡在蛇的毒血中，自此之後，只要被大力士赫丘勒斯的箭所射傷，其人便無藥可醫。這是赫丘勒斯做的第二道任務。

赫丘勒．白羅用鼓勵的目光望著那個坐在他對面的男人。

查爾斯．奧德菲醫生大約四十歲，一頭淺黃色頭髮，頭上有幾絡髮絲已經灰白，那雙藍眼睛流露出一種憂鬱神情。身體微駝，舉止略顯遲疑。除此之外，他似乎很難表達來意似的。他結巴地說：「白羅先生，我來找你是想提出一個有違常理的要求。我現在見到了你，卻又害怕把整件事講出來，因為我明白遇到這種事任誰也沒辦法解決。」

「至於這一點嘛，應該由我來判斷。」白羅說。

奧德菲嘟囔著說：「我不知道為什麼會認為……也許……」

「說不定我真能幫助你。也許我真能辦到，請你說說到底是遇到什麼問題吧。」

奧德菲挺直身子，令白羅再次感覺此人看起來真的很憔悴。他帶著絕望的聲調說：「你知道，若為了這種事去報警，真是一點好處都沒有……他們無法受理。可是這事一天比一天嚴重。我……我簡直不知道該怎麼辦才好……」

「到底是什麼事愈來愈嚴重？」

「那個謠言……哦，事情其實很簡單，白羅先生。一年多前我太太死了，她在去世前臥病在床多年。之後大家都在亂傳，說是我害死她……是我把她給毒死的！」

「哦，」白羅問道，「那真的是你把她毒死的嗎？」

「白羅先生！」奧德菲醫生跳了起來。

「別激動嘛！」赫丘勒．白羅說，「請坐，那我們就先假設你沒有毒死你的太太好了。我猜，你是在一個鄉下地方行醫吧——」

「對，在伯克郡勞伯羅鎮。那種鄉下地方的人就喜歡東家長西家短，但怎麼也沒想到居然離譜到那種地步。」他把椅子往前挪了挪說，「白羅先生，你一定無法想像我所承受的折磨。剛開始我不知道他們在說什麼，但我感覺到人們對我不像以前那麼友善，每個人都盡可能迴避我，我卻只把這看成是因為我新近喪偶的緣故。後來，在街上，人們為了避免和我談話，甚至會穿過街道走另一條路。而診所的業務也愈來愈乏人問津了。尤其無論我走到哪裡，總覺得人們正在背後悄悄議論我，以不友善的目光望著我，而他們惡毒的舌頭盡是散播那種致人於死的毒素。我還收過一兩封信，真是惡毒極了！」他頓了一會兒，又往下說：「可是我……我不知道這種事該怎麼對付。我不知道該怎樣擊破這種謠言——這完全是謊言和猜疑交織成的邪惡網絡。但該如何駁斥那些完全沒有當面對質的言語呢？我簡直一籌莫展，陷入了絕境，只能束手無策地讓人無情地把我毀掉！」

白羅沉思地點點頭，說道：「是啊，謠言確實像那條勒爾那九頭蛇，怎麼也消滅不了。你才剛砍掉牠一個頭，牠又會在原處長出兩個來。」

「就是這麼回事。我一點辦法也沒有——真的沒有！我來找你可以說是走投無路了——但我認為你大概也幫不了我。」

赫丘勒．白羅沉默了一兩分鐘，然後說道：「這我也不能保證。但你的麻煩倒是讓我感興趣，奧德菲醫生。我願意試試看能否消滅這個多頭妖怪。不過首先請再詳細描述這個惡毒的謠言，是在什麼情況下滋長起來的。你剛才說，你的太太去世才一年多，她是生什麼病死的呢？」

「胃潰瘍。」

「有沒有解剖驗屍？」

「沒有，她患這病已有好長一段時間了。」

白羅點點頭。

「在病徵上，胃炎和砒霜中毒非常相似——現在這是眾所周知的事了。近十年至少有四起駭人聽聞的謀殺案，每個受害者因為都有消化不良的診斷證明，所以死時並未引起懷疑就被埋葬了。論年紀，你太太比你大還是小？」

「大我五歲。」

「結婚多少年了？」

「十五年。」
「她有沒有留下什麼遺產呢？」
「有的，她是個相當富裕的女人，留下大約三萬英鎊吧。」
「那是筆相當可觀的數目。全留給你嗎？」
「是的。」
「那你和你太太平時感情好嗎？」
「當然很好。」
「沒吵過架？不曾大吵大鬧過？」
「嗯——」查爾斯．奧德菲語帶保留地說：「我太太是個不好相處的女人。她的身體不好，又十分在意自己的健康，因此經常心情煩躁，不易取悅。有段日子無論我做什麼，她沒有一件看得順眼。」
白羅點點頭，說：「嗯，是啊，我了解那種類型的女人。她可能常抱怨別人沒好好照顧她、不了解她，而她的丈夫也對她感到厭煩，巴不得她早點死掉算了。」
奧德菲此時的神情表示白羅的推測完全正確。他苦笑了一下，說道：「你說的一點兒也沒錯！」
「有沒有請醫院護士在家照顧她？或者雇用女性侍伴，還是有個貼心女僕呢？」
「倒是有一名專門侍伴的護士。她是一個通情達理而且很能幹的女人，我認為她不會隨便亂說閒話。」

「不過，即使是通情達理又能幹的人，仁慈的上帝也給了他們舌頭——尤其人們不一定會明智地善用他們的舌頭。我確信那位侍伴護士一定說了些什麼，然後傭人們也說了，接著所有的人就都跟著討論起來；而你又提供了全鎮居民一個有趣的緋聞材料。現在我得再問你一件事：那位女士是誰？」

「我不明白你的意思？」奧德菲醫生氣得滿臉通紅。

白羅輕聲說：「我想你應該明白才對。我是問，那位和你名字有牽連的女士是誰？」

奧德菲醫生站了起來，臉色冷冰冰地說道：「這件事沒有什麼女士牽涉在內。對不起，白羅先生，耽誤了你不少時間。」

他朝房門走去。赫丘勒．白羅說：「我深感遺憾。對你這個案子，我很感興趣，本想幫助你。不過除非你說出全部實情，否則我也無能為力。」

「我說的句句屬實。」

「不……」

奧德菲醫生站住，轉過身來。

「為什麼你堅持其中有女人牽涉在內呢？」

「親愛的醫生！難道你以為我不了解女性的心理嗎？鄉村小鎮裡的流言蜚語一向是和緋聞有關。倘若一個丈夫毒死妻子，只是為了要到北極旅行或是享受單身的平靜生活，那是絕對不會引起鄉親們任何興趣的！唯有他們深信那個丈夫犯案是為了要和另外一個女人結婚，閒話才會因而散布開來。這是最基本的心理邏輯。」

奧德菲生氣地說：「那群該死、愛管閒事的長舌婦究竟在想什麼，我管不著。」

「你當然管不著。」白羅接著說，「你最好還是回來坐下，回答那個問題。」

奧德菲很勉強地又慢慢走回來坐下。他滿臉通紅地說：「他們可能說的是夢克萊小姐珍．夢克萊是我的藥劑師，是一個很好的工作夥伴。」

「她在你那兒工作多久了？」

「三年了。」

「你的太太喜歡她嗎？」

「嗯——不，不怎麼喜歡。」

「嫉妒？」

「這真是太荒謬了！」

白羅微微一笑，說道：「引起妻子嫉妒是可想而知的。我想告訴你的是，根據我的經驗，儘管這嫉妒看起來多牽強，或是過分，但它向來都是根據事實。有句俗話：『顧客永遠是正確的』，不是嗎？嫉妒的丈夫或妻子也是如此，儘管事實證據多麼微乎其微，但他們還是深信不疑。」

奧德菲堅定地說：「胡扯，我從來也沒對珍．夢克萊說過什麼我太太不該聽到的話。」

「也許吧，但這不能改變我之前提到的事實。」赫丘勒・白羅向前探下身，語調緊迫而令人信服，「奧德菲醫生，我會盡最大努力來承辦你的案子。但是，我必須先要求你對我完全坦誠，不要顧慮面子或是你私人的感情。你是不是在你太太去世前的一段時間，就不再專心照顧她了？」

奧德菲沉默了一兩分鐘，然後說道：「這件事深深折磨著我，我實在希望可以解決。不知怎地，我覺得你能為我做點什麼。白羅先生，我跟你實話實說吧，我並不很愛我的妻子，儘管我自認已盡了丈夫的責任，但我從未真正愛過她。」

「對珍那個女孩呢？」

醫生額頭上冒出不少汗珠。他支支吾吾地說：「我……要不是這樁醜聞和那些流言蜚語，我早就向她求婚了。」

白羅往椅背上一靠，說道：「現在我們終於談到正題了！好吧，奧德菲，我願意承接你的委託。可是記住，我可是會找出事實真相的。」

「事實真相無法傷害我！」他猶豫一下又說：「要知道，我曾考慮採取行動，指控這種不當的誣衊！要是我能使某人承認這是謊言——那一定可以證明我是清白無辜的。至少我是這麼想……不過，有時我又怕這樣反倒會把事情弄得更糟，讓整件事更加沸沸揚揚，大家會說：這事儘管沒有什麼真憑實據，可是無風不起浪呀！」他望著白羅。「請坦白告訴我，你到底有沒有辦法使我擺脫這場噩夢？」

「總是有辦法的。」赫丘勒・白羅答道。

§

「我們現在去鄉下一趟，喬治。」赫丘勒・白羅對他的男僕說。

「是的，主人。」沉著冷靜的喬治答道。

「我們此行的目的是去消滅一個九頭妖怪。」

「真的嗎，主人？是不是像尼斯湖水怪[12]？」

「比那個更不真實。我指的並非是一頭有血有肉的動物，喬治。」

「那我弄錯了，主人。」

「如果真是一條蛇反倒好辦。沒有什麼比謠言的起源更難捉摸、更難確定了。」

「哦，原來如此，主人。那種事到底如何開始的，就已經叫人很難弄清楚了。」

「是的。」

赫丘勒・白羅並未住在奧德菲醫生家裡，他下榻在當地一家小旅館。到達的當天早晨，

12 尼斯湖水怪（Loch Ness Monster），發生於英國蘇格蘭北部尼斯湖的傳說，據稱該湖經常有水怪出沒。

他就先去和珍・夢克萊小姐見面晤談。珍・夢克萊小姐身材高䠷，一頭金黃色頭髮，一雙靛藍色眼睛。她帶著警覺的神情，好像在提防著什麼似的。

她冷冷地說：「這麼說，奧德菲醫生最後還是找你求援了……我早知道他有這想法。」

「你不同意，是嗎？」

她的目光與白羅相遇，冷淡地說：「還會有什麼辦法可想呢？」

「也許仍有方法來應付目前這種局面。」

「那是什麼辦法？」她嘲弄地問道，「難不成你打算到處走動，對所有竊竊私語的三姑六婆說：『請你們別再這樣瞎說了啦，這對可憐的奧德菲醫生很不公平。』可以想見她們會回答：『當然，當然，我壓根兒就沒相信過那種謠傳。』更糟糕的是，她們不會直接挑明說：『我親愛的，難道你從不認為奧德菲太太的死，也許不像表面上那樣單純嗎？』反而會說：『我親愛的，我當然不相信奧德菲醫生和他太太之間會發生那種事。我確信他不會做出那種事，不過他或許真的對她是有點冷淡，而且我認為此時雇用一位年輕女孩做藥劑師不太明智——當然我絕對不是說他們之間有什麼曖昧關係，當然沒有，我確信沒這回事……』」

她停頓下來，滿臉通紅，喘著氣。

「你好像對人家的耳語知道得相當清楚？」

她緊閉著嘴，接著又哽咽地說：「我都知道！」

「那你怎樣看待這件事呢？」

珍．夢克萊說：「對醫生來說，最好的辦法就是賣掉這家診所，然後到別的地方重新開始。」

「你不認為謠言會形影不離地跟隨著他嗎？」

「他得冒這個險。」她聳聳肩膀。

白羅沉默片刻，接著問道：「那你打算嫁給奧德菲醫生嗎，夢克萊小姐？」

對這個問題她倒不意外，只是簡單答道：「他從來也不曾向我求過婚。」

「為什麼沒有呢？」

那雙藍眼望著他眨了眨，她乾脆地答道：「因為我早已讓他死了這條心。」

「哦，遇到像你這樣坦率的人，我運氣真好！」

「你對我直來，我就直往。當我意識到人們議論著查爾斯，說他之所以想擺脫他太太，就是為了要和我結婚時，我就認為如果我們真的結婚，就會鑄成大錯。我努力使我們之間看起來根本就沒有結婚的打算，希望那些莫名其妙的謠言會自然煙消雲散。」

「可是並沒有，對吧？」

「對，並沒有。」

「說真的，」赫丘勒．白羅說，「這真有點不尋常，對吧？」

「那些人在這種地方沒什麼可解悶的對象。」

「那你想不想嫁給奧德菲醫生呢？」白羅問道。

「是有想過，我第一次見到他就喜歡他了。」女孩冷靜地答道。
「那他太太的去世倒是為你提供了捷徑？」
「奧德菲太太是個脾氣古怪、令人厭惡的女人。說老實話，她死了我倒滿高興的。」
「嗯，」白羅說，「你還真坦白！」
她又嘲諷似地微微一笑。
「我想提個建議。」白羅說。
「什麼建議？」
「現在需要採取一種斷然的手段：我建議某個人——也許就是你本人，可以寫一封信給內政部！」
「你這是什麼意思？」
「我的意思是說，最好把事情一勞永逸地解決掉，也就是把屍體挖出來解剖。」
她朝後退一步，張開嘴，又閉上。白羅緊緊盯視著她。
「怎麼樣，小姐？」他最後問道。
珍·夢克萊輕聲說：「我不同意你這個建議。」
「為什麼不呢？一張自然死亡的證明書必然就會封住所有人的嘴了。」
「如果真能拿到那樣一張證明書，那是一定的。」
「你明不明白你說的話意味著什麼？」

珍．夢克萊不耐煩地說：「我明白我在說什麼。你是指類似砒霜中毒的事——也許你可以證明她不是被砒霜毒死的；可是還有其他各種毒藥呢——譬如植物鹼。都經過一年了，即使真用過什麼毒藥，我想也查不出痕跡了。而且我明白那些政府人員是怎樣辦事的，他們可能開立一張含糊其辭的證明書，表示沒有查到什麼致死的毒物殘餘。可是這反倒讓那些愛說是非的人更加議論紛紛。」

赫丘勒．白羅思忖片刻，問道：「你認為這個鎮上誰是主要的謠言傳播者呢？」

她想了想，最後說道：「我認為，李澤蘭小姐是那群惡鄰裡最惡毒的一個。」

「哦，那你能不能把我引薦給李澤蘭小姐呢——盡可能以自然一點的方式？」

「那再容易不過了。那群老處女每天上午的這個時候都會出門購物。我們現在只要走到那條街就行了。」

正如珍所說的，這事毫不費力就辦妥了。在郵局門口，珍停下來和一位鼻子長長、眼神閃爍的中年瘦高婦人交談。

「早安，李澤蘭小姐。」

「早安，珍。今天天氣多好哇，是不是？」

那雙不懷好意的眼睛疑惑地盯著珍．夢克萊身邊的那位朋友。珍說：「讓我給你介紹一下，這位是白羅先生，他要來這兒住幾天。」

§

赫丘勒膝上放著一杯茶，慢慢品嘗著一個小甜麵包，盡可能使自己符合女主人李澤蘭小姐的期望。小姐客氣地邀請他共享午茶，也藉此徹底了解這個外表特殊的外國小老頭想來他們這裡做些什麼。白羅費了點時間巧妙地迴避她的各種揣測，但這可更吊足了她的胃口。當他判斷時機已經成熟時，便向前探著身子。

「嗯，李澤蘭小姐，」他說，「我知道你比我有智慧，你猜中我的祕密。其實我是受內政部委託到這兒來的。不過嘛，請你——」他壓低嗓音說，「千萬別對任何人說。」

「當然，當然，」李澤蘭小姐有點激動，心裡感到洋洋得意。「內政部？你指的是……那位可憐的奧德菲太太？」

白羅緩慢地點了點頭。

「哎——呀！」李澤蘭小姐喜出望外地發出驚嘆。

「你明白，這件事很不容易。上面要求我調查這事是否有開棺解剖的必要。」

李澤蘭小姐驚叫道：「你要把那可憐人挖出來，太可怕了！」

若她說的是「太好啦」而不是「太可怕了」，那就更適合她的那種腔調。

「你有何高見，李澤蘭小姐？」

「嗯，當然，白羅先生。外頭是有不少閒話，但我從來就不信，因為這裡多得是不可靠的流言。自從出事之後，奧德菲醫生就一直表現得不太正常，不過正如我先前說的，我們不須把它說成是心裡有愧；或許只是他內心哀傷的緣故吧。但這並不表示他和妻子彼此恩愛，這點我相當了解。我完全是得自可靠的消息——哈莉森護士在奧德菲太太身旁工作三、四年了，她同意這說法。而且我第六感一向很準，你知道，哈莉森護士心裡也在懷疑，倒不是她說了什麼，可是從一個人的態度是可以感覺到一些端倪，對吧？」

白羅苦笑地說：「可是沒憑沒據，一切都是空談啊。」

「這我明白，白羅先生。不過要是真把屍體挖出來解剖，那一切就弄明白了。」

「對，」白羅說，「那樣就一定可以弄清楚。」

「以往也有過類似的故事，」李澤蘭小姐愉快而興奮地鼓動著鼻翼。「阿姆斯是其中一例，還有另外那個傢伙——我不記得他的姓名了，也不能漏掉克里本。我一直納悶著愛賽兒．勒妮夫是不是也和那事有關。當然，珍．夢克萊是個好女孩，我可以打包票……我不想說是她教唆他的，可是男人有時候確實會為心愛的女孩失去理智，是不是？尤其是他們兩人經常獨處！」

白羅不發一語。他帶著一種自然的詢問表情望著她，揣測她仍會高談闊論一番。心裡數著她到底說了幾次「當然」。

「當然，一旦有了驗屍報告，一切都會水落石出，對不對？還有傭人，傭人知道的事一向最多，不是嗎？不過，要讓他們在背後封口也是不可能的事。奧德菲家的貝特麗，幾乎才剛出殯完就被解雇了。我一直很不解，尤其正當很難找到女僕的時候，就更讓人感到困惑。讓人感覺奧德菲醫生好像怕她知道些什麼似的。」

「看來似乎有足夠理由進行深入調查。」白羅嚴肅地說。

「一般人都對這種想法感到恐懼，」李澤蘭小姐做作地戰慄了一下。「怕自己居住的寧靜小鎮，一下子被刊於報紙中公開曝光！」

「這會嚇壞你嗎？」白羅問道。

「有一點。你知道，我是個思想傳統的保守派。」

「但依照你的說法，也許根本沒事，只是些流言罷了！」

「嗯，可是憑良心說，我可不這麼想。你知道，我還是認為那句俗話說的沒錯——『無風不起浪』嘛。」

「我本人的想法和你完全一樣。」他站起來說，「我相信你會嚴守祕密吧，小姐？」

「哦，當然！我什麼也不會對任何人說。」

白羅微笑著告辭。在門口，他對那位為他拿大衣和帽子的女傭說：「我到這兒來是為了調查奧德菲太太死亡的事，請千萬別對任何人說。」

李澤蘭小姐的女傭葛萊蒂差點摔倒在傘架上。她激動地喘著氣說：「哦，先生，這麼說，那位醫生真把他太太殺了嗎？」

「你這樣認定已經很久了，對吧？」

「嗯，先生，不是我，是貝特麗。奧德菲太太去世時，她在場。」

「那她認為這其中──」白羅故意用著誇張的字眼說，「有謀殺的惡行嗎？」

葛萊蒂激動地點點頭。

「是啊，她是這樣認為的。她還說，在場的哈莉森護士也如此認為。那個護士很喜歡奧德菲太太，太太去世時，她難過極了；貝特麗總是說她知道一些底細，因為她後來立刻和那位醫生攤牌了。要不是有什麼不可告人的事，她不會那樣做的，對吧？」

「哈莉森護士如今在哪兒？」

「她在照顧布瑞絲小姐，就在村子盡頭那邊。你很容易可以找到那所房子，門口有大柱子和門廊。」

§

沒多久，赫丘勒．白羅就坐在那個女人面前，對於引起謠傳的實情，她一定知道得比其他人多得多。哈莉森護士年近四十，仍然很漂亮。她有聖母瑪利亞那樣安詳的氣質，生著一雙動人的黝黑大眼睛。她耐心地傾聽白羅說話，然後慢慢答道：「是的，我知道外面有不少這件事情的傳說。我曾經盡力制止，卻沒有效果。你知道，人們喜歡有點刺激的事。」

「可是，這些謠傳想必有它的起因吧？」

他注意到她憂愁加深的表情，但她只是困惑地搖搖頭。

「也許，」白羅暗示說，「奧德菲醫生和他太太感情並不和睦，才引發這種謠傳？」

哈莉森護士堅定地搖搖頭。

「哦，不是，奧德菲醫生對太太一向非常親切周到而且有耐心。」

「他真的很喜歡她嗎？」

她猶豫了一下。

「不……我不想那麼說。奧德菲太太是個相當難相處的女人。她對任何事總是不滿意，處處希望大家體諒她、伺候她，有時並不近人情。」

「你是指，」白羅說，「她過分誇大自己的病情嗎？」

那位護士點點頭。「是的，她身體欠佳有一大半是她自己的想像造成的。」

「但最後她還是死了……」

「哦，這我知道……我知道……」

他盯視著她一兩分鐘。她顯得困惑不安，明顯地猶豫不決。白羅說：「我敢肯定，你知道這些謠傳的最初起因。」

哈莉森護士臉紅了。她說：「嗯，我可以猜得出來，我想是女僕貝特麗先開始傳播那些謠言，我也知道是什麼事促使她那麼想。」

「是嗎？」

哈莉森護士謹慎地說：「你知道，有一天我無意中偷聽到奧德菲醫生和夢克萊小姐之間的一段談話，我敢肯定貝特麗也聽見了，但我想她本人永遠也不會承認。」

「他們都談了些什麼？」

哈莉森護士停頓片刻，彷彿要再次確認自己的記憶無誤，接著說道：「那事發生在奧德菲太太最後發病去世前的三個星期左右。他們兩人當時在飯廳裡，我正從樓梯上走下來，聽見珍・夢克萊說：『還要等多久啊？我沒辦法再等下去了。』醫生回答說：『不會太久，親愛的，我發誓。』她說：『我受不了長期等待，不會出什麼事吧？』他說：『當然不會，明年這個時候我們就可以結婚了。』」她停住，又接著說：「白羅先生，這是我頭一次覺得醫生和夢克萊小姐有曖昧關係。我一向知道他喜歡她，但當他們是好朋友，僅此而已。之後我轉身上樓。聽見這段對話令我相當吃驚——此時我注意到廚房門正開著，我想貝特麗必定一直在偷聽他們說話。你知道，他們的對話可以從不同的角度來解釋，是不是？一是醫生知道他太太病得很嚴重，不會拖太久——我認為他說的是這個意思；但是對貝特麗來說就可能是另一種意思，也就是醫生和珍・夢克萊好像……嗯，正在策畫如何把奧德菲太太除掉。」

「你本人不這樣認為嗎？」

「不……不，當然不……」

白羅目光銳利地審視著她，說道：「哈莉森護士，你是不是還知道一些別的事？一些你沒告訴我的事？」

她滿面緋紅，激昂地說：「沒有，沒有。當然沒有，還有什麼呢？」

「我也不知道，但我想也許還有什麼其他的蛛絲馬跡吧。」

她搖搖頭，先前那種困惑不安的神情又浮現在臉上。

赫丘勒・白羅說：「內政部可能會下令開棺重新相驗奧德菲太太的屍體！」

「噢，不！」哈莉森護士大吃一驚。「這多可怕啊！」

「你認為那很不幸嗎？」

「我認為那是很可怕的事！令人聯想到眾人的竊竊私語。那對……對可憐的奧德菲醫生來說實在太糟糕了。」

「你難道不認為這對他反倒是件好事嗎？」

「你這是什麼意思？」

白羅說：「如果他是無辜的，如此一來就可以證明他的清白。」

他停住，觀察著這種想法在哈莉森護士的腦裡起的作用，她一下子困惑地皺起眉頭，一下子又見到她表情放輕鬆了。她深吸一口氣，望著他。

「我怎麼沒想到呢？」她簡單答道，「當然了，這是唯一能做的事。」

此時，樓上地板咚咚咚地響了幾下。哈莉森護士跳了起來。

「是我的女主人布瑞絲小姐。她的午覺已經醒了。我得在送下午茶之前把她老人家伺候好，然後我才能出去散步。是的，白羅先生，我認為你所言極是，解剖屍體便能將這謠言永遠止住——尤其是對可憐的奧德菲醫生而言，整件事便可就此打住了。」

她和白羅握握手，便匆匆走出那個房間。

§

赫丘勒．白羅步行到郵局，打電話去倫敦。對方的語氣顯得十分急躁。

「我親愛的白羅，你非得調查這種事嗎？你認為這是我們該插手的嗎？你知道這種小鎮裡的謠傳，通常在調查之後，發現其實根本都是捕風捉影嘛。」

「這起案子，」赫丘勒．白羅說，「是個特例。」

「那好吧——既然你這麼說。你一向有個令人討厭的習慣，就是自以為是。你可知道，如果到頭來空忙一場的話，大家對你會很不滿。」

赫丘勒．白羅自言自語地笑道：「不，我會讓你們滿意的。」

「你說什麼？我聽不清楚。」

「沒什麼，我什麼也沒說。」

他掛斷電話，走進郵局，靠在櫃檯上，用溫和的聲調問道：「太太，你知道奧德菲醫生家之前的女傭——名字叫貝特麗的——現在住在哪兒？」

「貝特麗．金嗎？她後來又換了兩個工作。目前在堤岸那邊的瑪爾利太太家幫傭。」

白羅向她道謝，買了兩張明信片、一本郵票冊和一件當地出產的陶器。在選購時，他盡可能提到有關奧德菲太太的死亡話題。他發現那位郵局工作人員的臉上出現一種神祕的表情。她說：「她死得很突然，是不是？想必你也聽說了不少閒話吧？」她雙眼閃耀著感興趣的光芒，問道：「也許你是為了這事要找貝特麗．金吧？我們大家都認為她突然辭去在那裡的工作確實有點怪。有人認為她知道些什麼——她確實知道，也曾透露出不少暗示。」

貝特麗．金是個神情有點狡詐的矮胖女人，看起來並不聰明，但有一雙靈活的眼睛。可是，貝特麗也是個口風很緊的人。她一再說：「我什麼也不知道，那家人出了什麼事也不是我可以隨便說的。我一點兒都不明白，你說我曾偷聽醫生和夢克萊小姐的談話究竟有何根據？我不是那種站在門外偷聽別人說話的人，你沒權利這麼說我。我什麼也不知道。」

「那你聽說過用砒霜下毒嗎？」白羅說。

女孩那張故作正經的臉孔露出一絲狡詐、感興趣的表情。

「難道那藥瓶裡放的就是那鬼東西嗎？」她說。

「什麼藥瓶？」

「夢克萊小姐為太太裝藥的瓶子。我看得出來，那個護士好像很不放心。她還曾經嘗了嘗、聞了聞，最後把它統統倒進下水道，重新用水灌滿瓶子，反正那藥水和水一樣都是無色的。還有一次夢克萊小姐給女主人端來一壺茶，護士又端下樓去重新沏過，她解釋方才的那壺沒用開水沏。這些都是我親眼所見，一點不差！我當時還以為這只是護士那種職業上吹毛求疵的習慣呢，可是我真不明白，說不定其中有鬼吧。」

白羅點點頭，問道：「貝特麗，你喜不喜歡夢克萊小姐？」

「我不太理會她，她常自以為了不起。當然，我知道她對醫生總是那麼溫柔，只需瞧她望著醫生的那種眼神就全都明白了。」

白羅又點點頭，然後就回到下榻的小旅館。他在那裡對喬治做了些特別指示。

§

內政部化驗師亞倫．加亞西醫生搓著雙手，朝赫丘勒．白羅眨眨眼，說道：「我猜想這個結果很合你的意吧，白羅先生？一向無誤的白羅先生？」

「太謝謝你了。」白羅說。

「什麼因素促使你調查這事？流言蜚語嗎？」

「正如你所說的——謠言上場，臉上畫滿了舌頭。」

第二天，白羅又乘火車去勞伯羅鎮。勞伯羅鎮的流言鬧得滿城風雨，但在掘屍化驗後，喧嚷聲終於減輕了些。解剖報告已經出來，人們的激動情緒達到了沸點。

白羅在小旅舍裡待了約莫一個小時。才剛吃完一頓牛排和腰子布丁的豐盛午餐，喝了不少啤酒，忽然傳來通報說有位女士要見他。

是哈莉森護士。她臉色蒼白，非常憔悴。她逕自走到白羅面前。

「是真的嗎？確實是那樣嗎，白羅先生？」

他優雅地請她在椅子上坐下來。

「是的，查清楚了，有足以致人於死的砒霜殘餘。」

哈莉森護士說：「我真沒想到，一點也沒想到……」接著就哭了起來。

「真實情況早晚都會被揭露的。」白羅輕聲說。

她泣不成聲。

「他會被判絞刑嗎？」

「還得取得證據才行，例如做案時間、毒藥的來源，下毒的過程等等。」

「可是，白羅先生，要是他和這事完全無關，一點關係也沒有呢？」

「如果是那樣，」白羅聳聳肩。「那會宣判他無罪。」

哈莉森護士慢慢說道：「有件事……有件事我早該告訴你，可是我本來以為那無關緊要，只是有點奇怪罷了。」

「我早就知道這裡面有蹊蹺，」白羅說，「你最好現在就告訴我。」

「事情很簡單。有一天，我下樓到配藥室找東西，珍．夢克萊正在那裡做一件相當……奇怪的事。」

「什麼事？」

「也許是我胡思亂想，她只是在自己的粉盒裡裝粉，那是一個粉紅色的琺瑯粉盒。」

「是嗎？」

「可是她並不是裝香粉——那種化妝時撲在臉上的粉，而是把藥櫃裡的一瓶藥粉往盒裡倒。她一看到我就大吃一驚，立刻蓋上粉盒，把它塞進手提包裡；然後匆匆把那個藥瓶放進櫥櫃，不讓我知道那是什麼藥。當時我不認為這表示什麼，但現在我知道奧德菲太太真的是中毒而死——」她哭了起來。

白羅說：「請恕我離座一下。」

他走出去給伯克郡警察局的格雷探長打了個電話。

赫丘勒．白羅回來後和哈莉森護士默默坐著。

白羅想起一個紅髮女孩的臉，耳邊似乎聽到一個清晰而堅定的聲音說：「我不同意你的這個建議。」珍．夢克萊極不贊成解剖屍體，她還提出理由充分的解釋。但事情仍按原計畫進行。這個能幹的女人：工作能力強、為人機智勇敢，卻愛上了常常抱怨被生病妻子糾纏的男人。哈莉森護士曾表示，那個妻子壓根就沒有生什麼嚴重的病。

赫丘勒．白羅嘆了口氣。

「你在想什麼？」哈莉森護士說。

「事情讓人感到無奈……」白羅答道。

「我堅信他對這事一點也不知情。」哈莉森護士說。

「對，我也確定他毫不知情。」白羅說。

門開了，格雷警佐走進來，手裡拿著用一塊絲質手絹包著的東西。他打開手絹，小心翼翼地把東西拿出來——那是個鮮豔的粉紅色琺瑯粉盒。

「我看到的就是這個。」哈莉森護士說。

格雷警佐說：「是在夢克萊小姐的化妝台櫃子裡找到的，塞在抽屜最裡面，用一塊手絹包著。就我初步檢查，上面沒有指紋，不過我仍不敢大意。」他隔著手絹按了一下盒蓋就彈開了。格雷說：「這裡面裝的不是那種撲在臉上的香粉。」他用一根手指頭沾一點點，謹慎地用舌尖鑑定。「沒有特殊味道。」

「白色砒霜是無味的。」白羅說。

「我這就送去化驗。」格雷望著哈莉森護士又問：「你保證就是這個粉盒嗎？」

「是的，我敢保證。這就是我見到夢克萊小姐在太太去世前一週，在配藥室裡拿著的那個粉盒。」

格雷警佐鬆了口氣，他望著白羅點點頭，白羅按了一下鈴。

「請叫我的男僕進來。」

那個忠心盡責、進退有據的僕人喬治走進來，望著他的主人。

「哈莉森小姐，你剛才指稱這個粉盒是一年多前夢克萊小姐使用的東西。事實上，這個粉盒是伍爾沃商店幾週前才賣出的；再者，這種花色的樣式是三個月前才剛生產的。你現在聽到了這個事實，會不會讓你感到意外呢？」

哈莉森護士頓時呆若木雞，睜著她那深邃的雙眼望著白羅。

「你之前見過這個粉盒嗎，喬治？」白羅問道。

喬治向前走過來。

「見過，先生。我跟蹤過這位哈莉森女士，就在本月十八號星期五，她到伍爾沃商店買下它。我按照你的指示，不管這位女士上哪兒，我都跟在後面。剛才提到的那天，她搭乘一輛公車去達寧頓，買下這個粉盒。她先把它帶回家，稍晚時，她又帶它到夢克萊小姐的住所。我按照你的吩咐，事先進入那棟房子。我看到她走進夢克萊小姐的臥室，把那個粉盒塞進化妝台的抽屜裡——這一幕我從門縫看得一清二楚。然後她自以為無人發現就離開了。我可以證明，那個地方的前門沒上鎖，況且天已經黑了。」

白羅嚴厲地質問哈莉森護士。

「你能對這些事實提出合理解釋嗎，哈莉森護士？我想不行吧。這個粉盒從伍爾沃商店賣出時，裡面當然沒有砒霜，但是從夢克萊小姐家裡取出時卻有。」他又輕聲說道：「你把剩下的砒霜留下並不是明智之舉。」

哈莉森護士用雙手捂著臉，悲哀地低聲說：「全是事實，全是事實……是我殺了她。如今白費力氣，畫蛇添足，我真是瘋了！」

§

珍・夢克萊說：「我要請你原諒，白羅先生。我一直很生你的氣，真的氣極了。因為我以為你把所有事情弄得更糟了。」

白羅微笑著說：「我就是故意的嘛。這就像古老傳說裡那條勒爾那九頭蛇，每當你斬斷牠一個頭，在原處又會長出兩個來。所以這種謠言一旦開始滋長，便會很快擴散開來。你知道，我的任務就和我姓名來歷的大力士赫丘勒斯一樣，先抓住事件的源頭——到底是誰最先散布那種謠言？沒多久我就發現那是哈莉森護士。我便去訪問她，表面看起來她是一個很好的女人，聰明而且通情達理。但她當時犯了一個大錯誤，她向我重述一段你和醫生間的對話，而那段對話，你知道，是漏洞百出。從心理邏輯上來看，那根本不大可能發生。如果你和醫生要一起策畫殺害奧德菲夫人，你們都是聰明、冷靜的人，不至於會敞開房門高談闊論，那一定會被路過樓梯或廚房裡的人聽到。再者，那些宣稱是你說出來的話，根本與你本人個性不合。那應該是年紀更大些、不同類型的女人說的話，就像是哈莉森護士在那種處境下會說出來的話。

「當時，我就斷定這件案子十分簡單。我意識到哈莉森護士是個年紀不老、相貌不錯的女人。她和奧德菲醫生朝夕相處將近三年之久，醫生一直很喜歡她，對她的能幹和善解人意十分感激。於是她自認為一旦奧德菲太太死了，醫生應該會娶她。沒想到奧德菲太太死後，她卻發現醫生愛上了你。在憤怒和嫉妒的驅使下，她便開始散布醫生毒死妻子的傳言。原來我判斷這是一起因嫉妒而造謠的案件，但是『無風不起浪』那句俗話引起我的深思。我懷疑哈莉森護士除了散布謠言，是否還做了別的事。她的一些話有點奇怪：她告訴我奧德菲太太的病情，出於她自己想像的成分居多，她並非真有那麼痛苦；可是醫生本人卻深信他太太正在承受病痛的折磨。當他太太去世，他也並不感到意外。就在她死前不久，他曾請另外一位醫生來看她，那位醫生也認為她的病情嚴重。於是我試探性地提出開棺驗屍的建議，哈莉森護士一開始對這個想法顯得不知所措。不一會兒，她的嫉妒和怨恨控制了她：讓他們發現砒霜吧，反正怎樣也不會懷疑到她的身上，這事只會讓醫生和珍．夢克萊惹禍上身。

「最後只有一個辦法，就是讓哈莉森護士不打自招。要是你有任何洗脫嫌疑的機會，我想哈莉森護士會奮不顧身地硬拖你入罪不可。我指示我那忠實的僕人去跟蹤她——她沒見過他，不會引她的注意。於是一切就這樣圓滿的解決了。」

珍．夢克萊說：「你真是了不起啊。」

「是啊，的確是。我真不知道該怎樣感謝你才好。我簡直是個有眼無珠的傻瓜！」奧德菲醫生也附和道。

白羅好奇地問道：「你什麼也沒發覺嗎，小姐？」

珍．夢克萊慢慢說：「我一直是在擔心著，你知道，櫥櫃裡的砒霜少了……」

奧德菲驚呼道：「珍，難道你以為是我？」

「沒有，沒有，不是你。我倒真想過是否奧德菲太太自己拿了，好使自己病情更嚴重些，以博得更多同情，卻大意用過了量。而我擔心如果對屍體進行解剖，查出了砒霜，他們絕對不會接受這種推斷，便會立刻認定是你做的。這就是為什麼我從來沒提起遺失砒霜的事，我甚至把那毒藥帳冊也燒掉了！不過我倒沒懷疑過是哈莉森護士所為。」

「我也一樣。她是那麼溫柔，就像聖母瑪利亞一般。」奧德菲說。

白羅感傷地說：「是啊，她原本會成為一位賢妻良母……只是她的感情太過衝動。」他嘆了口氣，自言自語地嘟囔道：「真是可惜！」

接著，他面帶微笑地望著那個神情幸福的中年男子，以及他對面那個滿懷激情的女孩。

他心想：「這兩人總算脫離了陰霾，沐浴在燦爛的陽光下。而我，也完成了赫丘勒的第二道任務。」

03

阿卡狄亞牝鹿

The Labours of Hercules

有隻生活在阿卡狄亞[13]一座小山上的金角銅蹄牝鹿。大力士赫丘勒斯奉命生擒牠。他用了整整一年時間追趕這頭鹿，最後在拉冬河岸用箭射傷了牠的一隻角，才把牠活逮。這是大力士赫丘勒斯完成的第三道任務。

赫丘勒．白羅用力跺著雙腳希望能暖和起來，他對著手掌直吹氣。雪花在他的唇髭上融化，滴下水珠。

此時有人敲門，隨即進來一名女僕，是個身材壯實的鄉下女孩。她瞪大雙眼驚訝地望著赫丘勒．白羅，看得出來她這輩子從未見過像白羅這樣的旅客。她問道：「是你按的鈴嗎？」

「是的，請為我在壁爐上升火，好嗎？」

她走出去，很快拿來報紙和木柴，跪在那個維多利亞式的壁爐前生起火來。

赫丘勒．白羅還在跺著雙腳，甩動兩隻手臂，朝著凍僵的手掌哈氣。

他心情不太好，因為他那輛汽車——一輛豪華昂貴的麥薩羅格拉茲汽車，並未如預期中的順利運作。而他的司機，一個享受優厚工資的年輕人，竟沒能把它修復——偏偏這輛車竟在一條離任何地方都至少有一英里半遠的岔路上拋錨了，天上又下起大雪。赫丘勒．白羅只好穿著那雙時髦的漆皮皮鞋步行了一英里半路程，來到河邊這個哈特利鎮。這個小鎮夏季相當熱鬧，此時卻死氣沉沉。對這位寒冬中光臨的顧客，這家黑天鵝飯店似乎感到意外。飯店主人好心地建議他去當地汽車修理站，租輛車子繼續旅程。

赫丘勒・白羅拒絕了。他那拉丁人節儉成性的習慣給激怒了。租車？他已經有一輛車了，而且是輛轎車，一輛名牌汽車。除非坐那輛車，否則自己絕對不搭乘別的車。總之，即使車子很快就修理好，他也不想在這大雪天趕路，不如明天早晨再離開。他登記住房，要求生爐火，並叫了晚餐。飯店負責人領他進房，叫喚女僕生好爐火，然後便離開，到廚房了解晚餐準備的細節。

一小時後，白羅雙腿舒適地平放在壁爐前，心中評論著剛才那頓晚餐：牛排煎得太老，筋太多；菜切得太粗；馬鈴薯燉得不夠久，咬起來硬得像塊石頭。之後的水果和甜點牛奶凍也不值得一提；奶酪不夠細緻，餅乾不鬆脆……儘管如此，赫丘勒・白羅還是心滿意足地望著跳動的火苗，慢慢品嘗著那杯勉強稱之為咖啡的飲料，心想，有吃有喝總比餓著強，比起不久前穿著皮鞋在被雪覆蓋住的路上寸步難行的窘況，現在可以坐在壁爐前烤火——有如進了天堂！

敲門聲響起，那名女僕又進來了。

「對不起，先生。有位汽車修理站的師傅想見你。」

13 阿卡狄亞（Arcadian），古希臘山區，在今伯羅奔尼撒半島中部，以其居民過田園式純樸生活著稱，今喻為世外桃源之意。

赫丘勒．白羅溫和地說：「那就請他上樓吧。」

女孩微笑告退。白羅心想，這個女僕一定會向朋友描述他的長相和遭遇，無疑地，這將為沉悶的冬季增添不少樂趣。

又有人敲門，聲音和先前的不同。白羅喊道：「請進。」

他抬頭望著那個年輕人，後者不自在地用雙手擰著自己的便帽。

白羅心想，這真是他所見過最英俊、最像希臘神話人物的年輕人了。

年輕人沙啞地說：「先生，你的轎車我們已經送廠檢修了，大約一小時才能修好。」

「出了什麼毛病？」白羅問道。

年輕人熱情地說了一串專有名詞。白羅微微點著頭，可是並未用心聽。此時他正欣賞著年輕人的樸實無華，他想到世間所遇儘是些作奸犯科的鼠輩，他心裡稱許道：「嗯，這年輕人像是希臘神話中住在阿卡狄亞的年輕牧羊人。」

年輕人驀然停住不語，赫丘勒．白羅皺了皺眉。適才他最初是以欣賞的角度審視對方，其次才是心理層面。此刻他抬頭說：「是的，我明白了。」他停頓一下又說：「你剛才講的情況我司機已經說過了。」

他看到年輕人紅了臉，神經質地緊握便帽。

年輕人結結巴巴地說：「是……是的，先生，我知道。」

赫丘勒．白羅和氣地接著說：「可是你認為應該親自來向我說明，對吧？」

「嗯……對，先生，我想最好還是親自來一趟。」

「你太周到了，謝謝你。」

最後一句話有打發他走的意思，但白羅並不認為年輕人會立刻告退。這點他對了，年輕人一動也不動地站在那裡。

他手足無措地揉搓著那頂花呢便帽，用低沉而困窘的聲調說：「嗯……容我問一聲，先生，你真的是那位名偵探，赫丘勒．白羅先生嗎？」他小心翼翼地說出這個姓名。

「你說得沒錯。」

年輕人臉上又是一陣緋紅，他說道：「我在報紙上看過一篇介紹你的文章。」

「是嗎？」

此時，年輕人早已滿臉通紅，雙眼呈現出異樣的神情——那是痛苦和乞求的神情。赫丘勒．白羅主動拉了他一把，輕聲問道：「怎麼了？有什麼事要問我嗎？」

年輕人一下子滔滔不絕起來。

「我擔心這樣會太冒失，先生。不過，你碰巧來到這裡……嗯，我絕不能錯過這個好機會。我看過不少關於你本人和你機智辦案的報導。總之，我想不如就向你求援吧，所以藉此機會請教你，你不會見怪吧？」

赫丘勒．白羅搖了搖頭，說：「有什麼事需要我幫助你嗎？」

他用力點點頭，沙啞而困窘地說：「是……是有關一位年輕小姐的事。你能不能為我找到她？」

「找到她？這麼說，她失蹤了？」

「是的，先生。」

赫丘勒在圓沙發裡坐直身子，敏銳地說：「我也許可以幫助你，可是你最該找的人不是警察嗎？這是他們的職責，找人他們也比我更有辦法。」

年輕人動了動雙腿，侷促不安地說：「我不能那麼做，先生。我根本無法報警，也可以說，這整件事情很不尋常。」

赫丘勒．白羅注視他片刻，然後指著一把椅子。

「那就坐下來談談吧。你叫什麼名字？」

「威廉遜，先生，泰德．威廉遜。」

「坐下吧，泰德。告訴我到底是怎麼回事。」

「謝謝你，先生。」

他把椅子往前挪，謹慎地挨著椅邊坐，雙眼流露出無助的神情。赫丘勒．白羅輕聲道：「說吧。」

泰德．威廉遜深吸一口氣。

「先生，是這樣的。我只見過她一面，並不知道她的真實姓名，對她的一切也不了解，此外，我寄給她的信也全被退回來了。」

「從頭說起吧，」赫丘勒．白羅說，「別著急。把事情的經過一五一十告訴我。」
「好的，先生。你知道草坪別墅嗎，就是在橋頭河邊上的那幢大房子？」
「我不知道。」
「那是喬治．桑德菲爵士的產業。夏季週末他常在那兒設宴開舞會，通常和他一道來的都是一群喜歡尋歡作樂的朋友、女演員之類的。嗯，去年六月，他家裡的收音機出了毛病，找我去修理。」
白羅點點頭。
「我就去了。當時主人正帶著客人到河邊散步，廚師外出，男僕也跟著去伺候客人野餐，準備飲料、食物的。別墅裡只剩下那個女孩，她是其中一位女客的女傭。她開門讓我進去，帶我到放收音機的地方；當我在修理時，她一直在我旁邊。我們就聊了起來……她叫妮塔，她是這麼告訴我的，是一個俄羅斯舞蹈演員的女傭。」
「你看她是哪國人，英國人嗎？」
「不是，先生。她像是法國人，口音有點奇怪，不過英語講得還不錯。她人很友善。過了一會兒，我問她晚上能不能一起去看場電影，但她說她的女主人要她服侍，走不開。但她說下午倒是可以出去走走，因為那些先生夫人野餐要到傍晚才回來。總而言之，那天下午我沒請假就外出（差點就被解雇），我們倆就沿著河邊散步。」
他停了下來，嘴色帶著一絲笑容，眼神陶醉。

「她很漂亮吧，是嗎？」白羅輕聲問道。

「她可以說是我見過最美的人。頭髮閃閃動人，飄起來就像一雙金色翅膀，走起路來腳步輕盈。我……我，嗯，我立刻就愛上她了，我不是說著玩的，先生。」

白羅點點頭，年輕人繼續說：「她說她的女主人半個月之後還會再來，我們就相約到時候再見面。」他停了一會。「可是，她卻再也沒有來過。我在約好的地方等她，但一直不見她的蹤影。後來我就鼓起勇氣到那棟房子去找她。俄國女士倒是在，有人告訴我她的女傭也在。我託人找她出來，之後我一看，天呀，那根本不是妮塔！而是一個黑髮女孩，模樣實在差太多了。她叫作瑪麗。『你找我嗎？』她問我，還一直傻笑，她一定看得出我吃驚的表情。我問她是那位俄國女士的女傭嗎，怎麼和我之前見過的不一樣？她就笑了，說先前那個女傭給辭退了。『辭退了？』我問，『為什麼？』她聳聳肩，攤開兩手。『我怎麼會知道？』她說，『我當時又不在。』

「呃，先生，我真的嚇了一跳，也想不起來當時說了什麼。可是後來，我又再次鼓起勇氣去那兒找瑪麗，請她設法幫我弄到妮塔的地址。我沒讓她知道我連妮塔姓什麼都不清楚。我答應如果她達成我的要求，就送給她一個禮物——她是那種斤斤計較的人。後來，她真的幫我問到了，那是一個倫敦北部的地址。於是我寫了封信寄給妮塔，但是沒幾天那封信就被退了回來，是郵局退的，上面草草寫了『該住址查無此人』。」

泰德．威廉遜停住，那雙深藍色的眼睛緊盯著白羅，接著說：「你明白這是怎麼回事了吧，先生？這不屬於警察管轄的事。但我想找到她，我真不知道該如何著手。如果，如果你能為我找到她。」他臉紅了。「我……我存了一點錢，我能付給你五英鎊，甚至十英鎊。」

白羅輕聲說：「暫時先不必提到費用。首先得澄清一點，就是那個女孩——妮塔，她應該知道你的姓名和工作地點吧？」

「知道，先生。」

「如果她願意和你聯絡，應該會寫信給你吧？」

「是的，先生。」泰德緩慢地說。

「那你不認為，或許——」

泰德．威廉遜打斷白羅的話。

「先生，你是指我愛上了她，可是她並沒愛上我？也許真是如此。可是她喜歡我，真的喜歡我，並非開玩笑的。我一直想其中可能有些特殊原因。先生，你知道，她生活在有錢人的社交圈中，誰也不敢保證她是否出了麻煩，你明白我的意思吧？」

「你是說她可能懷孕了嗎，你的孩子？」

「不是，先生，」泰德紅著臉說，「我們之間不是那樣的。」

「你的假設如果是真的，那你還要找她嗎？」

泰德．威廉遜又滿臉通紅，說道：「是的，我想，我很確定。如果她願意的話，我就和她結婚，我不在乎她遇到什麼令我尷尬的處境！只要你能為我找到她，先生。」

赫丘勒．白羅微笑著，自言自語道：「『頭髮像金色翅膀』。嗯，我認為這倒像極了大力士赫丘勒斯的第三道任務……如果我沒記錯，那是發生在阿卡狄亞……」

§

赫丘勒．白羅仔細端詳著泰德．威廉遜寫下的名字和地址：

上蘭富街十七號十五室，瓦萊塔小姐。

他質疑著這個地址能透露什麼，總覺得這沒多大用處，但這卻是泰德唯一能提供給他的線索。

上蘭富街十七號位於一條狹窄卻乾淨的街道上。白羅敲門後，一個瞇著眼睛的胖女人打開了門。

「瓦萊塔小姐在嗎？」

「她啊，早就離開了。」

門正要關上，白羅連忙向門檻跨了一步。

「也許你可以給我她現在的地址？」

「我沒辦法告訴你，她沒有留下地址。」
「她什麼時候走的？」
「去年夏天。」
「你能不能告訴我具體的時間？」
他右掌心裡轉動著兩枚五先令硬幣，聲音弄得殊殊響。對方的態度立刻緩和下來。
「嗯，我當然願意，先生。讓我想想看，八月，不對，還要更早些……七月，沒錯，一定是七月。七月第一個星期她就匆匆離開，我想她是回義大利了。」
「那麼，她是義大利人囉？」
「是的，先生。」
「有一陣子她在一位俄羅斯舞蹈演員那兒做女傭，是嗎？」
「對，她名叫薩慕森，在那個受歡迎的第斯比安戲院裡表演。她是一位明星。」
「你知道瓦萊塔小姐為什麼辭職？」
那個女人猶豫一下，說道：「我不大清楚。」
「她是被解雇的，對吧？」
「嗯，也許有什麼不光彩的事吧！不過，瓦萊塔小姐可不會吃悶虧，她不是那種任人擺布的女人，她簡直氣壞了，她的脾氣實在太糟了，你知道，她是個道地的義大利人，光看她那雙黑眼睛裡所露出的凶光，就像是馬上要拿刀殺人似的。如果她正在發脾氣，我才不敢去招惹她！」

「你真的不知道瓦萊塔小姐現在的住處嗎？」

那兩枚五先令的硬幣又響了起來。她的回答倒是毫不遮掩。

「我巴不得知道，先生。我是很樂意告訴你，可是她那時匆匆忙忙就走了，沒留下地址，這是實情！」

白羅心裡琢磨著，「嗯，是這麼回事……」

§

安布羅·萬德爾正忙著為他下一部芭蕾舞劇設計布景。但他樂意藉著談話休息一下，他如數家珍地提供了不少消息。

「桑德菲？喬治·桑德菲？那個傢伙，最近可賺了不少錢。但我聽說他是個騙子。大家稱他是一匹『黑馬』。他是否和一位舞蹈演員有染？是啊，他和卡特琳正打得火熱呢。卡特琳·薩慕森，你認識吧，你想必已看過她的表演？哦，上帝，真是太棒了，她跳得真好。你看過《圖翁內拉的天鵝》[14]嗎？布景是我設計。不然就是德布西[15]的作品；或者是曼寧的《林中小鹿》，她在劇中和麥克·諾夫金跳雙人舞。她跳得實在太棒了。」

「她是喬治·桑德菲爵士的朋友嗎？」

「是的，她週末常和他一起到他河邊的別墅度假。我相信他辦的派對一定很棒。」

「你能不能為我引見薩慕森小姐？」

「可是她現在不在這裡，先生。她突然到巴黎或是別的地方去了。你知道，有人還傳言說她是個布爾什維克間諜什麼的。但我一點都不相信，你知道人們都愛嚼舌。卡特琳說自己是白俄王子或公爵的女兒。這是老把戲嘛，也許可以更受人歡迎。」萬德爾稍停，接著又回到他喜愛的話題。「照我說，若想表達出拔示巴[16]的神韻，就得沉浸在猶太傳統裡，我會如此來表達……」他興高采烈地講下去。

§

赫丘勒．白羅和喬治．桑德菲爵士見面晤談，一開始並不太順利。

這位被安布羅．萬德爾稱為「黑馬」的爵士，顯得有點不自在。他是個矮小結實的人，

14 《圖翁內拉的天鵝》（*The Swan of Tuolela*），芬蘭作曲家尚．西貝流士（Jean Sibelius, 1865-1957）的歌劇。

15 德布西（Claude Debussy, 1862-1918），法國作曲家。

16 拔示巴（Bathsheba），《聖經》中西台人烏利亞之妻，大衛王為奪人妻，特派烏利亞上戰場送死。其後娶拔示巴為妻，她為大衛王生下有名的所羅門王。

一頭深色頭髮，雙下巴很厚。

「白羅先生，我能為你做什麼事嗎？呃，我們好像不曾見過面吧？」

「是的，不曾謀面。」

「那有什麼事呢？坦白說，我真感到納悶。」

「哦，很簡單，我要向你打聽一些事。」

對方不自在地微笑。

「要我提供內部消息嗎？沒想到你對經濟也有興趣。」

「不是經濟，是想打聽一個女人的事。」

「一個女人的事。」

桑德菲爵士向後靠在扶手椅背上。他似乎不再緊張，音調也溫和多了。白羅說：「我想你認識卡特琳·薩慕森小姐吧？」

桑德菲笑了。「認識，一個令人著迷的女人。可惜她離開了倫敦。」

「她為什麼要離開倫敦？」

「親愛的先生，這我不知道，也許是和經紀人吵架了吧。你知道她的脾氣，完全是俄羅斯人才有的那種喜怒無常。真抱歉，我無法幫你，我一點也不知道她目前人在哪兒，我根本就沒和她聯絡。」

他站起來，語氣中有結束談話的意思。白羅說：「我並非要找薩慕森小姐。」

「是嗎？」

「是的，我是想打聽一下她的女傭。」

「她的女傭？」桑德菲瞪著他。

「你也許還記得……她的女傭吧？」

桑德菲顯得很不自在，侷促不安地說：「老天，我怎麼會記得呢？不過，我記得她有一個不守本分的女傭──我是說，是個壞東西。換作是我，絕不相信那丫頭說的每句話。她是那種天生愛說謊的女孩。」

「這麼說，你還記得她不少事了。」

桑德菲連忙說：「只是有點印象，僅此而已。我甚至連她的名字都不太記得，讓我想想看……瑪麗還是什麼……不行，我恐怕沒辦法幫你找到她，非常抱歉。」

「我已經從第斯比安戲院打聽到瑪麗．海琳的姓名以及她的地址。但我要找的是那個在瑪麗．海琳之前伺候薩慕森小姐的女傭。我說的是妮塔．瓦萊塔小姐。」

「那我一點也不記得了。我唯一記得的是那個叫瑪麗的，一個愛說謊的黑女孩。」

「我說的是去年六月曾去過你草坪別墅的那個女傭。」

桑德菲生氣地說：「嗯，我只能說我不記得她了。也不記得當時她有女傭同來，我想你大概弄錯了。」

白羅搖搖頭，認為自己並沒弄錯。

§

瑪麗．海琳用她那靈活的小眼瞥了白羅一眼，又把目光迅速移開，以確定的口吻說：

「先生，我記得很清楚，薩慕森小姐是去年六月的最後一個星期雇用我的。她原來的那個女傭突然離開了。」

「你聽說過那個女傭離開的原因嗎？」

「她突然走了，我只知道這點。或許是因為生病之類的事吧，小姐沒有提起過。」

「你認為你的女主人容易相處嗎？」

女孩聳聳肩。

「她情緒不穩，一會兒哭，一會兒笑。有時候她情緒低落，既不說話也不吃東西；有時候卻高興得要發狂似的。那些舞者都是這樣，這是她們的個性。」

「喬治爵士呢？」

女孩警覺地抬起頭來，兩眼出現一絲厭惡的神情。

「哦，喬治．桑德菲爵士嗎？你想知道他的事？也許你想打聽的是他吧！提到女傭不過是藉口，對吧？哼，關於他我倒是可以告訴你一些怪事。我可以告訴你——」

白羅打斷她的話。

「沒有那個必要。」

她瞪著他，張大著嘴，雙眼流露出失望而生氣的神情。

§

「我說啊，你什麼都知道，艾力克。」赫丘勒・白羅用恭維的語調說。

他心想，赫丘勒斯的第三道任務，竟需要如此多的旅行和訪談，簡直超出他的想像。這椿女傭失蹤的小事，其麻煩的程度在在挑戰他以往接辦過的案子。每條線索在追查之後，都毫無所獲地斷了線。

這天晚上，這個案件又把他帶到巴黎的薩莫瓦餐廳，老闆艾力克伯爵正自誇他熟知文化界發生的每件事。他自鳴得意地點點頭。

「是的，我知道一切，我一向無所不知。你問她在哪兒，那個嬌小的薩慕森、動人的舞蹈家？哦，她真是出色，那個小不點兒。」他親吻著自己的手指頭。「就像一把烈火，個性放任不羈。她的前途一片光明，很有希望成為當代的首席芭蕾女伶。可是忽然間她消失了，走了，前往世界的盡頭。唉！人們不久就會忘掉她了。」

「那她如今在哪兒？」白羅問道。

「在瑞士。在阿爾卑斯山的瓦格拉。一些久咳不癒和日漸消瘦的人都去那裡療養。她病得很重，就快死了！她是個宿命論者，認為自己就快死了。」

白羅咳了一聲，打斷對方的話。他只想獲得線索。

「你一定記得她身邊有個女傭吧？一個叫妮塔·瓦萊塔的？」

「瓦萊塔？瓦萊塔？我記得曾見過一個女傭——在火車站，我正送卡特琳去倫敦。她是從義大利比薩市來的，對吧？嗯，我敢確定她是個義大利人，從比薩來的。」

赫丘勒嘟囔了一聲。

「這麼說來，」他說，「現在我還得去一趟比薩。」

§

赫丘勒·白羅站在比薩市桑托墓園裡，低頭望著一座墳墓。

可以說，他的尋訪就到這裡結束了。在這簡樸的小土堆下，正安息著一個靈魂，她曾撼動一個英國年輕人的心。

這也許是那場意外之戀最好的結局。如今女孩在那個年輕人的記憶裡，將永遠留下六月的某個午後和她共處數小時的影像。原本可能會遭遇到的，諸如國籍不同帶來的適應問題、日常生活的摩擦、幻想破滅的痛苦等等，都不可能發生了。

赫丘勒·白羅哀傷地搖搖頭。他回想自己和瓦萊塔家人的談話。那位純樸、寬臉的母親，正直又極度悲傷的父親，以及那個倔強、一頭黑髮的妹妹。

「一切來得很突然，先生，非常突然。雖然幾年來她有時會覺得疼痛，卻沒有多留意。醫生說已經沒有別的選擇，必須立刻動手術割掉闌尾。他當時就把她帶到醫院去了……哎，是啊，她就是在麻醉時死的，至終都沒醒過來。」那位母親啜泣著，喃喃道：「采卡一向是個聰明的女孩。這麼年輕就死了，真叫人難過……」

赫丘勒心裡重複那句話：「這麼年輕就死了……」

這就是他為那年輕人——那個全心求助於他的年輕人——所帶回去的結論：「你找不到她了，我的朋友，她已經死了。」

他的尋人活動就在這裡告一段落。天際出現斜塔的輪廓，初春的花正綻放著淡黃色的花苞，像是告示著歡娛生活的到來。

不知是不是這春天撩人的景色，使他始終不滿意這個結局？是不是還有什麼別的事？他思索著——一段談話、一句用語、一個姓名？整件事結束得未免過於匆促，又過於牽強。

赫丘勒．白羅嘆了口氣。他得再次遠行，去排除事件的一些疑點，他必須到阿爾卑斯山的瓦格拉走一趟。

§

他覺得稱呼這裡是世界盡頭實不為過——一層層覆蓋的白雪，點綴農舍和小房子。在這些居所中，大都住著瀕臨死亡邊緣的人。

他終於找到卡特琳・薩慕森。她正躺在床上，深陷的面頰明顯潮紅，瘦長的雙手攤放在被子之外，眼前所見觸動了他的回憶。他雖不記得她的姓名，卻看過她的表演——其中蘊涵的境界之高曾令他著迷，甚至忘了何謂藝術。

他記得麥克・諾夫金扮演的獵人，在安布羅・萬德爾所設計那驚人且夢幻般的森林裡旋轉跳躍。他也記得那隻可愛、飛奔的雌鹿——長著美麗犄角和閃亮銅蹄的金髮美女，不停地受人追逐，使人想永遠占有她。印象最深的是她最後被獵人射中，受了傷倒地不起時，麥克・諾夫金驚恐地站在那裡，雙手抱著那頭已死的小鹿。

卡特琳・薩慕森不解地望著他，說道：「我們從未見過面，對吧？你找我有什麼事？」

赫丘勒・白羅朝她微微欠了身，說：「小姐，首先我要感謝你——你的藝術表演曾經讓我度過一個美好的夜晚。」

她淡然一笑。

「但我來這兒是為了另外一件事。我之前花了不少時間尋找你的一個女傭，她的名字叫妮塔。」

「妮塔？」她瞪視著他，露出吃驚的神情，問道：「你想知道妮塔什麼事？」

「讓我告訴你。」

於是他對她娓娓道出在他那輛汽車拋錨的那天晚上，泰德・威廉遜站在他面前手裡擰著便帽，如何不安地道出他的愛情和痛苦。她聚精會神地聽著。她聽完後說：「真感人。是的，真令人感動……」

赫丘勒．白羅點點頭。

「是的，」他說，「這可算是阿卡狄亞的故事。小姐，你可以告訴我這個女孩的事嗎？」

卡特琳．薩慕森嘆了口氣。

「我是有過一位女傭，名叫妮塔。她十分漂亮，又無憂無慮。但她逃不過命運，和那些受神祇寵愛的人物一樣，年紀輕輕就死了。」

這是白羅自己說過的話──他所下的最終結論；如今他又再次聽到，但這次他執者地問道：「她真的死了嗎？」

「是的，她死了。」

赫丘勒．白羅沉默片刻，說道：「有件事我不明白。我在向桑德菲爵士打聽你這女傭的時候，他好像有點害怕，為什麼？」

那位女伶臉上露出厭惡的表情。

「那一定是因為我另外一位女傭，他以為你指的是瑪麗──那個在妮塔之後來的女傭。她想勒索他，我猜她發現一件他的醜事。她真是不討人喜歡──不守本分，又愛偷看別人的信件和上鎖的抽屜。」

「我了解了。」他沉默一分鐘，又接著追問道：「妮塔姓瓦萊塔，是嗎？後來她在比薩動闌尾手術時死的，對吧？」

他注意到她有點猶豫，後來才點頭說：「是的。」

白羅沉思一下，說道：「可是還有個小問題：當她家人提到她的時候，都叫她采卡而不是妮塔。」

卡特琳聳聳那瘦削的肩膀，說：「采卡也好，妮塔也罷，又有什麼關係？也許她真名叫采卡，但覺得妮塔聽起來比較浪漫就改了。」

「哦，你這麼認為？」他換了一種聲調說：「但對我而言還有另一種解釋。」

「什麼解釋呢？」

白羅向前探著身子說：「泰德．威廉遜所見的那個小姐，按照他的描述，頭髮長得像對金色翅膀。」

他再向前彎下身，用手指觸摸卡特琳兩側的波浪鬈髮。

「金色翅膀，或金色犄角？人們見著它，還真分不清楚你是魔鬼，還是天使！你可能兩者皆是。我想那對翅膀就是那頭受傷小鹿的金犄角？」

卡特琳喃喃道：「受傷的小鹿……」聲音發自一個絕望者的內心深處。

白羅說：「泰德．威廉遜的描述一直使我感到困惑，並且令我聯想到你。你正踩著閃閃發亮的銅蹄舞過森林。小姐，我可以告訴你我的想法。我認為有一週你沒帶女傭，獨自一人到草坪別墅去。當時采卡．瓦萊塔回義大利去，而你還沒雇用新的女傭。那時你感到自己病況不輕。那天，大家都去河邊野餐，你一個人沒去。這時門鈴響了，你去應門，見到了一位樸實單純、像個神話人物般的英俊青年！你就虛構了名字——不是采卡，而是妮塔。你與他一起在阿卡狄亞的人間仙境散步了好幾個小時……」

一陣漫長的沉默後，卡特琳用沙啞的低沉嗓音說：「有件事我至少對你說了實話。我告訴你這件事的結局，妮塔死的時候很年輕。」

「噢，不會！」赫丘勒．白羅激動地拍了一下桌子，實事求是地說：「根本沒必要這樣想！你不會死。你可以換個環境生活，努力活下去，難道你不願意嗎？」

她搖搖頭，悲傷而絕望地說：「活著還有什麼意思呢？」

「不是活在舞台上！想一想，還有不同的生活呢。好了，小姐，告訴我實話，你的父親真是王子或公爵，甚至是位將軍嗎？」

她突然笑了起來，說道：「他呀，是列寧格勒的一名卡車司機。」

「很好！那你為什麼不去做一個鄉下汽車修理員的妻子呢？生幾個如天使般的孩子，說不定他們將來也會跳出你那樣美妙的舞姿。」

卡特琳喘口氣。

「這種想法未免太異想天開了！」

「不過，」赫丘勒．白羅十分自信地說，「我倒相信這一定會實現！」

04

厄律曼托斯野豬

The Labours of Hercules

厄律曼托斯野豬原是獻給阿苔密斯山的貢物。牠脫逃並蹂躪了厄律曼托斯一帶。大力士赫丘勒斯大聲吼叫，把牠從叢林中趕出，又跟著牠爬上冰雪覆蓋的山坡，才生擒住這頭疲憊不堪的野豬。這是赫丘勒斯完成的第四道任務。

赫丘勒完成第三項任務時，人在瑞士。他認為既然已經來到這裡，不如藉此機會遊覽尚未去過的幾處地方。他在夏蒙尼舒適地度過幾天，又在蒙特勒消磨一兩天，然後去阿德瑪，這地方是幾位朋友向他極度推薦的。然而阿德瑪卻令他感到不舒服。他認為住在被高聳而冰雪覆蓋的山脈圍住的低谷盡頭，真是讓人覺得沉悶。

「我無法在這裡久留。」赫丘勒．白羅心想著。就在此時，他瞥見登山纜車。「好吧，就這麼決定，我上山去看看吧。」

他發現那纜車先到萊阿溫，接著是考魯謝，最後抵達海拔有一萬英尺高的雪岩嶺。

白羅無意去那麼高的地方，決定只坐到萊阿溫。

但生活中處處是不可預料的機遇。纜車開動後，列車員來白羅身旁查票。他檢查後，用一把嚇人的票剪在車票上打孔，然後鞠躬，把票還給他。在此同時，白羅感到有一小張紙條和車票一起塞進了他的手中。

赫丘勒．白羅揚了揚眉毛，不動聲色地攤平那張紙條。那是張鉛筆匆匆塗寫的紙條。

那兩撇小鬍子不可能被認錯的！向你致敬，我親愛的同業。懇請你助我一臂之力。想必你已看到報上刊載的沙里一案吧？據稱殺人犯馬拉舍，將在雪岩嶺和幾個同夥聚首，想不通竟會在這種地方！當然，這個消息也可能有誤。不過，消息的來源滿可靠的，總是有人會走漏風聲，不是嗎？所以，想請你一起留意周遭的人。我的朋友，請和目前人在現場的德魯埃警官聯絡。他雖然很能幹，但仍比不上足智多謀的赫丘勒．白羅。我們務必逮住馬拉舍，我的朋友。不只如此，還要生擒他。他不是人，是一頭瘋狂的野豬——當今世上最凶狠的殺手。我沒敢冒險在阿德瑪和你說話，因為擔心自己可能早已受人監視；如果讓人以為你只是旅客，緝凶任務會執行得比較順利。

祝獵獲成功！

你的老朋友勒曼泰

赫丘勒摸摸自己的八字鬍沉思著，沒錯，那的確是赫丘勒．白羅的正字標記，任誰也不會弄錯。但究竟是怎麼回事呢？他在報上確實曾看到沙里案件，即一名巴黎知名出版商被人暗殺的詳細報導。凶手身分已經確認，馬拉舍是賭馬集團的成員。他也是多起凶殺案的嫌犯，但是這次他的罪行已被查證屬實。他脫逃了，據說已逃離法國，目前歐洲各國的警察局正聯手捉他歸案。

馬拉舍居然將在雪岩嶺現身……

赫丘勒・白羅百思不解地搖搖頭。因為雪岩嶺位居降雪線之上，那裡只有一家旅館。和山下的通訊，只靠著一條接在山谷狹窄岩架上方的纜繩。那家旅館每年六月開始營業，一年中除了七、八月，幾乎沒有旅客。那裡的出入條件很差，一個人如果在那裡遭到追捕，那就只能坐以待斃。而一幫匪徒居然選擇這樣的地點碰面，這似乎有點離奇，讓人不敢相信。

然而，勒曼泰署長卻說他的消息十分可靠，應該不會有錯。赫丘勒・白羅一向很敬重這位瑞士警察署長，認為他是個能幹而可靠的人。

一定有什麼未知的因素，使馬拉舍選擇了這個遠離文明世界的聚會地點。

赫丘勒・白羅嘆了口氣，逮捕一個冷酷的殺人凶手和他度個愉快假期的想法，真是格格不入。他總認為坐在扶手椅裡動腦筋推理案情，才是他一向的辦案方式；而不是在這種深山野嶺捕捉一頭野豬！

一頭野豬——這是勒曼泰的形容詞，哎，這和他的第四項任務正好不謀而合呀！

他喃喃自語道：「大力士赫丘勒斯的第四樁偉大任務——厄律曼托斯野豬？」

他冷靜地仔細觀察著同行的乘客。他對面坐著一個美國人。不論衣服、外套和手提包的樣式，或是他那主動的友善態度和觀賞窗外景色的天真表情，甚至是他手中拿的旅遊指南，在在可看出他是出身美國鄉下的人，第一次來歐洲旅遊。白羅心裡猜測，不一會兒那人一定會開口搭訕，他那急切、渴望的表情絕不會錯。

車廂另一邊是個看起來頗具身分的高個子男人，滿頭灰白頭髮，長著鷹鉤鼻，正在讀一本德文書。他有著若非音樂家就是外科醫生的靈活長指。

遠端有三個同一類型的男人，他們都是弓形腿，帶有一股難以形容的粗野氣質。此刻他們正在玩紙牌，也許不久他們就會讓一個陌生人加入牌局。一開始，那個陌生人應該會贏，但隨後牌運就會逆轉。

那三個人沒有什麼特別，唯一不尋常的是他們為什麼來這裡？這類人你可能會在前往賽馬場的火車車廂，或是一艘普通郵輪上遇到；但是他們出現在一輛幾乎無人的纜車上，卻有點不對勁。

車廂裡還有另一位乘客，是個女人。身材瘦高，一頭深色濃髮，有張美麗的臉孔，那張可以有豐富表情的臉，如今卻是冷若冰霜。她誰也不看，只凝望著下面的山谷。

正像白羅所預料的，那個美國人終於開了口。他說他叫作施瓦茲，這是他第一次到歐洲觀光。他說歐洲的風景簡直太棒了，尤其對奇倫古堡印象深刻。他認為名都巴黎並沒什麼了不起，根本是被過譽了。他參觀了羅浮宮和巴黎聖母院教堂；還發現不論是餐館或咖啡廳，都沒人能正確地演奏狂熱的爵士樂。他認為香榭麗舍區還不錯，而且特別喜歡那裡的噴泉，尤其是燈光照耀時真令人讚賞不已。

纜車抵達萊阿溫和考魯謝兩站時都無人下車，這表示所有乘客都要去雪岩嶺。

施瓦茲解釋他去的原因：他說自己一直很嚮往到極高的山峰上一遊。一萬英尺實在很不錯——他聽說在那麼高的地方，連一個雞蛋都煮不熟。施瓦茲天真又友善地想促使另外那位灰髮紳士加入談話，但後者只是從眼鏡上方冷冷地瞪了他一眼，便繼續看書。施瓦茲又向那位女士提出交換座位的建議。他解釋說，她在這一側可以用更好的角度觀賞景致。不清楚她是否聽得懂英語。反正，她一逕地搖頭，把頭更緊緊地縮在大衣的毛皮領子裡。施瓦茲對白羅輕聲說：「每次看見女人獨自旅行，就覺得沒人照顧她旅行的一切瑣事，實在很不方便。女人若單獨出門旅行，需要人們更多照應。」

赫丘勒．白羅回想起曾在歐陸看見某些美國婦女的情況，表示同意他的看法。

施瓦茲嘆了口氣，他覺得這個世界真是不太友善。那雙棕眼表情十足地訴說著：大家友好相處，絕對不會有什麼害處的呀！

§

在這個遠離人間、超脫世俗的地方，受到穿著禮服、皮鞋的店主接待，不知怎地讓人覺得有點荒謬可笑。店主是一位高大的英俊男子，舉止穩重，滿口抱歉。

「離度假季節還很早……熱水設備有問題，一切都還沒上軌道……不過，我們一定會竭盡全力為大家服務，但是職員到得也不齊……」

他對一下湧入這麼多旅客簡直措手不及。他說的都是溫和的客氣話，但白羅在話的背後嗅到一絲不安的情緒。儘管他故作輕鬆，卻相當不自在，好像在擔心什麼似的。

午餐是在一間可以俯瞰山谷的長房裡。唯一的侍者名叫古斯塔夫，他熟練而靈巧地周旋在客人當中，一下子建議客人點菜，一下子又拿出供應的酒類價目單，向客人介紹。那三名同行的夥伴同坐一桌，用法語又說又笑地大聲喧嘩。

「老好人約瑟夫……那個小戴妮絲怎麼樣了，老兄？還記得奧特爾那匹把我們都給坑了的劣馬嗎？」

他們興高采烈地閒談，卻和這裡的氣氛很不相稱！那位漂亮女人則獨自坐在角落那張桌前，誰也不理會。

後來，白羅到休息廳裡小憩，店主走到他身邊，輕聲對他說：「先生，你千萬別以眼前的冷清來判斷這家旅館的經營狀態。現在不是旺季，幾乎沒什麼人在七月底前到這裡觀光。那位小姐，你或許注意到了？她每年都在此時前來，因為她丈夫三年前在這裡登山時遇險身亡，實在可憐，他們夫婦感情一向很好。之後她總是選在旺季開始之前來到這裡，如此她才可以安靜地憑弔亡夫。另外，那個老先生是從維也納來的名醫卡爾．盧茲醫生。他說來這裡是想安靜地休息。」

「這裡的確安靜得很，」赫丘勒．白羅說，「但那幾位先生呢？」他指的是那三個莽夫。「你認為他們也是來靜養的嗎？」

店主聳聳肩，兩眼流露出焦慮的神情。他含混地說：「哦，旅客嘛，總想有些新的體驗。此地的高度，無非提供一種新的刺激。」

白羅心想，那可不是什麼愉悅的感覺。他感覺到自己心跳過快，有一句兒歌忽然縈繞在他腦際：「高居人間之上，就像茶盤飛天。」

施瓦茲也來到休息廳，看到白羅，立刻眼睛一亮走到他的面前。

「我剛才和那位醫生聊天，他的英語說得不怎麼樣。他是猶太人，被納粹從奧地利趕了出來，我認為那幫人簡直瘋了！我猜盧茲醫生是個大人物。嗯，也許是精神學專家、心理分析學家之類的。」他又把視線移到那個女人，後者正眺望著窗外無情的山谷。他壓低聲音說：「我從侍者口中問到她的姓名。她是格朗蒂夫人，丈夫是在幾年前登山時摔死的。她是為了這個原因來這裡憑弔的。我覺得我們該想辦法讓她不要過分悲傷。你覺得怎樣？」

「換成是我，絕不會去管這種閒事！」赫丘勒．白羅說。

但是，施瓦茲先生仍不放棄任何表示友好的機會。

白羅看見他跑去搭訕，又看見他遭到冷淡無情的回絕。他們倆在燈光襯托下映照著側影，一同站了片刻。那女人比施瓦茲略高一些，頭向後仰著，表情冰冷而嚴峻。

白羅沒聽到他說些什麼，可是施瓦茲回來時卻顯得狼狽不堪。

「一點辦法都沒有。」他若有所思地說，「我總覺得我們大家難得聚在一起，沒有理由不好好珍惜。你同意嗎，先生？你知道，我還不知道你尊姓大名呢。」

「我姓白羅，」白羅說，又補上一句：「是在里昂做絲綢生意。」

「這是我的名片，白羅先生。以後你如果有機會去噴泉鎮，我一定好好接待你。」

白羅接過名片，用手摸摸自己的上衣口袋，喃喃地說：「真不巧，我的身上沒有帶名片……」

那天夜裡，白羅在睡覺前又仔細讀了勒曼泰的那封信，然後小心摺好放回皮夾內。他一邊上床，一邊心想：「奇怪，我想這是不是……」

§

侍者古斯塔夫送早餐——咖啡和麵包——進來，並為不夠熱的咖啡道歉。

「先生一定能理解在這樣的高度，咖啡無法煮得很燙，其實它早就到達沸點了。」

「人必須努力適應大自然的變幻莫測。」白羅喃喃道。

古斯塔夫輕聲說：「先生真是位哲學家。」

他走向房門，卻沒走出去，而是將頭朝門外匆匆一瞥，再把門關上，回到白羅床前，說道：「赫丘勒．白羅先生，我是警察局的德魯埃探長。」

「哦，」白羅說，「我已經察覺到這一點了。」

德魯埃壓低聲音說：「白羅先生，發生一件挺嚴重的事：纜繩出了點意外。」

「意外？」白羅坐起來。「什麼樣的意外？」

「昨夜發生的，無人受傷。也許是自然災害造成的，例如雪崩帶來大量碎石；不過也可能是人為破壞。現在還不知道，總之得用好幾天的時間才能修復，目前我們和外界是徹底隔絕而受困了！現在離旺季還早，雪還很厚實，根本無法和山下取得聯繫。」

赫丘勒．白羅在床上坐起來，輕聲說：「這有意思了。」

探長點點頭。

「是啊，」他說，「這說明我們的情報正確。馬拉舍在這裡有個約會，他想辦法要讓這次約會不受打擾。」

赫丘勒．白羅不耐煩地說：「但是這未免太不尋常了！」

「我同意。」德魯埃警官舉起雙手說，「這違反常情，但確實發生了。馬拉舍這個傢伙實在難以捉摸。」他點點頭說，「我認為他瘋了。」

「瘋子兼殺人凶手！」

「我同意，這真叫人倒胃口。」德魯埃冷冷地應道。

白羅慢慢說道：「如果他真的在這個聳立於世界之上的冰雪懸崖有約，那麼可以確定的是，他人已經在這裡了，因為所有聯繫已告中斷。」

「我明白。」

兩人都沉默了一兩分鐘，然後白羅問道：「盧茲醫生？他會不會是馬拉舍？」

德魯埃搖搖頭。

「不太可能，真的有一位盧茲醫生。我在報上常見到他的照片，他是一位名人。這人長相和照片一模一樣。」

「馬拉舍若精於喬裝，就可以成功地扮演那位醫生。」

「是的，不過馬拉舍會那樣做嗎？我從來沒聽過他擅長喬裝，他不屬於狡猾的蛇蠍類型；他只是頭瘋狂的野豬，凶殘、可怕、盲目硬闖。」

「說不定……」

德魯埃欣然同意。

「沒錯，他是個逃犯，因此不得不喬裝。所以他可能……必須偽裝自己。」

「你有沒有關於他的描述？」

對方聳聳肩。

「只有基本資料，貝迪永式測定照片今天會寄給我。我只知道他大約三十歲左右，比中等身材略高，膚色黝黑，沒有太顯著的特徵。」

白羅聳聳肩。

「這種形容可以適用於任何人身上。那個美國人施瓦茲呢？」

「我正想問你呢。你和他談過話，而且你曾與美國人、英國人長期生活過。乍看之下，他是個普通的美國旅客，護照也沒問題，令人納悶的是，為什麼他來這裡遊覽。不過，美國人一向叫人難以預測。你怎麼看待此事呢？」

赫丘勒・白羅不確定地搖搖頭，說道：「從表面上看，他像個無害又太過親切的同伴。

也許並不是很受歡迎，但似乎難以把他視為危險人物。」他接著說：「這裡還有其他三名旅客呢。」

探長點點頭，表情突然變得急切起來。

「是啊，他們正是我們尋找的那種人。白羅先生，我可以發誓，那三個傢伙一定是馬拉舍的黨羽。我一眼就認出他們是混賽馬場的莽漢！甚至三人當中，極可能有一個就是馬拉舍本人。」

赫丘勒．白羅沉思著，回憶那三張面孔。

其中一人寬臉、眉毛高突、雙下巴，那是張粗鄙殘忍的面孔。另一個身材又瘦又小，尖尖的窄臉上，有雙冷酷無情的眼睛。第三人面色蒼白，倒像個小白臉。

沒錯，那三人當中有一個可能就是馬拉舍。如果真是那樣，立刻會出現另一個問題：為什麼馬拉舍和他的兩個同夥，要一起旅行登上這樣的險境呢？聚會可以安排在安全的地方，如咖啡店、火車站、人潮眾多的電影院、公園、出口很多的公共場所，用不著遠離塵世跑到白雪一片的荒涼高山上。

他把自己的想法說給德魯埃聽，後者完全同意。

「是啊，實在奇怪，也毫無道理。」

「如果是約定，那又何必結伴同行？不，確實毫無道理。」

德魯埃神情焦慮不安地說：「所以，我們需要另外一種假設：這三個人都是馬拉舍的同夥，到這裡來是為了會見馬拉舍。那麼，到底誰是馬拉舍呢？」

「旅館裡的職員如何？」白羅問。

德魯埃聳聳肩。

「這個季節沒有什麼職員。只有一名做飯的老太太和她的老伴傑克，我想他們倆已在這裡待了五十年。還有那名侍者，他的職務現在由我頂替，就只有這些人而已。」

「店主知道你的身分吧？」

「是的，我需要他的合作。」

「你有沒有注意到，」赫丘勒．白羅說，「他看起來有點心神不寧？」

這句話似乎提醒了德魯埃。他若有所思地說：「是啊，是有點。」

「也許只是怕和警方打交道吧。」

「你是不是認為也許還有什麼別的原因？或許他還知道什麼事？」

「我只是突然想到而已。」

德魯埃陰陽怪氣地說：「才怪。」他停頓一下，又接著說：「你認為能讓他說出來嗎？」

白羅顧慮地搖搖頭，說：「我認為最好別讓他知道我們對他起疑心。只要對他多加注意就行了。」

德魯埃點點頭，便朝房門走去。

「你有其他的建議嗎，白羅先生？我知道你的成就，在這個國家裡，大家都聽過你的大名。」

白羅困惑地說：「暫時沒有。我仍然在納悶，為什麼選在這裡碰頭？還有，他們為什麼要碰頭？」

「錢。」德魯埃乾脆地說。

「這麼一說，那個可憐的沙里，不只遇害，還被搶劫了？」

「是的，他身上的一大筆錢也同時不見了。」

「你認為約會的目的是為了分贓？」

「這是最明顯的理由。」

白羅不滿意地搖搖頭。

「嗯，可是為什麼要在這裡分呢？」他慢慢地繼續說道，「對於一幫匪徒來說，這裡的環境對他們最為不利。不過，這兒倒是一個和情人幽會的好地方……」

德魯埃急切地向前邁一步，興奮地問道：「難道你認為……」

「我認為，」白羅說，「格朗蒂夫人是個很漂亮的女人。如果她提出這樣的建議，誰都願意為了她而爬上一萬英尺來。」

「你知道，」德魯埃說，「這很有意思。我甚至沒考慮到她和這個案子的關係，畢竟她連續好幾年都來這裡啊。」

「對，也因此她的出現不會引起什麼注意。但這極可能就是選中雪岩嶺為會面地點的原因吧，是不是？」

德魯埃興奮地說：「你可真會推理，白羅先生。我再從這個角度詳加調查一番。」

§

這天，沒發生什麼事，一切平靜。還好旅館的食物儲存充足。店主要大家不必擔心，供應無虞。赫丘勒．白羅想和卡爾．盧茲醫生談話，卻遭到拒絕。那位醫生表明他的專業是心理學，並不打算和外行人討論。他坐在一個角落裡閱讀一本研究下意識的厚重德文書，一邊做些筆記加上評點。於是赫丘勒．白羅到外面漫無目的的四處走動。他來到廚房，在那裡和老傑克聊聊。傑克個性倔強又多疑，倒是他的妻子，也就是掌廚人，個性較隨和。她向白羅解釋，幸好儲存了許多罐頭。不過她自己倒是不喜歡吃不新鮮的東西，價格昂貴又沒什麼營養，仁慈的上帝可不會要人們吃罐頭食品維生。話題又轉到旅館職員方面。清理房間的女傭和多數的服務人員要到七月初才來，每年的這三個星期，總是人丁稀少。大多數此時來的旅客，都是用過午餐就下山了，只有她、傑克和一位侍者勉強還可以應付。

「古斯塔夫來此之前，不是還有一名侍者嗎？」白羅問道。

「是的，不過是個差勁的人，既無手藝，又沒有經驗，一點也派不上用場。」

「古斯塔夫接替他之前，他做了多久？」

「只有幾天，不到一星期。當然他被辭退，我們一點也不會感到奇怪，那是早晚的問題而已。」

「那他沒抱怨嗎？」

「哦，沒有，他悄悄地走了。他能有什麼辦法呢？這裡是一家高級旅館，必須服務周到嘛。」

白羅點點頭，問道：「那他去哪兒？」

「你是指羅伯特嗎？」她聳聳肩。「一定是回到他原來工作的那家小咖啡廳。」

「他是搭纜車下去的嗎？」

她納悶地望著他。

「當然，先生，還有別的辦法可以下去嗎？」

「有人看見他離去嗎？」白羅問。

那兩位老人都睜大眼睛望著他。

「難道你認為像他那樣的人離開時會有人送別嗎？每個人都有事要做啊！」

「這倒是。」赫丘勒・白羅說。

他慢慢走開，抬頭眺望正上方的建築物。一棟大建築物——目前只有一半供旅客住宿，另一半有許多房間正閒置著，每扇百葉窗都關著，看起來都沒人住……

他轉到旅館另一個角落，差點和那三個玩牌者中的一人相撞。是面色蒼白的那一位，他毫無表情地看了白羅一眼，咧著嘴像匹惡馬般露出一排牙。

白羅從他身邊走過。前面出現人影，是那位身材高挑、體態優美的格朗蒂夫人。

他向前走了幾步追上她，說道：「纜繩出事真讓人心煩，夫人，我希望這沒給你帶來什麼不便吧！」

「這對我而言無關緊要。」她說。

她聲音低沉，是道地的女低音。她沒看白羅一眼就轉身從旁邊一扇門走進旅館。

§

赫丘勒．白羅很早就上床睡覺。午夜過後，有聲音把他吵醒了。

有人正轉動他房門上的鎖。

他坐起來，開亮電燈。就在此時，門被打開了，有三個人站在那裡，正是那三個玩紙牌的傢伙。白羅覺得他們有點酒醉，全都一臉蠢樣，卻充滿惡意。他看到有把剃刀閃閃發亮。

那個最壯的傢伙向前走過來，咆哮道：「你這個臭偵探，呸！」

他吐出一連串粗俗的髒話。三個男人便朝床上這個手無寸鐵的人走來。

「我們拿他開刀吧，同伴們。呃，我們給偵探先生的臉開個天窗。他可不是今天晚上的第一個！」

他們一步步走近，手中三把剃刀閃閃發亮……這時，一聲怒斥響亮地傳來。

「舉起手來！」

他們轉身一看，門口站著施瓦茲，他穿著色彩鮮豔的條紋睡衣，手裡拿著一把自動手槍。

「舉起手來，兄弟，我的槍法可是很準。」

砰！一顆子彈從大個子耳旁嗖地飛了過去，嵌進了窗戶木框。三雙手舉了起來。

施瓦茲說：「能不能幫個忙，白羅先生？」

赫丘勒跳下床，拿走三人手上的剃刀又搜了身，確定他們身上已沒有任何武器。

施瓦茲說：「現在聽著，向前走！走廊盡頭有個大壁櫥，那裡面沒有窗戶。照著做！」

他把那三人趕了進去，從外面用鑰匙把門鎖上。他轉身面對白羅，聲音裡流露出欣喜之意。

「還好帶了我的寶貝。你知道嗎，白羅先生，我鄰居笑話我，說我幹嘛帶槍出國旅行。『你到底是要去哪兒啊？』他們問我，『去叢林嗎？』但現在，先生，該換我笑了，你曾見過比這群傢伙更粗野的人嗎？」

白羅說：「親愛的施瓦茲先生，你來得正是時候，真像是一齣舞台劇啊！我十分感激你。」

「別客氣，下一步該怎麼辦？應該把這些傢伙送去警察局，但現在又辦不到！這可真麻煩，我們還是和店主商量商量。」

赫丘勒．白羅說：「呃，店主，我想在這之前我們該和那名侍者，就是古斯塔夫商量才對。對……那位侍者古斯塔夫才是德魯埃探長的化名。」

施瓦茲睜大眼睛望著他。

「所以他們才這麼做！」

「什麼意思？」

「這群土匪的黑名單上，排名第二的是你，他們已經砍傷古斯塔夫了。」

「什麼？」

「跟我來，那位醫生正忙著照料他呢。」

德魯埃的房間位於頂層的一間小屋。盧茲醫生穿著睡袍，正忙著為那名傷者的臉纏上紗布。他們走進去時，他轉過頭來。

「啊！是你，施瓦茲先生？真歹毒，簡直是一幫滅絕人性的禽獸！」

德魯埃一動不動地躺著，隱隱呻吟著。施瓦茲問：「他的情況危險嗎？」

「如果你指的是性命，那他死不了。但他暫時不能說話，也不能有任何緊張和刺激。我已經把傷口處理好了，不會有破傷風之虞。」

他們三人一起離開那個房間。施瓦茲對白羅說：「你剛才說古斯塔夫是警察嗎？」

赫丘勒．白羅點點頭。

「那他上雪岩嶺做什麼？」

「他奉命追捕一個危險的逃犯。」

白羅簡單用幾句話解釋了現況。盧茲醫生說：「馬拉舍？我在報上看過這個案子，很想見見這個歹徒。這其中帶有深奧的變態犯罪！我很想了解他童年時代的詳細情況。」

「對我來說，」赫丘勒．白羅說，「我只想知道此時此刻他在什麼地方。」

施瓦茲說：「他難道不是我們鎖在壁櫃裡那三個人當中的一個嗎？」

「可是……呃，但我不敢確定，我倒有個想法——」

他突然停住，凝視著地毯。那是一張淺黃色地毯，上面留有鐵鏽般的深色印子。

赫丘勒．白羅說：「腳印……我想這是踩過血跡的腳印，而且是從旅館沒人住的地方一路走過來的。來，我們得趕快到那邊去一趟！」

他們跟著他，通過一扇旋轉門，沿著一道充斥灰塵的陰暗走廊走去。他們在拐角處轉彎，一直跟著地毯上的腳印，最後他們來到一扇半掩的門前。

白羅推開那扇門，走進去。

他意外地尖叫一聲。那是間臥房，床上有人睡過，桌上放著一個盛著食物的托盤。

房間正中央地上躺著一具死屍。那是中等身材、個頭頗高的男子，被人野蠻而凶殘地砍死了，手臂、胸口和頭共有十餘處傷口，臉幾乎被砍得稀爛，模糊不清。

施瓦茲喘不過氣來，驚叫一聲，轉過頭，好像快嘔吐了似的。

盧茲醫生也用德語驚呼一聲。施瓦茲軟弱無力地問道：「這人是誰？有人知道嗎？」

「我猜想，」白羅說，「這人叫他羅伯特，是一個非常不適任的侍者……」

盧茲走近一點，彎身俯視屍體。他用一個手指指著死者胸口上別著一張小紙條，上面用墨水潦草寫著：「馬拉舍再也殺不了人，也不能再搶劫他的朋友了！」

施瓦茲突然喊道：「馬拉舍？這麼說，他就是馬拉舍！但他為什麼要到這麼偏僻的地方來呢？你又為什麼說他叫作羅伯特呢？」

「他在這裡假扮成一名侍者。從各方面來說，他都是個很蹩腳的侍者。怪不得他被解雇時沒人感到驚訝。據說他是回阿德瑪，可是並沒有人看見他離開。」白羅說。

盧茲用他那緩慢而低沉的聲調問：「那你……你認為發生了什麼事？」

「我認為，這就解釋了店主臉上的焦慮神情。馬拉舍一定給店主一筆為數不小的錢，好讓他隱藏在旅館中暫不開放的房間……」他若有所思地說，「但店主對此感到不安。真的，他一點也不高興。」

「馬拉舍一直住在這個保留的房間裡，除了店主外，誰也不知道嗎？」

「看來是這樣，很可能就是這麼回事。」

盧茲醫生問道：「那他為什麼又被人殺了？誰是凶手呢？」

施瓦茲大聲說：「這很簡單。他原本應該和同夥分享那筆錢，可是他獨吞。他騙了他們，就跑到這個偏僻的地方避風頭。他認為這裡是他們絕對想不到的地方，但他錯了，不知為何他們知道了，就追蹤前來。」他用鞋尖碰一下屍體。「他們就這樣，把他解決了。」

赫丘勒．白羅喃喃道：「對，這和我們猜想的那種約會截然不同。」

盧茲醫生煩躁地說：「你們說的這些情況和原由都很有趣，我卻關心我們目前的處境。這裡有個死人，另一處還有名傷者，藥品很有限。而我們到底要在這個與世隔絕的地方待上多久呢？」

施瓦茲接著說：「別忘了，壁櫃裡還鎖著三名罪犯！這種處境真是滿有意思的。」

「我們現在該怎麼做？」盧茲醫生說。

白羅說：「我們先找店主。他不是罪犯，只是個接受賄賂的懦夫。我們要他做什麼他都會答應。老傑克和他的妻子或許可以提供些線索。三名歹徒得關在一個嚴密看守的地方，等援助到來再說。我想施瓦茲先生的那把自動手槍，可以確保我們的計畫有效執行。」

「我呢？我該做什麼？」盧茲醫生說。

「你，醫生，」白羅低沉地說，「盡最大努力來醫治傷者。我們其他人都必須努力不懈地提高警覺，等待救援。目前沒有別的辦法。」

三天後，清晨有一群人來到旅館門前。

赫丘勒．白羅興高采烈地把大門打開了。

「歡迎，我的好同事。」

警察署長勒曼泰用雙手抓住白羅的手臂。

「哦，我的朋友，該如何向你致敬啊！為了這起驚人事件，你們經歷了情緒緊繃的過程！我們在下面也相當焦急擔心，一切情況都無從得知，生怕有什麼意外。沒有無線電，一點聯絡辦法都沒有。但你竟想到用日光反射信號器來傳遞消息，真是天才！」

「哪裡，哪裡。」白羅表示謙虛。「人類的發明一旦失靈，就只能回頭求助於大自然。天空一定有日光嘛！」

這群人陸續走進旅館。勒曼泰說：「沒想到我們會來吧。」他得意地微笑。

白羅也微微一笑，說道：「是呀，大家都以為纜繩尚未修復。」

「啊，今天真是大豐收。你沒認錯吧，確定那是馬拉舍嗎？」勒曼泰激動地說。

「是馬拉舍，錯不了，跟我來。」

他們來到樓上。有一扇門打開了，施瓦茲穿著晨袍走了出來，一看到那群人，不禁瞪大眼睛。

「我聽到有說話的聲音，」他說，「這是怎麼回事？」

赫丘勒．白羅誇張地說：「救援到了！隨我們一起來，先生，這是個了不起的時刻。」

他又爬上一層樓。施瓦茲說：「你要到德魯埃那裡嗎？順便問一聲，他現在怎麼樣？」

「昨天晚上盧茲醫生說他恢復得很好。」

他們來到德魯埃那個房間。白羅把門推開。他鄭重地宣布：「各位先生們，這就是你們要抓的那頭野豬，把他活生生地帶走吧，千萬別讓他逃離斷頭台！」

床上躺著的人，仍用紗布包紮著臉。他驚訝地坐了起來，想要掙脫，幾名警察把他制服了。施瓦茲困惑地驚呼道：「他不是侍者古斯塔夫——德魯埃警官嗎？」

「沒錯，他是古斯塔夫，但他可不是德魯埃。德魯埃是前一位化名的侍者，也就是那個被關在保留房間裡的侍者羅伯特。那天晚上馬拉舍把他殺了，又來襲擊我。」

§

早餐時，白羅緩緩向那個困惑不解的美國人解釋著整件事。

「你知道，有些事總是在你的工作過程中慢慢累積經驗。譬如說，一名偵探和殺人凶手之間的差別！古斯塔夫不是侍者，這一點我一開始就起疑；同樣地，他也不是一名警察。我一輩子都在和警察打交道，我了解他們和常人的不同。也許他在外行人面前可以冒充，但對一個本身當過探長的人來說就矇騙不過去了。

「所以，我立刻就懷疑他了，第一天晚上，我沒喝那杯咖啡，我全倒掉了。那天半夜，有個男人潛入我的房間，他以為我已經被麻藥迷昏，便搜查我的房間。他檢查我的東西，並在皮夾內找到那封信——我是有意讓他找到的！第二天早晨，古斯塔夫端著咖啡走進我房間。他向我打招呼，直喊我的名字，很有把握地扮演他的角色。可是他很心急、不知所措地急忙問我警察從何得知他的下落？這對他來說可真是壞消息，這打亂了他的全部計畫。他受困於此地，如同甕中之鱉。」

「這個笨蛋為什麼要來這個地方，為什麼呢？」

白羅慎重地說：「他並不像你想像的那麼愚蠢。他此時急需一個遠離塵囂、可以喘息的地方。尤其可以在那裡和某人碰面，辦一件要緊的事。」

「什麼人？」

「盧茲醫生。」

「盧茲醫生？他也是歹徒嗎？」

「盧茲醫生倒是真的醫生。但他不是精神學專家，也不是心理分析家。他是一名外科醫生，一名專做整容手術的醫生。他就是為此而來這裡見馬拉舍的。他因經濟窘迫被迫離開祖國，有人願付給他一大筆錢，請他到這裡來，用他的外科技術為馬拉舍改頭換面一番。他也許猜得到病人可能是個罪犯，倘若果真如此，他也會睜一隻眼閉一隻眼。他們了解這一點，又不願冒險偷渡到國外動手術，所以就相約來這裡。除了少數人來這裡走動外，在淡季是不會有什麼人來的。店主正需要錢，樂於接受賄賂。選擇在這兒動整形手術，可說是再理想不過了。

「然而，事情有了變化。馬拉舍被人出賣，那三個傢伙是他的保鏢，專程來保護他。但在他們還沒來之前，馬拉舍不得不自己先採取行動，於是那個扮成侍者的警察就被關了起來，由馬拉舍取而代之。之後那幫匪徒設法破壞纜繩——這是遲早會發生的。次日，德魯埃遇害，在遺體上別著一張小紙條。原本希望和外界恢復聯繫之後，德魯埃的屍體能代替馬拉舍被掩埋，好讓盧茲醫生盡快進行手術，但是前提必須先滅一個人的口——那就是赫丘勒．白羅。所以那幫人就來襲擊我。謝謝你，我的朋友——」

赫丘勒．白羅瀟灑地向施瓦茲鞠了一躬。

施瓦茲說：「這麼說，你真的是赫丘勒．白羅了。」

「正是。」

「你絲毫沒被那具屍體矇騙住嗎？你一直知道那不是馬拉舍？」

「當然。」

「那你為什麼不說呢？」

赫丘勒．白羅的臉色突然變得很嚴肅。

「因為我得保證把真正的馬拉舍交給警方。」他喃喃自語道，「要生擒那頭凶殘的厄律曼托斯野豬……」

05

奥吉厄斯牛圈

The Labours of Hercules

厄利斯的國王奧吉厄斯養了三千頭牛，牛圈三十年來未曾打掃。大力士赫丘勒斯在牛圈兩邊挖了兩條溝，讓阿爾甫斯河和佩紐斯河從一邊流進，另一邊流出，一日之內就把牛圈沖洗乾淨了。這是赫丘勒斯的第五道任務。

「我們的處境實在非常微妙，白羅先生。」

赫丘勒・白羅嘴角露出一絲微笑。他差點兒回答「哪時不是如此」，可是他卻泰然自若地表現出體貼關心病人的表情。

喬治・康威爵士吃力地說著政府的微妙處境、公眾利益、黨內團結有必要組成聯合陣線、媒體力量、國家福利等話題。聽起來似乎都很不錯，卻沒什麼獨到的見地。赫丘勒・白羅想打呵欠，但礙於禮貌又忍住，所以下巴感到很不舒服。他心想自己在閱讀議會辯論文件時也曾有這種感覺，但在那種場合，他倒不需要克制呵欠。

他打起精神耐心忍受這種折磨。在此同時，他對這位爵士也深表同情。他明明想告訴別人一件事，卻又無法簡單明瞭地講出來。對他來說，話語成了遮掩事實的手段，並非揭露事實。他擅長辭令，也就是說，他擅長說些悅耳動聽卻無意義的話。

可憐的喬治爵士還在滔滔不絕、滿臉通紅。他朝坐在桌子首位的人無奈地瞥了一眼，那人立刻開口。愛德華・費里埃說：「喬治，讓我來。」

赫丘勒把目光從那位內政大臣轉到首相身上。他對愛德華・費里埃頗有好感，這是因為一位八十二歲老人偶然說出的一句話。由於解決一道化驗難題幫警方替一名殺人犯定罪，讓弗格斯．麥克勞教授因而接觸了政治人物。德高望重的約翰．漢麥特（如今是康沃西勳爵）退休後，他的女婿愛德華．費里埃受命組閣。就政治家的標準而言，他是個還不到五十歲的年輕人。麥克勞教授曾說過：「費里埃曾是我的學生，他是忠實可靠的人。」

雖然只是如此簡短的評語，但對赫丘勒．白羅來說卻意味深長。若麥克勞教授說某人忠實可靠，那就是對其品格的極高評價；相較之下，大眾或報刊卻根本不在意。

不過這倒也和民眾的評價相符。大家都認為愛德華．費里埃忠實可靠，但僅此而已——不太聰明，不夠偉大，不是特別突出的演說家，也不是個學識豐富的人。充其量不過是一個娶了約翰．漢麥特女兒的人，是約翰．漢麥特的得力助手，足以受託把國家按照約翰．漢麥特的傳統，繼續管理下去。

主因在於約翰．漢麥特深受英國民眾和媒體的愛戴，他代表著英國人珍視且自傲的優良品質。民眾談到他時常說：「大家覺得漢麥特相當誠實可靠。」據說他家庭生活簡樸，喜愛種植花草。可以和鮑德溫[17]的菸斗、張伯倫[18]的雨傘相提並論的，是約翰．漢麥特的雨衣。

17　鮑德溫（Stanley Baldwin, 1867-1947），英國政治家，曾任三屆英國首相。
18　張伯倫（Neville Chamberlain, 1869-1940），英國政治家，曾任英國首相。

他總是隨身攜帶，那是件穿得不能再舊的雨衣。這已成為一個標誌——代表著英國氣候、謹慎的態度，和他們珍惜舊物的感情。另外，約翰·漢麥特是個以虛張聲勢而成名的英式演說家。他從容不迫地發表演講，內容情真意切又簡單地深得人心。但外國人有時也會批評他的演講，虛偽又陳腔濫調令人吃不消。約翰·漢麥特倒是一點也不在意，他是以英國公認的光明正大坦然處世。再者，漢麥特個子高、英俊，加上一雙明亮的藍眼睛十分討人喜歡。他母親是丹麥人，他曾任海軍大臣多年，為此也得到了個「老海盜」的封號。年邁之後，他的身體日漸虛弱，最終迫使他放棄執政，卻引起民眾普遍、深沉的不安。誰來接續他呢？是那位聰明有智慧的查爾斯·德拉費勳爵嗎（太聰明了，英國可不需要）？或是埃濫·惠特勒（雖聰明，但有點不夠謹慎）？還是約翰·波特（他可是那種會把自己幻想成獨裁者的人，但我們國家可不需要什麼獨裁者）？因此在沉默寡言的愛德華·費里埃就職後，大家都鬆了一口氣。費里埃還不錯，他是經由老首相親手栽培的，還娶了老首相的女兒。按照英國的話來說：費里埃會「應付下去」。

赫丘勒·白羅仔細察看這位面色黝黑、聲音悅耳、文靜的首相。他很瘦弱，一頭深色頭髮，臉上滿是倦容。

「白羅先生，你是否看過一份叫《透視新聞》的週刊？」

「我只瀏覽過。」白羅面色微紅地承認道。

「那你多少知道它的內容型態了。它刊登的多半是誹謗的事件和聳人聽聞的祕辛。其中有些是真實的，有些是無傷大雅的，但全用筆觸諷刺辛辣的手法呈現。偶爾——」他停頓一下，改變聲調接著說：「偶爾會變本加厲。」

赫丘勒沒作聲，費里埃繼續說：「最近兩星期，那份刊物暗示即將揭露『政界最高層的一樁超級大醜聞』，以及『貪汙腐敗和營私舞弊的驚人內幕』。」

赫丘勒．白羅聳聳肩說：「那只是老掉牙的把戲罷了。等真相揭露之後，必定會令讀者大失所望。」

「這次不會讓他們失望。」費里埃冷冷地說。

赫丘勒．白羅問道：「這麼說，你已經知道他們要揭露什麼了？」

「八九不離十。」

愛德華．費里埃停頓片刻，然後有條理地仔細說明事情的大致情況。

這不是篇發人深省的報導，比方譴責不知恥的詐騙、股市的投機行為、濫用黨內大筆資金等等。眼前這些指控主要是針對前首相約翰．漢麥特。他們要揭露他是個不誠實的流氓，一個騙取信任的狂徒，以及他利用職權為自己聚斂了大量的私人財富。

首相的聲音停住，內政大臣哼了一聲，脫口而出。

「太可怕了，可惡至極！沛瑞那個傢伙老愛危言聳聽，應該斃了他！」

赫丘勒．白羅說：「這裡所謂的揭發真相，將在《透視新聞》週刊上發表嗎？」

「是的。」

「你們打算採取什麼方法因應呢？」

費里埃緩慢說道：「這將對約翰．漢麥特構成人身攻擊，他有權控告這家週刊誹謗。」

「他打算這樣做嗎？」

「不。」

「為什麼不呢？」

費里埃說：「或許這正是《透視新聞》週刊求之不得的事。對他們而言，如此一來，宣傳效益將更加倍。而整件事就會在眾目睽睽之下暴露無遺。」

「可是事情的發展如果對他們不利，那他們就會損失慘重。」

費里埃慢慢說：「案情也許不會對他們不利。」

「為什麼？」

喬治爵士一本正經地說：「我真的認為——」

愛德華．費里埃卻插口說：「因為他們打算刊登的內容都是……事實。」

喬治．康威爵士哼了一聲，對這種違反議事慣例的坦白相當惱火。他喊道：「愛德華，親愛的朋友。我們當然……不可以承認。」

愛德華．費里埃的倦容上掠過一絲苦笑。他說：「遺憾的是，有些時候還是必須說出實情，這就是一例。」

喬治爵士大聲說：「白羅先生，你明白這一切都必須保密。一句話也不能——」

費里埃打斷他的話，說道：「白羅先生明白這一點。」他又慢慢往下說：「白羅先生可能不知道的是，人民黨的前途危在旦夕。白羅先生，約翰．漢麥特代表人民黨。他在英國人民心目中象徵著黨的主張——正直和誠實。從來沒有人認為我們卓越非凡，我們把事情弄砸，也犯過錯；但是我們一向代表努力工作的傳統，尤其我們也代表最基本的誠實。如今我們的災難是，那個身為我們標誌的人，那個人民口中誠實且傑出的人物，居然是當代最惡毒的騙子。」

喬治爵士又哼了一聲。

「你以前對這一切毫無所知嗎？」白羅問。

那張倦容又露出一絲苦笑，費里埃說：「也許你不相信我，白羅先生，我和所有其他人一樣完全受騙了。我從來不了解我妻子對待她父親的那種奇怪態度：她對她父親的所作所為一向持保留態度。我現在才明白，她了解她父親的本性。」他停頓一下，又說：「真相開始被發掘出來時，我嚇壞了，簡直難以置信。我們堅持讓我岳父馬上以健康不佳為由辭職，並且立即著手清理這團亂七八糟的事，該怎麼形容……」

「清理這個奧吉厄斯牛圈！」喬治爵士又哼了一聲。

白羅心中不免為之一驚。

費里埃說：「對這麼個有如赫丘勒斯當年完成的任務，我擔心自己力不從心。一旦事實真相被公開出來，全國上下就會反應激烈，政府也將垮台，之後就會舉行全國大選，埃弗哈特和他的政黨極可能重新掌權。你知道埃弗哈特的主張吧。」
喬治爵士咬牙切齒地說：「一個到處搧風點火的傢伙。」
「埃弗哈特是很能幹，但他魯莽好鬥，一點也不老練機智。而他的支持者既愚蠢，心志又不堅定。事實上，很可能會形成獨裁統治。」
赫丘勒．白羅點點頭。
爵士顫抖著說：「要是能把整件事掩蓋住的話……」
首相緩慢地搖搖頭，相當沮喪、挫折。白羅問道：「你不認為這事可以被擋下來嗎？」
「白羅先生，我請你來是抱著最後一絲希望。我認為這件事牽連太廣，知情的人也很多，根本無法完全遮掩。目前只有兩個辦法，一是動武，一是行賄，但也無法保證能夠成功。內政大臣把我們的麻煩比喻成奧吉厄斯牛圈的清掃工作。白羅先生，這可需要一條奔騰的大河沖刷，靠著自然界強大的力量破壞。除非奇蹟出現，否則不可能辦到。」
「這事確實需要一位赫丘勒斯出面。」白羅說，十分滿意地點點頭。他又補充說：「請記住，我的名字是赫丘勒……」
「你能再現奇蹟嗎，白羅先生？」愛德華．費里埃說。
「你不就是為此而召見我？你認為只有我才能完成任務吧？」
「對，我意識到如果想得到拯救，非得透過完全不合邏輯的奇特想法才行。」他停頓片刻，接著說：「不過，白羅先生，也許你會從道德角度來質疑這件事吧？約翰．漢麥特是騙子，他塑造的假象必須被揭露。難道人們能在不誠實的基礎上建立一個誠實的家園嗎？我想不透。但我的確認為我得盡力一試。」他突然苦笑說道：「政治人物要保住職權，照例都是出於更深層的考慮。」

赫丘勒．白羅站起來，說：「先生，以我多年在警察局的體驗，也許使我一向對政治人物的評價不高。如果今天約翰．漢麥特還在上位，我絕不插手管這檔事，連一根小指頭也不會碰。但我對你有點了解。曾經有位了不起、當代最偉大的科學家和最睿智的人告訴我，你是一個忠實可靠的人，所以我願盡力而為。」

他鞠了一個躬，便告退了。

喬治爵士脫口道：「嗯，這傢伙，真是無禮……」

愛德華．費里埃卻在微笑，說道：「我倒認為這是一種褒獎……」

§

赫丘勒．白羅正要下樓，有位金髮高䠷的女人叫住了他。

「請到我的客廳來一下，白羅先生。」

他欠了欠身就隨她走了進去。她關上門，指著一把椅子請他坐下，還為他點了一根菸。

她在他對面坐下，從容不迫地說：「你剛剛見過我的丈夫，他已經告訴你關於我父親的事了吧？」

白羅仔細望著她，發現這女人有種迷人特質，臉上表現出獨立性格和智慧。費里埃夫人是個受歡迎的人。身為首相夫人，她當然經常受人矚目。但作為她父親的女兒，她的名氣也許更響亮。黛格瑪．費里埃簡直就是英國婦女心中的理想女性。

她是位賢妻良母，隨同丈夫在鄉間生活。她參加一些社交活動，謹守本分地參與那些公認是婦女適宜參加的活動。她講究穿著，卻從不追逐流行時尚。她把時間和精力全用在慈善事業，她發起制定救濟失業勞工妻子的特殊計畫。她受到全國人民的一致愛戴，也是其黨內的寶貴財富。

「你一定非常焦急吧，夫人？」白羅問。

「哦，是的，你不知道我有多著急。多少年來我一直擔心——總有一天會出事。」

「你一直被蒙在鼓裡嗎？」

她搖搖頭。

「我一點也不知道，只知道我父親不是……不像大家想的那麼好。我年紀還小時，就意識到他……是騙子。」她的聲調低沉而痛苦。「愛德華和我結了婚，遲早他會失去所有。」

白羅沉靜地說：「你有沒有樹敵，夫人？」

「敵人？我想是沒有。」她抬頭驚訝地望著他。

「我認為有……」他接著說，「你有勇氣嗎，夫人？一場攻擊你丈夫和你本人的大規模運動正在進行，你必須做好準備保護自己。」

她大聲說：「這對我而言根本無關緊要。只是對愛德華來說就事關重大了。」

「夫妻總是連在一起，誰也脫離不了關係。請記住，夫人，你是凱撒的妻子。」

他看到她的臉色黯淡。她向前欠身問道：「那你打算告訴我什麼呢？」

§

《透視新聞》週刊編輯柏西・沛瑞此時正坐在寫字檯後面抽菸，他個頭小，面貌有點像黃鼠狼。他用柔和油滑的聲調說：「我們就替他們撒點土，就這麼辦。哇，太妙了！」

他的副手，一個戴眼鏡的細瘦年輕人憂慮地說：「你不會感到不安嗎？」

「擔心強硬手段嗎？他們不會的，沒那個膽量。況且這樣做對他們沒有任何好處，他們可不敢像我們在這個國家和在歐洲、美洲那樣大肆宣傳。」

另一個人說：「他們一定很著急，不知他們會採取什麼因應措施。」

「過不了多久，他們就會派人來談。」

對講機響了一聲，柏西・沛瑞拿起話筒，問道：「你說是誰？好吧，讓他上來。」

他放下話筒，咧嘴一笑。

「他們找了那個自負的比利時偵探來對付我們。他正要上樓執行任務，想知道我們願不願意合作。」

赫丘勒走了進來。他穿著一套整潔的服裝，上衣還別了朵白茶花。柏西．沛瑞說：「很高興見到你，白羅先生。你是去阿斯考特的皇家跑馬場途中路過我這裡的？不是嗎？我錯了？」

赫丘勒．白羅說：「不，不是的。我只想給人一個好印象罷了。」他看了一眼那位編輯的臉和他有點邋遢的衣著，又說：「尤其天生條件差的時候，就特別需要更留意。」

「你來找我有什麼事？」沛瑞緩慢地問。

白羅向前傾著身子，輕輕拍一下膝蓋，得意地說：「敲詐勒索吧！」

「你究竟是什麼意思，敲詐勒索？」

「據消息靈通的人告訴我：你們經常到處宣傳在你們那份高尚的刊物上，即將登載某些極具破壞性的報導。如此一來，怕消息曝光的當事者，就會在你們的銀行帳戶存進可觀的金額，當然那些報導就不再刊登了。」白羅說完朝後一靠，得意地點點頭。

「你有沒有意識到你現在所說的事情是種誹謗？」

白羅信心十足地微笑說：「我相信你不會介意。」

「我介意。至於敲詐勒索，沒有任何證據顯示我曾勒索過任何人。」

「是的，沒有，這一點我可以確定。你誤會了，我不是在威脅你。我只是想提出一個簡單的問題。你要多少錢？」

「我不懂你在說什麼！」柏西．沛瑞說。

「這是國家大事，沛瑞先生。」

他們倆意味深長地交換一瞥。柏西．沛瑞說：「我是個改革家，白羅先生。我想清除政治垃圾，我反對貪汙腐化。你知道這個國家目前的政局嗎？簡直是奧吉厄斯牛圈！」

「啊！」赫丘勒．白羅說，「你也用這個比喻。」

「要清理這個骯髒的牛圈，」那位編輯接著說，「只有靠公眾輿論這股強大的洪水來潔淨不可。」

赫丘勒．白羅站起來說：「我贊同你的想法。」他又補一句：「很可惜你不需要錢。」

柏西．沛瑞連忙說：「慢著，等一下，我並不完全是那個意思……」

但赫丘勒．白羅已經走出房門。他對後來發生的事解釋道，他不喜歡那些敲詐的傢伙。

§

埃弗萊．達什伍是《支流報》的職員，個性開朗，他熱情地拍拍赫丘勒．白羅的背說：

「到處都是汙穢的塵沙，只有我的灰塵是乾淨的。」

「我並不是說你和柏西．沛瑞是一丘之貉。」

「該死的吸血鬼。他是我們這一行裡的老鼠屎。如果辦得到，我們真想把他擊垮。」

「剛好，」赫丘勒．白羅說，「我此刻正負責清理一宗政治醜聞。」

「清理奧吉厄斯的牛圈嗎？」達什伍說，「朋友，那太難啦，你辦不到的。唯一的希望是讓泰晤士河改道，把整個議會沖走。」

「你可真是會開玩笑。」赫丘勒．白羅邊搖頭邊說。

「我了解這個世界。」

「我想你是我要找的人，這事非你不可。你辦起事勇氣十足，也喜歡做不平凡的事。」

「到底是什麼事？」

「我有個小計畫要付諸行動。如果我想得沒錯，那就是有件駭人聽聞的陰謀必須被揭露。我的朋友，這對你的報紙來說將是獨家新聞。」

「太好了。」達什伍愉快地說。

「那是蓄意破壞一名女子聲譽的下流陰謀。」

「這更好了，凡是和性有關的內容都會暢銷。」

「那就坐下來，聽我說吧。」

§

在小溫伯林頓區「鵝與羽毛」餐廳裡，人們不安地議論著。

「反正我不相信。約翰．漢麥特是個誠實的人，他一直和別的政客不一樣。」

「所有的騙子在還沒有被揭發前，大家都會這麼說他們。」

「人家說他從那筆巴勒斯坦石油生意裡撈了好幾萬鎊，那是筆骯髒的交易。」

「他們那幫政客都一樣，是群可惡的騙子，每一個都是。」

「埃弗哈特才不會那樣做，他是個規矩的保守者。」

「不論如何我都不相信約翰．漢麥特是個壞人。報紙上登的東西你不能盡信。」

「費里埃的妻子是他女兒，你看過上週刊登的有關她的事嗎？」

他們讀著已被翻爛的《透視新聞》：「凱撒的妻子？據說某位高官夫人，日前被人目擊出入不良場所，身邊並有男妓陪同。哦，黛格瑪，黛格瑪，你怎麼能如此淫亂？」

一個粗啞嗓子的人說：「費里埃夫人不是那種人。男妓，那是從國外來的壞胚子。」

「女人心很難捉摸，我認為她們那群官夫人沒有一個好貨。」

§

人們仍不斷議論著。

「可是，親愛的，我相信這完全是真的。我的好姐妹娜奧美是從保羅那裡聽來的，保羅是從安迪那裡聽來的。那個女人真的完全墮落了。」

「但她一向都這麼正派、不重打扮，常出現在義賣會中當主持呢。」

「那只是種偽裝罷了，親愛的，很多人說她是個淫蕩的女人。呃，我是說《透視新聞》上都有登。哦，他們當然不至於明說，不過字裡行間就是這個意思。我真納悶，不曉得他們是如何得到這些消息。」

「你對那些政治醜聞的看法又是如何？他們還說她父親貪汙，拿走黨內的資金。」

§

人們還在議論不休。

「我不願意那麼想，羅傑斯夫人，這是事實，我是說，我一向認為費里埃夫人是個很好的人。」

「那你認為這些可怕的事是真的嗎？」

「我已經說過了，我不願意那樣去設想她。六月她才主持過派爾契斯特義賣會的開幕式，那時我就站在她身旁，就像我現在離這張沙發這麼近。她的微笑好令人喜悅。」

「可是，無風不起浪。」

「嗯，當然，那倒一點都不假。哎喲，親愛的，你似乎從來不相信任何人！」

§

愛德華・費里埃面色蒼白，痛苦地對白羅說：「他們竟如此攻擊我妻子，實在太卑鄙下流了，我一定要對那個惡毒的無賴採取行動！」

「我建議你不要這樣做。」赫丘勒・白羅說。

「可是必須制止這些該死的謊言啊。」

「你確定那些都是謊言嗎？」

「該死，當然是！」

白羅把腦袋歪向一邊，說道：「尊夫人怎麼說呢？」

費里埃一時不知所措。

「她說別理他們，但我做不到。大家都在議論嗎？」

赫丘勒・白羅說：「是的，大家都在議論。」

§

隨後，各報均登出一條簡短的消息：

費里埃夫人近日患了輕度精神崩潰，她已前往蘇格蘭休養以恢復健康。

另一些揣測、傳言則說，根據可靠來源表示，其實費里埃夫人不在蘇格蘭，她根本沒去蘇格蘭。

於是，有關費里埃夫人到底人在何方的各種傳言及惡意中傷，一下子就傳開了……人們再度議論紛紛。

「我跟你說，安迪看到她了。就在那種可怕的地方！她要不是喝醉，就是吸了毒，還和一名令人作嘔的阿根廷男妓——拉曼在一起！」

這引發更多議論。有傳言說費里埃夫人和一個阿根廷男妓私奔了；又有人在巴黎見到她吸毒，甚至還說她吸毒多年而且酗酒。英國的保守派一開始並不相信這些傳言，但慢慢地也一起聲討費里埃夫人。「想必其中必不單純，這樣的女人不配做首相夫人」、「她是一個無恥放蕩的女人，這就是真相，不知羞恥的蕩婦！」

接著有照片為證。費里埃夫人在巴黎被人拍到照片：在一個夜總會裡，她身體向後仰，手臂摟著一個棕色皮膚、一副玩世不恭的黑髮年輕人的肩膀。還有其他快照——在海灘上衣衫不整，頭正靠在那個懶洋洋的情夫肩上。照片下面寫著：「費里埃夫人玩興正濃……」

兩天後，一項指控《透視新聞》週刊誹謗的訴訟展開了。

§

這件訴訟由英國王室法律顧問莫帝默．英格伍爵士提出。他的外表莊嚴高貴，表情相當憤怒。費里埃夫人是一樁無恥陰謀的犧牲品——這陰謀可比擬為讀者熟悉的作者大仲馬所寫的《王后的項鍊》。書中那場陰謀背後的目的，是要在民眾心中貶低瑪麗．安東尼[19]的公眾形象。這樁陰謀也貶損了一位高尚有德的夫人的聲譽。她是這個國家的凱撒之妻。莫帝默爵士以極輕蔑的口吻談到法西斯主義如何運用不正當的詭計，在暗中破壞民主。接著他傳喚證人出庭作證。

第一位證人是諾桑伯里郡主教。

諾桑伯里郡主教韓德森博士是英國教會裡的知名人士，克盡聖職、為人正直。他開朗寬厚，是個了不起的傳教士。每個了解他的人都深深愛戴他。

他走上證人席發誓週刊上所述的那段日子，愛德華．費里埃夫人、他和他妻子一直都待在他的宅邸內。她由於從事慈善工作而過度疲勞，醫生囑咐需要徹底休息一段時間。她的休

19 瑪麗．安東尼（Marie Antoinette），法國皇后，是路易十六的妻子。涉嫌勾結奧地利干涉法國革命，被捕後交付革命法庭審判，處死於斷頭台。

養地點之所以保密，是為了避免媒體的打擾。

一位名醫在主教之後宣稱他曾囑咐費里埃夫人，必須徹底休養不能再做傷神的事。

一位當地的醫生也出庭作證，表示他曾到主教宅邸去看過費里埃夫人。

下一名證人叫塞爾瑪．安德森。她走進證人席時引起法庭一陣轟動。大家一眼便可看出那個女人和愛德華．費里埃夫人長得相當神似。

「你的名字是塞爾瑪．安德森嗎？」

「是的。」

「你是丹麥人嗎？」

「是的，家鄉是哥本哈根。」

「你原先在當地的一家咖啡館工作嗎？」

「是的，先生。」

「請你陳述一下三月十八日發生的事。」

「有位先生到我工作的櫃檯前，告訴我他在一家雜誌工作，就是《透視新聞》。」

「你確定你所說的週刊名稱是《透視新聞》嗎？」

「是的，我可以確定。因為剛開始我還以為那是一份醫學週刊呢。接著他告訴我，有位英國電影女演員要找一名替身，而我正好合適。我不常看電影，他說的明星我沒聽過，但他表示那位演員非常有名氣，只是近來身體不適，希望找人代替她在公眾場合露臉，為此她願意付一筆錢。」

「那位先生付你多少錢？」

「五百英鎊。起初我不大相信，我覺得這可能是場騙局。但他當場就付給我一半酬勞，所以我就辭去原來的工作。」

接著，她說她被帶到巴黎，買了許多漂亮衣服，還為她找了一位護花使者。她說：「那是一位可愛的阿根廷紳士，有教養，又有禮貌。」

很明顯地，這女人玩得很開心。她還搭飛機到倫敦，由那位棕色皮膚的伴遊陪她去一些夜總會玩；在巴黎也和他合照。她承認，有些她去過的地方並不太好，可以說不是正經地方。而讓人拍攝的照片也難登大雅之堂。不過，他們告訴她，這些都是廣告宣傳中所需要的。此外，拉曼先生一直都很紳士。在回答訊問時，她宣稱從未有人向她提過費里埃夫人的名字。她一點也不知道自己是在冒充那位夫人，她並不想傷害任何人。現場拿了一些照片給她看，她證實那些都是她在巴黎和里維拉拍的。

塞爾瑪·安德森是誠實的無辜者，她顯然是個好脾氣又有點糊塗的女人。當她明白一切真相之後，心裡感到很難過。被告的辯護完全沒有任何說服力，只是一味否認和安德森有過任何交易；而那些照片在送到雜誌社的倫敦辦事處時，被誤認為是真的。莫帝默爵士總結的一番話，重新燃起大家彼此信任的熱情。他形容這件事是卑鄙的政治陰謀，目的在於毀損首相和他夫人的名譽。眾人一致對受害的費里埃夫人深表同情。

在空前的熱烈場面中，一份不出預料的裁決出爐了。對於夫人蒙受的名譽損失，週刊必須賠償鉅額罰金。當費里埃夫人和她先生及父親步出庭外時，受到大批群眾的夾道歡呼。

§

愛德華・費里埃熱情地緊握白羅的手。他說：「謝謝你，白羅先生，實在感激不盡。哼，這下《透視新聞》徹底垮了。太下流了，他們策畫這樁惡意譭謗的陰謀，完全是罪有應得，他們居然如此對待世上最仁慈的黛格瑪。多虧你設法揭穿整個惡意勒索的事……你怎麼想得到他們會用一名替身呢？」

「這不是件新鮮事了，」白羅提醒他。「在珍・德拉慕一案裡，她冒充瑪麗・安東尼就很成功。」

「我知道。我得再重讀一遍《王后的項鍊》。不過你怎麼找到的——就是他們找的那個女人？」

「我去丹麥四處尋找，是在那裡找到她的。」

「為什麼是在丹麥呢？」

「因為費里埃夫人的祖母是丹麥人，她有丹麥人的特徵。此外還有其他原因。」

「兩人真是長得太像了。這真是卑鄙！我真納悶那個小人怎麼會想到這個方法？」

「他沒有，」白羅笑說，敲敲自己的胸脯。「是我提供的。」

愛德華．費里埃一驚。

「我不明白，你這是什麼意思？」

「談起這一點，我們得回到比《王后的項鍊》更早的一個神話——奧吉厄斯牛圈的清理。那時赫丘勒斯用的是條河，也就是利用大自然的巨大力量。但我們得把它現代化！什麼是大自然的巨大力量呢？性，對不對？性醜聞最能編造暢銷的故事，也最能製造新聞。提供那種與性有關的醜聞，遠比任何單純的政治陰謀或騙術更能吸引人。

「這就是我的位務。首先學習赫丘勒斯那樣，建造一道水壩使那條大河改道，同時，自己的雙手必須先伸進汙泥之中。我的一位新聞界朋友幫了我，他在丹麥四處尋找，終於找到適合扮演替身的人。他與她接觸時，隨口提到《透視新聞》週刊，寄望她能記住這個刊物的名稱。而她也真的記住了。

「之後發生了什麼事？汙泥充斥，大量的汙泥濁水流出。凱撒的妻子被潑了一身髒。人們對這件事比對一樁政治醜聞更感興趣，結果是圓滿結局——起了反作用！名譽得到維護，那位賢德夫人重拾清白。傳說和高貴品德的巨浪，清掃了奧吉厄斯牛圈。

「即使全國報紙現在都刊登約翰．漢麥特侵吞公款的消息，也無人會相信了。那將被認為是另一樁貶損政府的政治陰謀。」

愛德華．費里埃大吐了一口氣，在此刻，赫丘勒．白羅比起他一生中所經歷的任何場合，更容易遭受攻擊。

「我的妻子！你竟然如此利用她——」

幸好費里埃夫人此時走進屋內。

「如何？」她說，「一切進行得十分順利。」

「黛格瑪，難道你對這事一直都知道嗎？」

「當然，親愛的。」黛格瑪・費里埃面帶微笑，溫柔地笑著。

「但你一直沒告訴我！」

「愛德華，我若告訴你，你就絕對不會答應讓白羅先生那麼做了。」

「我的確不同意！」

黛格瑪微微一笑。

「我們就是考慮到這點。」

「我們？」

「我和白羅先生啊！」她對著赫丘勒・白羅和她的丈夫微笑。「我在主教家得到充分地休息，現在感到全身精力充沛。下個月我得到利物浦，去為一艘新戰艦舉行命名儀式，我認為那將會是一件引人注目的事呢。」

06

斯廷法羅湖怪鳥

The Labours of Hercules

斯廷法羅湖怪鳥生有銅翼、銅爪和銅嘴，銅羽落下後可傷人致死。這種怪鳥好傷人畜，赫丘勒斯奉命趕走牠們（另說用毒箭把牠們射死）。這是赫丘勒斯完成的第六道任務。

哈羅德．韋林第一次注意到那兩個女人，是她們在湖邊小徑上散步的時候。當時他坐在飯店外面的露台上。那天天氣晴朗，湖水碧藍，風光明媚。哈羅德銜著一支雪茄，深感世界的美好。他的政治生涯正如日中天。三十歲就當上次長，令他沾沾自得，據說首相曾說過：「年輕的韋林前途不可限量。」哈羅德春風得意，前景一片看好。他年輕，長得不錯，身體健康，也沒有緋聞。

他決定到黑塞斯洛伐克去度假，以便遠離人群，好好休息一下。斯特普卡湖邊那家旅館雖然小了點，倒也十分舒適。尤其旅客也少，僅有的幾位旅客都是外國人。到目前為止，英國人就只有一位老婦人賴斯太太和她女兒克萊頓太太。哈羅德喜歡這兩位太太。愛爾絲．克萊頓很漂亮，是古典美人，很少化妝，個性溫柔，甚至有點靦腆。賴斯太太則稱得上是有個性的女人，她身材修長，嗓音低沉，態度雖傲慢，卻極有幽默感，是旅行中有趣的夥伴。她的生活顯然以她女兒為重心。哈羅德和這對母女共度了不少愉快時光，但她們並未纏著他不放，他們之間一直保持友好而不勉強的關係。

旅館裡其他客人並沒有引起哈羅德的注意。他們大都是自助旅行或搭乘遊覽車的觀光客，在這裡停留一兩個晚上就離開了。直到這天下午，他幾乎不曾注意過誰。

那兩個女人從湖邊小徑慢慢走過來，哈羅德的注意力被她們倆吸引住，那時一朵浮雲正好遮住了太陽，他的身體不禁微微一顫。他注視著那兩個女人，感覺有點不尋常。她們兩人都有很長的鼻子，就像鳥一樣，臉龐出奇地相像，都沒什麼表情。她們圍著鬆垮的斗篷，斗篷兩旁隨風飄蕩，彷彿是鳥的翅膀。

哈羅德心想：「她們活像是兩隻鳥——」他幾乎脫口而出。「不祥之鳥。」

那兩個女人逕自走上露台，從他身旁經過。兩人都不年輕，與其說四十歲左右，不如說快五十了。她們長得十分相像，一眼就讓人看出是對姐妹。她們的表情令人不悅，當她們從他身旁走過時，望了他一眼。那是對人做出評價的一瞥——冷漠又殘酷。

哈羅德對那兩個女人的印象更壞了。他注意到姐妹中有一人的手瘦得像爪子……儘管太陽又顯露了，他還是打了個寒顫。他心想：「真是可怕的怪物，活像食肉鳥……」

此刻賴斯太太從旅館走出來，打斷了他的沉思。他站起來，為她拉了一張椅子。她道謝後就坐下來，一如往常地開始織起毛衣。哈羅德問道：「你見到剛才走進旅館那兩個女人了嗎？」

「披斗篷的？有啊，我從她們身旁走過。」

「好奇怪的人物。你不覺得嗎？」

「嗯，是啊，也許是有點奇怪。好像是昨天才抵達的。兩人長得非常像，一定是對孿生姐妹。」

「我有點奇怪的感覺，直覺她們身上有股邪氣。」

「那就怪了，下次我多留意她們，看看是否同意你的看法。」她說，「我們可以去櫃檯打聽一下她們是什麼人。我想不會是英國人吧？」

「哦，不是。」

賴斯太太看一下手錶，說道：「下午茶時間到了，韋林先生，請你進去按鈴喚人來，可以嗎？」

「當然可以，賴斯太太！」

他辦完這件事後又走回自己的位子，問道：「今天下午你女兒去哪兒了？」

「愛爾絲嗎？我們剛才一起散了步，繞湖半圈就穿過松林回來了。那裡美極了。」

一名侍者來了，賴斯太太要了些茶點，然後又熟練地織毛衣，接著說：「愛爾絲收到她丈夫的一封信。她可能不下來喝下午茶了。」

「她丈夫？」哈羅德感到驚訝，「你知道，我一直以為她是寡婦呢。」

賴斯太太狠狠地瞪他一眼，冷冷地說：「她不是，愛爾絲不是寡婦。」她又加重語氣添上一句：「但也真是運氣不佳。」

哈羅德大吃一驚。賴斯太太苦笑著點點頭，說：「世上許多悲劇的始作俑者都是酗酒，韋林先生。」

「她的丈夫飲酒過度嗎？」

「是的，還有不少其他毛病呢。他常常毫無理由地嫉妒，脾氣暴躁得很。」她嘆口氣，「這種日子真難熬啊，韋林先生。我非常心疼愛爾絲，我就只有這麼一個孩子，看她不幸福真不是滋味。」

「她是那樣溫柔的人。」哈羅德同情地說。

「也許太過溫柔了。」

「你是說……」

賴斯太太慢條斯理地說：「幸福的人應該會自傲。愛爾絲的溫柔來自一種挫敗感，生活對她而言壓力太大了。」

「那她怎麼會嫁給這樣的丈夫呢？」哈羅德猶豫地問道。

「菲利普相當英俊。他一向很有人緣，家境也好，當時無人提過他的人品如何。我自己寡居多年。兩個女人孤單地生活，對男人的品行也做不出適切的判斷。」

「是啊，確實如此。」哈羅德若有所思地說。

他感到一股怒火和憐憫同時湧上心頭，愛爾絲．克萊頓頂多二十五歲。他想起她那雙湛藍眼睛所流露的友好神情，不禁沮喪得嘴角有些下垂。他忽然意識到自己對她似乎有了超出一般友誼的感情。但她卻嫁給一個混球……

§

那天晚餐後，哈羅德和她們母女坐在一起。愛爾絲．克萊頓穿著一件柔和的淺粉紅衣服。他注意到她眼睛有點紅腫，明顯是哭過了。賴斯太太輕快地說：「韋林先生，我已打聽清楚那兩位鳥身女妖是誰了。她們是出身良好的波蘭人，櫃檯的人這麼告訴我的。」

哈羅德朝另一端那兩位波蘭婦女坐的地方望了一眼。愛爾絲感興趣地說：「是那邊坐著的那兩個女人嗎？頭髮染成棕紅色的？她們看起來有點可怕，我也說不出來為什麼。」

「我也這麼覺得。」哈羅德得意地說。

賴斯太太笑著說：「我認為你們兩人都有點先入為主，不能單憑第一眼就判斷別人是怎樣的人。」

「我知道不應該，但我認為她們倆像一對老鷹。」愛爾絲笑道。

「專門啄食死人的眼睛。」哈羅德說。

「哦，別說了！」愛爾絲叫道。

哈羅德連忙說「對不起」。

賴斯太太微微一笑，說：「反正她們和我們沒來往。」

「我們也沒有見不得人的祕密！」愛爾絲說。

「韋林先生也許有喔！」賴斯太太眨一下眼。

哈羅德向後仰天大笑，說道：「從來沒有祕密，我一生光明正大，毫無隱瞞的事。」

他腦子裡突然想道：「人離開正道是多麼愚蠢。必須問心無愧，才是人生之中唯一所需。如此就能坦然面對世人，對任何想攪擾你的人你都可以說，見你的大頭鬼！」

他覺得自己朝氣蓬勃、十分堅強，完全能夠主宰自己的命運！

§

哈羅德．韋林和許多英國紳士一樣，掌握語言的能力很差。他的法語說得不夠流利，而且帶有很重的英國腔，另外他也完全不懂德語和義大利文。

直到現在，這種語言上的無能倒沒令他感到擔憂。在歐陸的大部分旅館裡，到處都能遇到會講英語的人，何必要多操心呢？

但是此地，本地人講的是斯洛伐克語，連旅館櫃檯人員也只會講德語；有時他不得不請兩位女性朋友為他翻譯，這使他深感屈辱。賴斯太太能說多種語言，甚至會講幾句斯洛伐克語呢。哈羅德決定開始學德文。他打算買幾本書，每天上午花幾小時來學習。

這天上午，天氣晴朗。哈羅德寫完幾封信，看了一下手錶，發現離午餐前還有一個小時，可以去散散步，便走出旅館，朝湖那邊走去，後來轉進松林。他在林中逛了約五分鐘，突然清晰地聽到一陣哭聲。在不遠處有個女人正傷心地啜泣。

哈羅德躊躇片刻，接著朝哭聲走去。原來是愛爾絲·克萊頓。她正坐在一棵樹幹上，兩手捂著臉，悲傷得雙肩直抖。哈羅德猶豫一下，然後走近她，輕聲問道：「克萊頓太太——愛爾絲，你怎麼了？」

她大吃一驚抬頭望著他，哈羅德就在她身旁坐下。他同情地問道：「我能幫你什麼忙嗎？不用客氣。」

她搖搖頭。「沒什麼，沒什麼。你人太好了，但是沒人能幫我。」

「是和你丈夫有關嗎？」哈羅德不好意思地問。

她點點頭，擦乾淚水，拿出粉盒上點妝，想使自己稍微恢復常態。她顫抖地說：「我不願意讓母親著急，她看到我不開心會難過，所以我就跑到這裡來大哭一場。我知道，這樣做很傻，因為再怎麼哭也沒用。但是有時候，日子實在難熬。」

「我真感到遺憾。」哈羅德說。

她很感激地瞥了他一眼，然後連忙說：「是我不對。是我自己願意嫁給菲利普的，結果卻大失所望，這只能怪我自己。」

「你能這樣承認是需要勇氣的！」

愛爾絲搖搖頭。

「不，我不是，我一點膽量也沒有，是個膽小鬼。這也是我和菲利普不和的原因之一。我怕他……怕極了，他發起脾氣來真是嚇人。」

「你應當離開他！」哈羅德帶著感情地說。

「我不敢，他不會讓我走的！」

「胡扯！你不考慮離婚嗎？」

她慢慢搖搖頭。

「我提不出理由，」她挺直肩膀。「不行，我只能忍受。你了解，我有不少時間常和母親在一起，這一點菲利普並不介意，特別是我們不按常理，一起到這樣一個人煙稀少的地方。」她臉上略現紅暈，又說道：「你知道，部分生氣原因是他特別容易嫉妒。我只要和另一個男人說一句話，他就會大發雷霆！」

哈羅德感到相當不平。每每聽到女人抱怨自己丈夫好妒時，在對那女人深表同情的當下，卻會暗自覺得那丈夫不是完全沒根據。但愛爾絲．克萊頓不是那種女人，她從來也不曾對他輕浮地望過一眼。愛爾絲微微顫抖地離他遠一點，抬頭凝望著天空說：「雲層遮住了陽光，天氣變冷了。我們還是回旅館去，應該快到午餐時間了。」

他們站起來朝旅館方向走去。兩人走了不久就看到一個朝同一方向走去的人。從她身上穿的那件斗篷，可以認出是那對波蘭女人之一。

他們從她身旁經過時，哈羅德微微欠身。她沒有回禮，只用眼睛看著他們好一會兒，流露出品頭論定的眼神，不禁使哈羅德感到渾身不適。他懷疑那女人是否看到他坐在那樹幹上挨著愛爾絲。如果是，也許她會認為……總之，她看起來像是在琢磨什麼似的。他心中不由得升起一股怒火，有些女人的思想多麼邪惡啊！看起來太陽那時又被雲層遮住，他們兩人必定都打了個寒顫——也許那一刻女人正盯著他們……

不知為何，哈羅德心中感到有感忐忑不安。

§

那天晚上剛過十點，哈羅德就回自己的房間。他的英國女傭為他送來好幾封信，有的需要立刻回覆。他換上睡衣、睡袍，坐在寫字檯前開始處理信件。寫完三封，正要寫第四封時，房門突然打開了，愛爾絲站不穩地走了進來。

哈羅德吃驚地跳了起來。愛爾絲把身後的門關上，兩手緊緊抓住五斗櫃，大口喘著氣，面色灰白，看起來受到極大的驚嚇。她氣喘吁吁地說：「是我丈夫！他突然來了。我想他要殺我，他瘋了，完全瘋了。我到你這裡躲一躲，請別讓他找到我。」

她又向前走一兩步，搖搖晃晃地差點跌倒。哈羅德連忙伸手扶住她。

就在這時，房門又開了，一個男人站在門口，他中等身材，兩道濃眉，一頭烏黑的頭髮，手裡拿著修車用的大鐵鉗，怒氣沖沖地喊叫：「這麼說來，那個波蘭女人沒說錯！你與這個男人有染！」

愛爾絲喊道：「沒有，沒有，菲利普。沒有這回事。你弄錯了。」

菲利普朝他們衝了過來，哈羅德迅速把女孩拉到自己身後。菲利普說：「我有錯嗎？我在他房裡抓到了你！你這個蕩婦，我要殺了你！」

他扭身避開哈羅德的雙手。愛爾絲喊叫著跑到哈羅德身體的另一邊，後者則轉身阻擋那個男人。可是菲利普．克萊頓只有一個想法，就是要抓住他的妻子。他又轉過來，愛爾絲嚇得跑出房間。菲利普．克萊頓追了出去。哈羅德也毫不猶豫跟在他身後。

愛爾絲跑回走廊盡頭她自己的房間。哈羅德可以聽見裡面在鎖門的聲音，但還沒鎖好，菲利普就用力扭開門闖了進去。哈羅德聽到愛爾絲驚嚇的喊聲，他不顧一切地推開房門進去。愛爾絲站在窗簾前動彈不得。哈羅德走進去的那時，菲利普正揮舞著大鉗朝她衝去。她嚇得大叫一聲，從寫字檯上拿起一個沉重的紙鎮向他扔過去。

克萊頓應聲倒下。愛爾絲尖叫一聲。哈羅德站在門口也嚇得不知所措。那個女孩跪倒在她丈夫身旁。他躺在摔倒的地方一動也不動。

外面走廊有人正要開門的聲音。愛爾絲跳起來，跑到哈羅德面前。

「請你……請你……」她氣喘吁吁地低聲說，「快回去自己的房裡。等一下會有人來，他們會發現你在這裡。」

哈羅德點點頭，了解此時不利的處境。目前菲利普．克萊頓已失去蠻力，愛爾絲的喊叫聲想必是被人聽見了。如果有人進來，發現他在房內，那只會造成尷尬又讓人誤解的場面。為了愛爾絲和他自己，都應避免醜聞。

他盡可能從走廊悄悄速回自己的房間，才剛進門，就聽到遠處有扇門被打開的聲音。他在屋裡等了將近半小時，不敢走出房門，心想愛爾絲遲早會來找他。

有人輕輕敲了門，哈羅德跳起來把門打開。不是愛爾絲，而是她的母親。哈羅德被她的樣子嚇呆了，她一下子蒼老許多，灰色頭髮凌亂不堪，兩眼周圍出現黑圈。

他連忙扶她坐在一把椅子上。她坐著，痛苦地喘著氣，哈羅德急忙說：「你看起來很不舒服，賴斯太太。要不要喝點什麼？」

她搖搖頭。

「不要，別管我。我真的沒事，只是嚇了一大跳。韋林先生，發生一件可怕的事。」

「克萊頓傷得很重嗎？」哈羅德問道。

她喘口氣，答道：「比那還糟，他死了……」

§

整個房子都在旋轉，哈羅德感到後背冒出一股涼氣，一下目瞪口呆，說不出話來。

「死了？」他有氣無力地重複道。

賴斯太太點點頭。她筋疲力盡地用平板的聲調說：「那個大理石紙鎮的稜角正好擊中他的太陽穴，他向後摔倒，腦袋又撞到壁爐的鐵柵欄。我不知道是哪樣殺死了他，但他確實死了。我見過很多死人，足以辨明這一點。」

災難——哈羅德腦海裡不斷迴盪著這個名詞。災難，災難，災難……他激動地說：「這是意外，我親眼看見這事發生……」

賴斯太太急忙說道：「這當然是一起意外事故。我也知道。可是，可是別人會那麼認為嗎？我說實話，我很害怕，哈羅德，這裡不是英國。」

「我可以為愛爾絲作證。」

賴斯太太說：「對，她也可以證實你的陳述。事到如今也只能如此了！」

哈羅德的頭腦既敏銳又謹慎，完全明白她的意思。他回想這件事的過程，意識到他們處於非常不利的狀況。

其一是他和愛爾絲共處過不少時光，其二是那兩個波蘭女人中的一個曾見到他們倆一起待在松林裡談話。也許看起來兩位波蘭女人應該不會說英語，但有可能略懂一二。那女人如果恰巧偷聽到他們的對話，一定了解「嫉妒」和「丈夫」這些字眼。顯然是她做了什麼使克萊頓嫉妒。然後是克萊頓死了，而克萊頓死的時候，他哈羅德又正巧在愛爾絲的房裡。沒有任何證據能證明不是她用紙鎮故意襲擊克萊頓的，也沒有證據顯示那位嫉妒丈夫其實根本沒發現他們在一起。如今單靠他和愛爾絲的證詞，人們會相信嗎？

一陣冰冷的恐懼緊緊攫住了他。他沒有料想到，完全沒想到，他或愛爾絲會為了一樁不是他們犯下的謀殺罪，而有被死刑的危險。無論如何，最糟也只能指控他們犯了非預謀性的過失殺人罪。（但在國外，有過失殺人罪這項法律條文嗎？）即使最終被判無罪，其間也須經過漫長的審訊，而所有報刊都會報導這起案子。有對英國男女被指控、嫉妒的丈夫、前途光明的政治人物……唉，這將意味著他的政治生涯的結束，沒人能從這種醜聞中再爬起來。

他一時衝動地說：「我們能不能設法把那具屍體處理掉？把它埋起來。」

賴斯太太那種驚訝、輕蔑的目光使他臉紅了。她尖銳地說：「親愛的哈羅德，這可不是什麼偵探故事！試圖那樣做，是太愚蠢了。」

「這倒是。」他嘟囔道，「那我們該怎麼辦呢？我的上帝，該怎麼辦？」

賴斯太太絕望地搖搖頭。她皺著眉頭，痛苦地思索。哈羅德問道：「我們必須想個辦法！不論是什麼辦法，只要能排除這場可怕災難就好了。」

災難！太可怕，真是徹底毀了。他們倆彼此茫然對視。賴斯太太嗓音沙啞地說：「為了愛爾絲，我的小寶貝。我什麼都願意做，絕對不能讓她經歷那種事，她會受不了的。」她又補上一句：「你也一樣，你的前途，搞不好就毀了。」

哈羅德勉強說：「別擔心我。」

他心裡並非真的這麼想。賴斯太太痛苦地說：「這實在太不公平了，根本不是人們以為的那樣，我知道得很清楚。」

哈羅德像溺水的人般抓住一根稻草。

「至少有你可以說明這一點——一切都很正常，毫無任何曖昧。」

賴斯太太難過地說：「是啊，如果他們相信就好了。但我們怎麼知道別人會怎樣想。」

哈羅德無精打采地同意這一點。以歐陸人的思考模式，必會認定他和愛爾絲之間有曖昧，而賴斯太太的否認只會被認為是幫自己女兒撒謊。哈羅德也沮喪地說：「是啊，我們現在不在英國，真倒霉。」

「呃，」賴斯太太突然抬頭。「這倒是真的……這裡不是英國。可以想個辦法——」

「什麼辦法？」哈羅德重燃希望地說。

賴斯太太突然說道：「你身邊帶了多少錢？」

「不多，」哈羅德說，「不過我可以打電報回去要。」

「恐怕需要不少錢呢，我倒認為值得一試。」賴斯太太嚴肅地說。

哈羅德這才感到稍微有點希望，問道：「你說的是什麼辦法呢？」

「我們無法遮掩這樁意外死亡，但我想到一個可以利用警方為我們避開禍事的機會！」

「你認為這可行嗎？」哈羅德懷有一線希望，卻仍有點懷疑。

「嗯，首先旅館老闆會站在我們這邊。他巴不得把這事隱藏起來；而在這種偏僻的中歐小國裡，可以用錢買通任何人——說不定警方比普通人更容易下手！」

「我認為你說得有理。」哈羅德不確定地說。

「幸好旅館裡無人聽到任何動靜。」賴斯太太說。

「你房間的對面……是誰住在愛爾絲的隔壁？」

「那兩位波蘭女士。她們應該什麼也沒聽見，不然她們會開門出來到走廊上。菲利普很晚才抵達這裡，除了值夜班的服務人員外，沒人看見他。哈羅德，我認為這事有機會掩蓋。先為菲利普弄一張自然死亡證明書，這只要付出高額賄賂金就可以辦得到——找最合適的那個人，也許是警察局長吧！」

哈羅德黯然一笑，說道：「這簡直是場兒戲，不是嗎？好吧，我們就試試看。」

§

賴斯太太是個能幹俐落的人。旅館老闆先被找來，哈羅德則留在房內，不介入此事。他和賴斯太太達成共識，對外表示那是一場夫妻間的爭吵。愛爾絲的美貌將會贏得更多同情。

次日上午來了幾名警察，被引進賴斯太太房內；時至中午，他們便離開了。哈羅德只有打了封急需用錢的電報。他並沒參與其間的賄賂，老實說，就算想也沒辦法，因為那些警察中沒有一個會說英語。中午十二點，賴斯太太來到他房間。她面色蒼白、疲憊不堪，不過臉上的輕鬆表情表示一切順利。她簡單地說：「成功了！」

「感謝上帝！你太了不起了，這真是叫人難以置信！」

賴斯太太若有所思地說：「事情進展得如此順利，使人幾乎會誤認為這種事很平常。他們沒多久就提出價碼，說真的，真令人不齒。」

「現在不是爭論公務人員貪瀆的時候，他們要多少錢？」

「要價相當高。」

她列出下列的名單：警察局長、警察署長、代理人、醫生、旅館老闆、值班人員。

「我看不用付給值班的人，不是嗎？他制服上已有金飾帶了。」哈羅德說。

賴斯太太解釋道：「旅館老闆說這場意外根本不是發生在他的旅館內。警方說是菲利普在火車上心臟病發作，走出走廊想透透空氣。他們總是習慣把車門開著，他不小心跌了下去，倒在鐵軌上了。那批警察若真要做些什麼，他們可聰明得很啦！」

「嗯，」哈羅德說，「還好我們的英國警方沒有這樣腐敗。」

他懷著英國人的優越感，下樓吃午飯。

§

午餐後，哈羅德習慣上都和賴斯太太和她女兒一塊兒喝咖啡。他決定依照往例。

從昨天晚上以來，這還是他頭次再見到愛爾絲。她面色蒼白，顯然還沒從那場驚嚇中恢復過來，不過她努力表現得和往常一樣，談些天氣和景致的話題。

他們聊到一位新旅客，輪流試著猜出他的國籍。哈羅德認為留著那樣的八字鬍必定是法國人；愛爾絲說是德國人；賴斯太太則認為是西班牙人。

露台上只有他們三人，除此之外，遠遠的另一端坐著那兩位波蘭婦女，她們倆正在做些奇怪的東西。像往常那樣，哈羅德一看到她們就感到渾身戰慄。那種毫無表情的面孔、鷹鉤鼻，還有那兩隻像鳥爪一般的手……

一位侍者走過來告訴賴斯太太有人找她。她便起身和他前去。他們看見她在旅館門口和一位穿制服的警官見面。愛爾絲驚恐萬分地說：「不會出了什麼事吧？」

「哦，不會，不會，絕對不會！」

哈羅德立刻勸她放心，他本人也突然感到一陣恐懼。他說：「你母親真了不起！」

「我知道。媽媽是個非常了不起的人。她永遠不會低頭認輸。」愛爾絲顫抖著。「但這一切多麼可怕呀。」

「別再想了。一切都過去了，都妥善處理了。」

「但我無法忘記，是我殺了他。」愛爾絲低聲說。

哈羅德連忙說：「別那樣想，那只是一起意外事故，這你明白。」她臉上顯得愉快些了。哈羅德又說道：「反正事情已經過去。過去的事就讓它過去吧，永遠別再想了。」

賴斯太太回來，他們從她臉上看出一切進行順利。

「真嚇了我一大跳，」她興高采烈地說，「原來只是要辦理一些手續。我的孩子們，一切都擺平了。我們現在擺脫麻煩了。也許我們可以點一瓶酒來慶祝。」

酒給端來了，他們舉杯慶祝。賴斯太太說：「祝未來美好！」

「祝你幸福！」哈羅德向愛爾絲微笑著說。

她也朝他微笑著，舉起酒杯說：「」「為你……為你的成功乾杯！我敢保證你會成為一位偉大人物。」

他們從恐懼中走了過來，開心得差點昏倒，陰影已經消除，一切平安無事了。

露台盡頭那邊，那兩位像鳥般的婦人站了起來。她們把女工仔細捲好，從石板地走過來。她們微微鞠躬，就在賴斯太太身旁坐下。其中一個開口說話。另一個盯視著愛爾絲和哈羅德，嘴角露著一絲微笑。哈羅德不認為那是善意的微笑……

他瞧瞧賴斯太太。她呢，正在傾聽那個波蘭女人講話，儘管他一句也不懂，可是賴斯太太臉上的表情似乎不太妙。那種焦慮和絕望的神情又重現在她臉上。她仔細聽著，偶爾簡短地插句話。最後兩姐妹起身告辭，生硬地點了點頭，走進旅館。

哈羅德探身向前，聲音沙啞地問道：「怎麼回事？」

賴斯太太絕望而無可奈何地輕聲答道：「那兩個女人要向我們勒索，原來昨晚她們全都聽到了。如果我們打算把這事祕而不宣，事態就會嚴重一千倍……」

§

哈羅德．韋林在湖邊散心。他已經憂心忡忡地走了大約一個小時，想靠著戶外活動來使心情平復。

他最後來到他第一次留意到那兩個可怕女人的地方，如今她倆正用邪惡的鳥爪牢牢抓住他和愛爾絲的命運。他大聲喊道：「該死的女人！叫這對吸血鬼去死吧！」

一聲輕微的咳嗽使他轉過身來，他發現自己正面對著那位留有八字鬍的陌生人，後者剛從樹蔭裡走出來。哈羅德不知該說些什麼，這個人一定聽見他剛才說的話。

哈羅德一時不知所措，有些荒唐可笑地說：「呃──午安。」

那個人用標準的英語答道：「對你來說，恐怕不是個令人愉悅的下午吧？」

「嗯，呃，我──」哈羅德難以啟齒。

那個矮個子說道：「我想你遇到麻煩了吧，先生？我能幫你什麼忙嗎？」

「哦，不用，不用，謝謝！只是出來透口氣，你知道。」

「不過我確實能幫你忙。我說你遇到的麻煩，是和剛剛坐在露台的兩位女士有關，對吧？」那個男人說。

哈羅德睜大眼睛望著他。

「你知道她們的底細嗎？」哈羅德問道，「順便問一聲，你是誰？」

那個矮個子好似向王室成員交代自己的簡歷那樣，謙虛地說：「在下是赫丘勒·白羅。來，我們到樹林走走，你把你的情況都講給我聽，如何？我再說一次，我應該可以幫你。」

直到今日，哈羅德也不明白，自己竟會向一個才交談幾分鐘的人傾訴全部的心事。也許是過度緊張的緣故吧。反正，事情就是這樣發生了。他把事情經過全部告訴了赫丘勒．白羅。後者一語不發地聽著。有一兩次他嚴肅地點點頭。哈羅德剛說完，白羅就莫名其妙地說：「斯廷法羅怪鳥，鋼鐵尖喙專食人肉，生長在斯廷法羅湖畔……完全符合！」

「你在說什麼？」哈羅德瞪大眼睛問道。

他也許在想，這個長相奇怪的矮個子是個瘋子吧！赫丘勒．白羅微笑著。

「我只是在沉思，整理對這件事情的看法。關於你的事，你的處境很不妙。」

哈羅德不耐煩地說：「這並不需要你來告訴我！」

「這件事很嚴重，明顯是敲詐。這些鳥身女妖強迫你付錢、付錢，一再地付錢！如果你拒絕她們，那將會發生什麼事呢？」

哈羅德心痛地說：「事情就會暴露出來，我的前途就給毀了。一個從沒傷害過人的女孩也會因此遭殃。老天，結局會是什麼樣子啊！」

「因此，」赫丘勒．白羅說，「一定得馬上採取一些措施！」

「什麼？」

白羅仰著身子，半瞇著眼睛，說道（哈羅德又開始懷疑這人是否神志正常）：「現在是使用銅響板轟走怪鳥的時候了。」

「你是不是瘋了？」哈羅德說。

白羅搖搖頭，說道：「沒有，我只是想盡力仿效我那了不起的前輩赫丘勒斯。你再耐心等待幾個小時吧，我的朋友。一到明天，我就可以把你從那些迫害者的手中救出來！」

§

次日早晨，哈羅德．韋林看到赫丘勒．白羅獨自一人坐在露台上。他對赫丘勒．白羅曾許下的承諾深信不疑。他走上前去，關切地問道：「怎麼樣了？」

赫丘勒．白羅滿面春風地對他說：「沒問題了！」

「你這是什麼意思？」

「全都圓滿解決了。」

「到底出了什麼事？」

赫丘勒．白羅聲音柔和地說：「我用了銅響板。或按照現代說法，我讓鋼絲嗡嗡地響了起來。簡單說吧，我利用了電報！你所遇到的那些斯廷法羅怪鳥，先生，已經被驅逐到別處，在很長一段時間內，她們不能再耍陰謀詭計了。」

「她們是通緝犯嗎？已經被逮捕了？」

「正是。」

哈羅德深深地鬆了口氣。

「太棒啦，我從來沒奢望會這樣。」他站起來。「我得趕快把這件事告訴賴斯太太和愛爾絲。」

「她們已經知道了。」

「那太好了，」哈羅德又坐下。「告訴我這是怎——」

他突然頓住。從湖邊小徑那邊走來那兩個披著斗篷的鳥相女人。他驚叫道：「我還以為她們兩人已經被捕了呢！」

赫丘勒朝他的目光望去。

「哦，那兩位女士嗎？她們完全無辜，就像櫃檯人員說過的那樣，她們是出身良好的波蘭女士。兩人的長相也許不夠親切，僅此而已。」

「但我不明白！」

「是啊，你是不明白！警方要捉拿的是另外兩位——詭計多端的賴斯太太和那位愛哭的克萊頓太太！出名的食肉鳥是她們。這兩個女人四處設局勒索，我親愛的先生。」

哈羅德頓時覺得天旋地轉，他有氣無力地說：「但那個男人，那個被殺的男人呢？」

「誰也沒有被殺死，根本沒有什麼男人！」

「但我親眼見到了他啊！」

「哦，不是。那是嗓音低沉的賴斯太太成功地扮演了那個男人，她假扮那個丈夫。只要摘掉她的灰色假髮，再適當地化點妝就行了。」他朝前探身，拍了一下哈羅德的膝蓋。「不該過分輕信陌生人，我的朋友。每個國家的警察不是如此容易就可買通的！根本不可能買通吃案，尤其是殺人案！這種女人利用大多數英國人不懂外語而在其中搞鬼，因為她精通法語和德語，所以總是那位賴斯太太和旅館老闆交涉，負責處理事務。而警察也總是出入她的房間，是吧！但真正說的內容是什麼？你一點也不知道。也許她說丟了一枚飾針什麼的，目的是想辦法讓警察來幾次，讓你看見他們。至於其他方面，實際上發生了什麼呢？只有你打電報把錢匯來，一筆為數不少的錢，而且全交給賴斯太太，由她出面負責一切商議！就是這麼回事嘛！但她們實在太貪婪，這些食肉鳥。當她們發現你對那兩位無辜波蘭女士的厭惡，加上那兩位女士走近和賴斯太太談了幾句完全無關的話，就使她克制不住要故技重施，想再敲一筆。因為她知道你一句波蘭話也聽不懂。如此你就不得不再叫人匯來更多的錢，賴斯太太便假裝拿錢堵住另外一幫人的嘴。」

哈羅德深深吸一口氣，說道：「那愛爾絲呢——愛爾絲呢？」

赫丘勒・白羅把目光移開。

「那女孩所扮演的角色也很成功，一向如此。她是很有表演才華的演員，天真單純。她不是靠性來誘人上當，而是靠著向男人獻殷勤。」赫丘勒・白羅又添了一句：「這種辦法對英國男人非常有效！」

哈羅德・韋林深深吸了一口氣，愉快地說：「看來我得下工夫學習各種歐洲語言了！誰也別想再欺騙我第二次！」

07

克里特島神牛

The Labours of Hercules

克里特島的彌諾斯王曾向海神許願，要將深海裡首先出現的東西獻給海神，但彌諾斯喜愛這頭牛，遂用另一頭牛代替。海神發怒，使神牛發瘋，踐踏克里特的田野。大力士赫丘勒斯的第七道任務便是馴服這頭牛，並送給歐里斯休士。

赫丘勒．白羅仔細端詳著訪客。

在他面前是一個面色蒼白的女孩，有著堅毅的下巴、灰藍眼睛，頭髮是少見的深色——是古希臘人才有泛著紫藍色光澤的鬈髮。

他注意到那女孩身上穿著剪裁講究但稍嫌破舊的鄉村花呢套裝，手裡拎著一個破舊的手提包，還發現在她緊張神情下所掩蓋不了的傲氣。他心想：「呃，沒錯，她是城市階層的人，但家道中落了！一定是出了什麼意外才來找我。」

戴安娜．瑪伯里聲音有點顫抖，她說：「我……我不知道能不能請你幫忙，白羅先生。我現在處於一種很特別的狀況。」

「當然可以，說給我聽聽！」

戴安娜．瑪伯里說：「我來找你是因為我不知道該怎麼辦，不知道是不是還能挽回？」

「那就讓我來判斷！」

女孩的臉突然緋紅。她呼吸急促地說：「我來找你，是因為和我訂婚一年多的未婚夫要取消婚約。」

她頓住不語，挑戰似地望了他一眼。

「你一定認為，」她說，「我很不正常吧。」

「正好相反，小姐，我倒認為你非常聰明。我的工作當然不是去平息情侶間的爭吵，我知道你對這一點完全清楚。因此，這件撤銷婚約的事一定不同尋常，是不是？」

女孩點點頭，清晰而明確地說：「撤銷婚約的理由，是他認為他自己快瘋了，而瘋子不該結婚。」

赫丘勒·白羅揚了一下眉毛。

「而你不同意？」

「我不知道……究竟什麼程度才算精神失常？其實每個人多少都有點瘋狂吧。」

「據說是如此。」白羅謹慎地同意道。

「要到你把自己當作一顆水煮蛋什麼的，人們才會把你關起來。」

「你的未婚夫還沒到達那種程度吧？」

戴安哪·瑪伯里說：「我根本看不出他有毛病，他是我認識的人中頭腦最清醒的，身心健康又可靠。」

「那他為什麼認為自己快瘋了？」白羅停頓片刻，又接著說：「他的家族裡有沒有人得過精神疾病呢？」

戴安娜勉強點點頭，說：「他的父親可能是個精神病患，姑婆也可能是。我要說的是，每個家庭都會有一些與眾不同的成員，你知道，也許是弱智或者特別聰明。」她露出哀怨的眼神。

「我為你感到很難過，小姐。」赫丘勒同情地搖搖頭說道。

她抬高下巴，大聲說：「我才不要你為我難過，我要你幫我做點什麼。」

「那你要我做什麼呢？」

「我也不清楚，但總覺得其中有點不對勁。」

「那就說說你的未婚夫吧，小姐。」

戴安娜說道：「他叫休斯．錢德拉，二十四歲。父親是海軍上將。他們住在賴德莊園，從伊麗莎白時代起那裡就屬於他們的家族。休斯是獨生子，他也參加了海軍——錢德拉家族的人都是海軍，這是一種傳統，從大約十五世紀吉爾伯．錢德拉爵士隨同瓦爾特．瑞利爵士航海起就是如此。休斯進入海軍是理所當然的事，他的父親一定不同意他有別的選擇。但現在也是他父親要求他脫離海軍。」

「這是什麼時候發生的事？」

「大約一年前，突然發生的。」

「休斯．錢德拉在他的工作崗位愉快嗎？」

「十分愉快。」

「有發生過什麼醜聞嗎？」

「休斯嗎？完全沒有。他在海軍裡很出色，他……他不能了解他父親的意圖。」
「錢德拉上將本人有說明為什麼要那樣做嗎？」
戴安娜緩慢地說：「他從來不曾提出什麼理由。哦，他倒說過休斯必須學習管理家族產業。不過，這只是個藉口罷了，連喬治．弗比舍都意識到這一點。」
「喬治．弗比舍是誰啊？」
「弗比舍上校。他是錢德拉上將的老朋友，也是休斯的教父。大部分時間他都待在莊園裡。」
「那弗比舍上校對錢德拉上將逼兒子離開海軍的看法是什麼？」
「他目瞪口呆，完全不能理解，誰也不明白。」
「連休斯．錢德拉本人也這樣嗎？」
戴安娜沒有立刻回答。白羅停了一下，又接著說：「當時他本人應該也十分驚訝吧。那現在呢？他說了什麼嗎？什麼也沒說嗎？」
戴安娜勉強地小聲說：「大約一星期前，他說他父親的決定是對的，也只能這樣了。」
「有沒有問他為什麼？」
「當然問了，但他不肯告訴我。」
赫丘勒．白羅沉思片刻，接著說：「你自己這一邊有沒有什麼事發生呢？也許開始於一年前左右？或許引起了當地人的議論和猜測？」

「我不明白你是什麼意思？」她反問道。

白羅平靜地回答，聲調卻有點嚴肅。

「你最好還是告訴我吧。」

「什麼也沒有，沒有你指的那類事。」

「那有沒有其他事？」

「這真令人作嘔！最近鄉下的農場經常發生怪事。也許是報復，應該是瘋子或者什麼人幹的。」

「發生了什麼事？」

她不甘不願地說：「有一些羊引起騷動……那些羊都被人割斷喉嚨。哦，可怕極了！它們全是屬於某人所有，而那個人又非常難纏，所以警方認為那是懷恨在心的人對他的一種發洩。」

「但他們沒有抓住那個歹徒嗎？」

「沒有。」她又說道，「如果你認為——」

白羅揚起一隻手，說道：「你不會知道我在想什麼。告訴我，你的未婚夫有沒有去看醫生？」

「沒有，我可以確定他沒有。」

「這不是最簡單的解決方法嗎？」

戴安娜慢吞吞說：「他不肯去，他……他恨醫生。」

「他父親呢？」

「我想上將本人也不相信醫生。他說他們是騙子。」

「上將如何？他身體好嗎？心情愉快嗎？」

「他一下子老了好多。」戴安娜低聲說。

「最近一年嗎？」

「是的。他垮了，如今只是過去的一個影子。」

白羅沉思地點點頭，然後說：「他當初同意他兒子和你訂婚嗎？」

「哦，同意。你知道，我們家的土地和他們家的土地相連。我們家也有好幾代人住在那裡了。我和休斯訂婚時，他很高興。」

「現在呢？他對你們撤銷婚約怎麼說呢？」

女孩有點發抖地說：「昨天上午我遇見了他。他看起來可怕極了，他用雙手握著我的手，說：『這事對你太殘酷了，我的孩子。但他做得對，他只能這樣做。』」

「所以，」赫丘勒．白羅說，「你就來找我了？」

「你能幫我嗎？」

「現在還不知道。不過至少可以先去那裡一趟，親自看看。」赫丘勒．白羅答道。

§

休斯．錢德拉的健壯體魄給白羅留下了深刻印象：高個子，體態無可挑剔地勻稱，寬肩膀，厚實的胸脯，一頭淺棕色頭髮，渾身散發著豐沛的青春活力。他們一抵達戴安娜的家，便立刻打電話給錢德拉上將，接著就去賴德莊園。到了那裡，長長的露台上已經準備好下午茶，有三個男人正等著他們的到來。錢德拉上將白髮蒼蒼，看起來比實際年齡老邁許多，肩膀好像被過重的擔子壓彎似的，雙眼眼神也十分沉鬱。他的朋友弗比舍上校和他相反，是一位健壯的瘦老頭，一頭紅髮，鬢角已開始灰白，是個坐不住、脾氣急躁、動作敏捷的老先生，感覺上像隻狼狗，還有雙銳利的眼睛。他習慣性地皺著眉毛低頭向前探，而那雙銳眼則咄咄逼人地審視一切。第三個男人就是休斯。

「長得很帥，是不是？」弗比舍上校說。

他發現白羅正在仔細觀察那個年輕人，於是用低沉的嗓音說。

赫丘勒．白羅點點頭。他和弗比舍並排坐一邊，另外三人坐在桌子另一端，正殷勤卻有點不自然地交談。白羅小聲說：「對，他健壯又漂亮，是那頭初生之犢；是的，可以說他是那頭獻給海神波塞頓的牡牛，男性健美的模範。」

「看起來相當健康，不是嗎？」

弗比舍嘆了口氣，那雙銳利的目光斜瞥了赫丘勒．白羅一眼，然後說道：「我曉得你是誰。」

「哦，這並不是什麼祕密！」白羅莊嚴地揮一下手，說明他並不是泛泛之輩。過了片刻，弗比舍問道：「是那女孩把你找來承辦這件事的吧？」

「什麼事？」

「休斯那件事啊……唔，我看得出你全都知道了。我也明白她為什麼去找你……真沒想到這類事也在你的承辦範圍內，我的意思是說，這不是屬於醫學治療領域嗎？」

「任何事都可隸屬於我的承辦範圍——你一定會感到驚訝。」

「我的意思是，我不明白她期望你能改變什麼？」

「瑪伯里小姐，」白羅說，「是一名鬥士。」

弗比舍校友善且同意地點點頭。

「是啊，她確實是個鬥士。她是個好孩子，不會放棄的，但你要知道，有些事情是沒辦法改變的。」

他的面容突然顯得既蒼老又疲倦。白羅把聲調壓得更低，謹慎地問道：「據我所知，這個家族有過……精神病史？」

弗比舍點點頭。

「那只是偶爾發生，」他喃喃道，「隔一代或兩代。休斯的祖父是上次發病的人。」

白羅朝那邊三個人瞥了一眼。戴安娜正順利地掌握交談氣氛，和休斯開著玩笑。你看了一定會說他們三個人是世上最無憂無慮的人。

「發作的時候是什麼樣子？」白羅輕聲地問。

「那個老傢伙到後來變得相當殘暴。三十歲前他一直相當正常，之後他開始有點不對勁，過了許久大家才注意到。於是許多謠言便傳開了，人們開始議論紛紛。有些事倒是被掩蓋住了。可是……嗯，」他聳起肩膀。「最後他瘋得愈來愈厲害，想遮都遮不住。可憐的老人，要殺人！最後不得不經醫生診斷，是精神失常。」他頓了頓，又說：「他活得很長，休斯就是害怕這一點，所以不願去看醫生。他害怕被關起來，在監牢中度過漫長餘生。這不能怪他，換成是我也會那麼想。」

「錢德拉上將呢，他是怎麼想的？」

「這事情把他整個拖垮了。」弗比舍簡短地說。

「他一定很愛他的兒子吧！」

「他兒子是他的一切。你知道，他夫人是在一次划船遊玩時，出意外淹死的。孩子當時才十歲。從那時起，他活著就是為了這個孩子。」

「他和夫人的感情很好嗎？」

「他崇拜她，人人都崇拜她。她是我所認識的女性之中最可愛的一位。」他頓了頓，接著突然問道，「想看看她的肖像畫嗎？」

「非常樂意。」弗比舍推開椅子站起來，大聲說道，「我帶白羅先生去看一兩件東西，查爾斯。他是一位不錯的鑑賞家。」

海軍上將揚了一下手。弗比舍便沿著露台走去，白羅跟在他身後。戴安娜一時收起臉上那種強顏歡笑的神情，露出一種疑惑的痛苦表情。休斯也抬起頭，盯視著那個留著兩撇濃黑鬍子的男人。

白羅跟隨弗比舍走進那棟房子。從陽光下一走進去，屋子裡顯得相當陰暗，使他一下子看不出兩旁的擺設。但他很快就意識到屋內四處都擺著古老而漂亮的東西。

弗比舍上校領他走進畫廊。帶有護牆板的牆壁掛滿了錢德拉家族已故祖先的肖像畫。畫中穿著宮廷禮服或海軍制服的男子，拘謹但神情愉快；而婦女都穿著華麗的綢緞衣服，佩戴珠寶飾品。在畫廊盡頭，弗比舍停在一幅肖像畫前。

「是奧爾潘畫的。」他聲音粗啞地說。

他們停下來，抬頭望著畫中一位身材修長的婦人，一手放在灰色獵犬的頸套上，她一頭棕紅頭髮，充滿著青春活力。

「那個男孩長得和她一模一樣，」弗比舍說，「你是不是也有這種感覺？」

「有些地方倒是很像。」

「當然他沒有她那種秀氣的女性特質，他是個典型的男人。但是，大致來說——」他突然頓住。「可惜的是，他繼承了錢德拉家族中唯一不該繼承的……」

他們倆沉默不語。四周充滿沉鬱的氣氛，彷彿那些已逝錢德拉家族成員正默默地為著血液裡的不良遺傳而同感悲傷……

赫丘勒轉身望著身旁的人。喬治·弗比舍仍仰頭望著牆上的畫中美人。白羅問道：「你很了解她嗎？」

「我們是從小一起長大的。她十六歲時，我以少尉的身分被派到印度去。當我回來時，她已經嫁給查爾斯·錢德拉了。」

「你和查爾斯也熟稔嗎？」

「查爾斯是我的老朋友。他一直是我最要好的朋友。」

「他們結婚後，你還常與他們交往嗎？」

「休假時我大都在這裡度過，這兒像是我的第二個家。查爾斯和卡羅琳一直為我保留著一個房間等我來住……」他挺直肩膀，突然憤懣地朝前探著腦袋。「所以我現在還住在這裡，以便他們需要我時我可以在身旁照應。只要查爾斯需要我，我就在這裡。」

他們又想到了那場悲劇。

「你對這一切的看法是什麼？」白羅問道。

弗比舍不動地站在那裡，又緊皺雙眉。

「我認為這事少提為妙。老實說，我不明白你為什麼來，白羅先生。我不明白戴安娜何必拖你下水，硬要你來這裡。」

「你知道戴安娜和休斯·錢德拉的婚約已經取消了嗎？」
「是的，這我知道。」
「那你知道是為了什麼嗎？」
弗比舍僵硬地答道：「我一點也不知道，年輕人的事由他們自己決定，我從不干涉。」
「休斯·錢德拉對戴安娜說他不適合結婚，因為他快瘋了。」白羅說。
他看到弗比舍額頭上冒出汗珠，弗比舍說道：「我們非得要提到這事不可嗎？你認為你能改變什麼？休斯做得沒錯，可憐的孩子。不是他的錯，這是遺傳——基因、腦細胞突變之類的。一旦他知情，又有什麼辦法可想呢，只好取消婚約。這是無可奈何卻必須做的事。」
「如果能使我也深信不疑的話——」
「你可以相信我。」
「但你一點也不願提起。」
「我說過我不願意談這件事。」
「錢德拉上將為什麼非要休斯離開海軍不可呢？」
「因為只能這樣做。」
「為什麼？」
弗比舍固執地搖搖頭。白羅輕聲說：「是不是和幾頭羊被殺有關？」
「你已經聽說那件事了？」那人生氣地說。

「是戴安娜告訴我的。」

「那女孩最好閉緊她的嘴。」

「她認為一切無憑無據。」

「她不知道。」

「她什麼都不知道什麼？」

弗比舍無可奈何地生氣了，他急促又結巴地說：「好吧，如果你真想知道。錢德拉那天晚上聽到一點聲響，以為有人潛入宅邸，就走出來查看。他兒子房間裡亮著燈，錢德拉便走了進去。休斯在床上睡著了，睡得很沉。當時他穿著衣服，而衣服上有血跡，洗臉盆裡全都是血，他父親再怎麼叫也喚不醒他。次日清晨，聽說附近有些羊被殺，喉嚨全被割斷了。他問休斯這件事，那年輕人什麼都不知道，也不記得曾離過家；可是他的鞋在側門那兒發現了，上面沾滿汙泥。他也無法解釋洗臉盆裡的血是怎麼回事。什麼也說不清楚，那個可憐的孩子一問三不知。

「查爾斯來找我，把經過情形講了一遍，不知該如何是好。後來這事又發生一次，是三天後的夜裡。這之後……你就明白了吧，那孩子必須離開軍隊。如果他在家，在查爾斯監視之下，至少可以看守著他，絕不能讓他在海軍裡製造醜聞。」

「後來呢？」

弗比舍嚴厲地說：「我不要再回答任何問題了。難道你不認為休斯自己知道應該怎麼辦嗎？」

白羅沒有說話，他一向不願承認別人知道的比赫丘勒．白羅更多。

§

他們回到大廳，正巧遇到錢德拉海軍上將走進來。他在那裡站了片刻，映出一個從外面強光照射下出現的黑影。他用低沉粗啞的聲調說：「呃，你們兩位在這兒。白羅先生，我想和你談談。請到我書房來一下。」

弗比舍從那扇敞開的門走了出去，白羅則跟在上將後面。他覺得自己好像是被叫喚到指揮艙裡去報告行蹤似的。上將指著安樂椅請他坐下，自己坐在另外一張。剛才和弗比舍一起時，他深感對方忐忑不安且急躁。現在面對錢德拉上將，則感覺對方有一種無可奈何又完全絕望的黯然。錢德拉深嘆了口氣，說道：「戴安娜請你來，我為她感到難過。可憐的孩子，我知道這事使她遭受很大的打擊，但這是我們的家族悲劇，我想你明白，在這件事上，我並不希望外人介入。」

「我能理解你的感覺。」白羅說。

「戴安娜，那可憐的孩子到現在還無法相信。我一開始也不信，如果我事先不知情，也許到現在還——」

他停住了。

「事先知道什麼？」

「在血液裡，我指的是基因的問題。」

「但你起初是同意他們兩人訂婚的。」

上將的臉一下子紅了。

「你是說當初我就該制止嗎？可是當時我一點也沒有想到。休斯在各方面都像他母親——他身上沒有什麼令人聯想到是錢德拉家族的人，我倒希望他在各方面都像她。從嬰兒時期一直到長大成人，他從來也沒有一絲不正常的地方。我真不明白，真該死，幾乎每個古老家族中都帶有精神病的遺傳！」

「你沒有找醫生檢查一下嗎？」白羅輕聲說。

錢德拉嚷著說：「沒有，我也不打算去！這孩子留在這裡讓我照顧一定安全，不能把他像頭野獸般地關在四道牆裡。」

「你說他在這裡安全，但別人安全嗎？」

「你這話是什麼意思？」

白羅沒有回答。他冷靜地直視上將那雙哀傷的深色眼睛。

上將痛苦地說：「每人都該各盡其職，而你是在尋找罪犯！我的兒子不是一名罪犯，白羅先生。」

「現在還不是。」

「你說『現在還不是』，這是什麼意思？」

「事情還在發展，那些羊……」

「誰告訴你那些羊的事？」

「戴安娜．瑪伯里，還有你的朋友弗比舍先生。」

「喬治最好閉上他的嘴。」

「他是你的老朋友，對不對？」

「我最要好的朋友。」上將嘶啞地說。

「他也是尊夫人的好朋友吧！」

錢德拉微笑了。

「對，我想喬治愛過卡羅琳，那是在她很年輕的時候。他後來一直沒結婚，我想就是為了這個原因。我是個幸運兒，我曾這麼想：我把她搶過來了，卻又失去了她。」

他嘆口氣，兩肩低低垂下。白羅問：「尊夫人淹死時，弗比舍上校和你在一起嗎？」

錢德拉點點頭。

「是的，事情發生時，他和我們一起在康沃爾。我和她搭船出遊，那天他沒去，留在家裡。直到現在我還搞不懂船怎麼可能翻覆，它就是突然漏進大量的水。我們正駛向海灣，潮水一下子上漲了，我使出全部力量托著她……」他停了一會兒。「她的屍體兩天後才沖上岸。感謝上帝，那次我們沒帶休斯一起去！至少當時我是那樣想。現在看來，休斯當時如果也和我們一起在船上，對這可憐的孩子來說也許更好一點。如果那時一切都結束了，倒也……」又是絕望而低沉的嘆息。「白羅先生，我們是錢德拉家族最後的成員。等我們死後，賴德莊園恐怕不會再有錢德拉家的人。休斯和戴安娜訂婚時，我期望著——現在說什麼也沒用了。感謝上帝，他們還沒結婚。我只能這麼說了！」

§

赫丘勒．白羅坐在玫瑰花園的一把椅子上，休斯．錢德拉坐在他身旁，戴安娜．瑪伯里剛剛走開。那個年輕人把他那張英俊而痛苦的臉轉向他的同伴。他說：「你必須讓她明白，白羅先生。」他停頓一下，又接著說：「你知道，戴安娜是個堅持不懈的人。她不會屈服，也不願意接受那種非要接受不可的事。她堅信我的神志是正常的。」

「而你本人卻認定自己，呃，對不起，精神錯亂？」

年輕人顯得很畏縮，說道：「我現在還沒到控制不住自己的地步，但病情確實愈來愈嚴重了。很幸運地，她還不知道，我們見面時，我沒有發過病。」

「你發病時，是怎麼樣的情形呢？」

休斯．錢德拉深深吸一口氣，說道：「我會先作夢，作夢的時候我就瘋了。譬如說昨天夜裡，我夢見自己不再是個男人。一開始我變成一頭牛——一頭狂牛，在燦爛的陽光下四處奔跑，嘴裡滿滿是塵土和鮮血。後來我又變成一隻狗，一隻流著滿嘴口水的大狼狗，帶有狂犬病，只要我一出現，所有的孩子都四處奔逃，而人們拚命開槍打我。有人為我端一盆水來，但我喝不下去，喝不下去……」他頓住。過一會兒接著說：「我就醒了。我心裡明白這是真的，便走到洗臉盆前，我的嘴巴又乾又渴。但我不能喝，白羅先生。我吞不下去，哦，我的上帝，我喝不進去……」

赫丘勒．白羅輕輕嘟囔了一聲。休斯．錢德拉繼續說下去，兩隻手緊緊抓住自己的膝蓋。他的臉探向前，眼睛微張著，好像看到什麼向他走來似的。

「然而有些事情並不是發生在夢裡，是我清醒時看到的。那是各種可怕的鬼魅影像。它們充滿敵意地斜睨我。有時我可以飛行，從床上飛到天上，在空中飄浮——那些鬼魅也陪著我！」

「嘖，嘖！」赫丘勒．白羅輕輕說道，那是不同意的聲音。休斯．錢德拉轉向他。

「哦，我對這事沒有任何懷疑。這存在我的血液內，是我的家族遺傳，我無法逃避。感謝上帝，幸好在我和戴安娜結婚前就發現了！如果我們生了孩子，也把這種可怕的基因傳給他，那真是太糟糕了！」他把一隻手放在赫丘勒．白羅的肩膀上。「你必須讓她了解這一點，你必須告訴她，要把我忘掉，只有這樣才行。遲早她會遇到一個真正理想的人。例如那個年輕的斯蒂夫．格林——他深愛著她，他是個很好的人。她和他結婚會很幸福，也會很安全。我要她幸福。格林家沒有錢，她家也是。但等我一死，他們會有好日子可過。」

赫丘勒．白羅打斷他的話。

「為什麼等你死了，他們會過好日子？」

休斯．錢德拉微微一笑，那是一種討人喜歡的溫柔微笑。他說：「我母親的錢都留給了我。我會全部留給戴安娜，她是這些錢的繼承人。」

赫丘勒．白羅往椅背上一靠，「哦」了一聲，接著說道：「也許你能活得很久呀，錢德拉先生。」

休斯．錢德拉搖搖頭，果決地說：「不，白羅先生。我不想活太久，成為一個無用的老人。」接著他突然渾身發顫，向椅背靠著。「我的上帝！你看！」他越過白羅的肩膀瞪視著，「那兒，就站在你身邊，有個骷髏，骨頭在顫動，它在呼喚我，還向我招手——」

他兩眼睜大，呆望著陽光，身子忽然朝一邊傾斜，像要跌倒似的。

接著，他轉向白羅，用幾近孩童的稚嫩聲音說：「你什麼也沒看見嗎？」

赫丘勒．白羅緩慢搖著頭。休斯．錢德拉沙啞地說：「我倒不在乎這些幻覺的東西，讓我害怕的是——血，在我房間裡的血跡、在我衣服上的血跡。我家有一隻鸚鵡，有一天早晨牠在我房裡，喉嚨被切斷了；而我躺在床上，手裡握著一把沾滿鮮血的剃刀！」他向白羅更靠近些。「最近常有動物被人殺死。」他低聲說，「到處都有案例，有的在村子裡，有些在牧場、草原：羊、小羔羊、甚至一隻牧羊犬被殺。父親在夜裡都會把我鎖起來，但有時候，

有時候，到了早晨房門卻是開著的。我一定把鑰匙藏在某處，但我又不知道藏在哪兒，我真的不知道。那些事不是我幹的，是另外一個人附在我身上控制著我，要把我從一個正常的人變成一個吸血而又不能喝水的瘋狂怪物……」

他用雙手捂著臉。過了一兩分鐘，白羅問道：「我不明白你為什麼不找醫生看病？」

休斯．錢德拉搖搖頭說：「你不明白嗎？我的身體很健壯，壯得像頭牛似的，我也許可以活很多年，卻被關在四道牆內！我無法面對這種處境，那倒不如乾脆殺了我算了。你知道，有的是辦法。一樁意外事故，擦槍時走火……諸如此類的事。戴安娜會明白，我寧願自己動手！」

他挑釁地望著白羅，後者卻沒有回應他的挑戰。白羅反而溫和地問道：「那你平時吃什麼喝什麼呢？」

休斯．錢德拉把腦袋朝後一仰，放聲大笑。

「因為消化不良而作起噩夢嗎？你是這樣想的吧。」

白羅仍然溫和地重複問道：「你平時都吃些什麼？」

「和大家一樣。」

「沒服用什麼藥嗎？膠囊？或藥錠什麼的？」

「老天，沒有。你認為特效藥能夠治好我的病嗎？」他嘲笑地引用《馬克白》裡的話。

「『你難道不能診治那種病態的心理？』」

「我倒是想試試。你們家裡有沒有人患眼疾？」赫丘勒冷靜地說。

休斯．錢德拉盯視著他，說道：「父親的眼睛給他帶來不少困擾，所以他常到一位眼科醫生那裡去治療。」

「唔！」白羅沉思片刻，接著說：「弗比舍上校在印度住了大半輩子吧？」

「是的，他過去曾在駐印部隊服務，對印度十分熟悉，經常談起當地的文物、傳統什麼的。」

白羅又喃喃地「唔」了一聲。然後他說道：「我發現你的下巴有受過傷。」

休斯揚起他的手。

「是的，傷口還挺深。有一天我在刮鬍子的時候，父親突然進來，把我嚇了一跳。你知道，這些日子我有點神經緊張。我把自己的下巴和脖子弄傷了，現在刮鬍子都有點困難。」

「你應當用點刮鬍膏。」白羅說。

「哦，我有，喬治叔叔給了我一瓶。」他突然笑起來。「我們好像是婦女在美容院淨聊些潤膚油、刮鬍膏、特效藥、眼疾──這又有什麼關聯？你問這些話，究竟是什麼意思，白羅先生？」

「我只想幫戴安娜的忙。」白羅平靜地說。

休斯的神情一下子改變了，臉色嚴肅認真起來。他把一隻手放在白羅的肩膀上。

「嗯，請盡力幫助她，要她忘掉一切，告訴她不必再抱什麼奢望，把我對你說的事告訴她。哦，看在上帝的份上，務必提醒她躲著我！這是她現在唯一可以做的事了。躲開我，設法忘掉一切吧！」

§

「你有勇氣嗎，小姐？巨大的勇氣？現在你非常需要它。」

戴安娜尖聲喊道：「這麼說都是真的了？他真的瘋了嗎？」

「我不是精神科醫生。我不能告訴你這人瘋了或那人正常。」

她走近他。

「錢德拉上將認為休斯瘋了，喬治也認為他瘋了，連休斯本人也認為自己——」

白羅望著她。

「那你呢，小姐？」

「我？我不認為他發瘋，所以我才——」

她停頓下來。

「所以你才來找我，對吧？」

「對，我不可能為了其他原因來找你，對吧？」

「這正是我一直在想的事，小姐！」赫丘勒．白羅說。

「我不明白你的意思。」

「誰是斯蒂夫・格林？」

她瞪大眼睛。

「斯蒂夫・格林？哦，他不過是一個普通朋友罷了。」她抓住他的胳臂。「你腦子裡到底在想什麼？你光是站在那裡眨眼摸著你的鬍子，卻什麼都不告訴我。你讓我害怕，害怕極了，你為什麼要令我害怕呢？」

「也許，」白羅說，「因為我自己也害怕。」

她那雙深灰眼睛睜得好大，抬頭望著他。她悄聲問道：「你怕什麼？」

赫丘勒深深嘆口氣，說道：「抓一個殺人犯，遠比制止一起謀殺案更容易些。」

她驚叫道：

「謀殺？請不要用這個字眼！」

「然而，」赫丘勒・白羅說，「我確實沒用錯形容詞。」

他改變聲調，語帶命令地說：「小姐，今晚你和我得在錢德拉家過夜。我必須倚賴你去做此安排，你可以嗎？」

「我——嗯，我想可以。可是為什麼？」

「因為不能再耽擱了。你對我說過你有勇氣，現在證明這一點吧。按我的要求去做，別再問為什麼。」

她一聲不響地點點頭，轉身走開。

過了一兩分鐘，白羅跟在她身後走進了那棟房子。他聽到她在書房裡和那三個人男人交談，於是便走上那寬大的樓梯。樓上沒有任何人。

他很容易就找到休斯．錢德拉的房間。房角那兒有個附有冷熱水龍頭的洗手台，洗手台上方的玻璃架子上擺著各式各樣的瓶罐。

赫丘勒．白羅迅速地查看。他沒花多少時間就做完想做的事。他又下樓來到大廳，戴安娜這時滿臉通紅，正不服氣地從書房裡走出來。

「可以了。」她說。

錢德拉上將把白羅拉進書房，關上門。他說：「聽我說，白羅先生。我不喜歡你們這樣做。」

「你不喜歡什麼呢，錢德拉上將？」

「戴安娜剛才堅持她和你要在這兒過夜。我並非不歡迎——」

「這不是歡不歡迎的問題。」

「我已經說了，我並不是表示不歡迎，可是，坦白說，我不喜歡你們這樣做，白羅先生。我不要這樣，我也不明白你們為什麼要這樣做，這又有什麼好處呢？」

「可以這樣說，這是我想做的一個試驗。」

「什麼樣的試驗？」

「對不起，現在不便奉告……」

「白羅先生，請先弄清楚這一點，首先，我並沒邀請你到我這裡來——」

白羅打斷他的話。

「錢德拉上將，請相信我，我十分了解你的想法。我來這裡的唯一原因，只是應一位失戀女孩固執的要求。你告訴我一些事，弗比舍告訴我一些事，休斯本人也告訴我一些事。現在，我要自己親眼察看。」

「可是，要察看什麼呢？我跟你說，這裡沒有什麼可看的！每天晚上，我都把休斯鎖在他自己房裡，僅此而已。」

「可是，他告訴我，他發現有時候次日早晨門並沒有上鎖？」

「你說什麼？」

「你沒發現門鎖被打開了嗎？」

錢德拉皺起眉頭。

「我一直以為是喬治打開了鎖，你這話是什麼意思？」

「你把鑰匙放在哪兒了，就在門鎖上嗎？」

「沒有，我放在外面那個櫃子上。我、喬治或是我祕書韋特斯，早上會從那裡取出。我們對韋特斯說過休斯患有夢遊症，但我敢說他一定知道得更多。不過他是個忠誠的下屬，跟我不少年了。」

「另有備份鑰匙嗎？」

「據我所知，沒有。」

「可以另外配一把呀。」

「可是誰會去——」

「你兒子就認為他自己一定有一把藏在某處，但他夢遊時，卻不知道放在哪兒了。」

弗比舍從房間另一端說：「我不喜歡這件事，查爾斯，那個女孩——」

錢德拉上將連忙說：「我也是這麼想，那女孩不能一起住在這兒，如果你願意的話，你自己一個人來。」

白羅問道：「為什麼你不讓瑪伯里小姐也住在這裡呢？」

弗比舍低沉地說：「太危險了，在這種情況下……」

他頓住了。

「休斯是十分愛她的。」白羅說。

「所以才不得不這樣！算了吧，朋友，如果家裡真有個瘋子，什麼都會亂糟糟的。休斯自己也明白這一點，戴安娜不能住這裡。」錢德拉嚷道。

「至於這一點嘛，」白羅說，「得由戴安娜自己來決定。」

他走出書房。戴安娜已經坐在車裡等他了。她喊道：「我們一起去拿晚上要用的東西，吃晚餐前會回來。」

他們駕車駛出長長的車道。一路上，白羅把剛才跟上將和弗比舍的談話告訴了她。她嘲諷地笑道：「他們認為休斯會傷害我？」

白羅問她能否帶他到鎮上藥房去，他忘了帶牙刷。

藥房就在那條安靜大街之上，戴安娜在車上等，但她覺得赫丘勒．白羅似乎花太多時間買牙刷了。

§

在那個充滿伊麗莎白時代櫟木家具所布置的寬大房間裡，白羅坐在那裡。目前無事可做，只有等待，該做的事，他早就安排好了。

凌晨時刻，有人喚他。

白羅聽到外面的腳步聲，就拉開門閂，打開房門。外面走道裡有兩個人影，是兩名中年男子，外表看起來比實際年齡要老很多。上將的臉嚴肅又冷酷，而弗比舍則渾身不自主地顫抖著。錢德拉簡潔地說：「你和我們一起來看，好嗎，白羅先生？」

戴安娜臥房前躺著一個蜷縮的人。燈光照在那頭棕色頭髮上。是休斯．錢德拉躺在那裡，還在打鼾著。他身穿睡袍和拖鞋，右手還握著一把閃閃發亮的彎形尖刀。那把刀不是整把都光亮，因為刀鋒上沾著點點紅斑。

赫丘勒·白羅輕聲驚叫：「哦，我的上帝！」

弗比舍立刻說：「她沒事，他沒有傷她。」他大聲叫道：「戴安娜，是我們，讓我們進去。」

白羅聽見上將一邊低聲嘟囔：「我的孩子，我可憐的孩子。」

門上響起開鎖的聲音。門打開了，戴安娜站在那裡，臉色蒼白。

她結巴地說：「出了什麼事？剛才好像有人想要闖進來。我聽見有人在弄門，不停地撕抓房門。噢，太可怕了，就像是頭野獸……」

弗比舍緊跟著說：「幸好你把門上鎖了！」

「是白羅先生要我鎖門的。」

「把他抬到裡面去吧。」白羅說。

兩個男人彎身把那個失去知覺的男孩抬了起來。當他們經過她身邊時，她屏息，有點喘不過氣來。

「休斯？是休斯嗎？他手裡拿著什麼？」

休斯·錢德拉的手上黏黏地沾滿了棕紅色的斑點。

「那是血嗎？」戴安娜喘著氣說。

白羅探詢地望著那兩個男人。上將點點頭，說道：「不是人血，感謝上帝！是一隻貓！我在樓下大廳裡發現的。喉嚨給切開，後來他大概就來到這兒。」

「這兒？」戴安娜的聲音低沉而驚恐。「來找我嗎？」

椅子上那個男人動了一下，嘴裡嘟囔著。他們望著他，不知所措。休斯．錢德拉坐了起來，眨眨眼睛。

「哈囉，」他嘶啞的聲音驚訝地說，「出了什麼事？我怎麼在——」

他頓住了，呆望著手中握著的刀。他低沉地說：「我又做了什麼？」

他的目光盯著他們，一個個地看，最後停在縮於牆角的戴安娜身上。他輕聲問道：「我襲擊戴安娜？」

他父親搖了搖頭。休斯說：「告訴我發生什麼事了？我必須知道！」

他們無可奈何地斷斷續續告訴他。他安靜又堅持地要他們說出全部實情。

窗外太陽正慢慢升起。赫丘勒．白羅拉開一扇窗簾，清晨的陽光照進屋內。

休斯．錢德拉的心情十分安靜，聲音也很堅定。

「我明白了。」他說。

接著他便站起來微笑，伸伸懶腰，用著自然平常的聲調說：「多麼美妙的早晨，是不是？我想我得到樹林裡去獵野兔了。」

他走出房間，撇下他們在身後發愣。上將要跟出去，弗比舍用手把他攔住。

「別去，查爾斯，別去。對他而言，這是最好的結局，可憐的孩子。」

戴安娜撲倒在床上，哭泣起來。錢德拉上將結巴地說：「你說得對，喬治，我明白。這孩子很勇敢！」

弗比舍也低沉地說：「他是個男子漢……」

沉默片刻，錢德拉說：「該死，那個外國人跑到哪裡去了？」

§

在那間槍枝儲存室裡，休斯．錢德拉從架上取下他的槍，正裝著子彈。赫丘勒．白羅拍一下他的肩膀。

「別這樣！」

休斯．錢德拉瞪著他，怒氣衝衝地說：「拿開你的手，別碰我。別插手，總得發生什麼意外。我告訴過你，這是唯一解決的辦法。」

赫丘勒．白羅又重複他的話。

「別這樣！」

「難道你沒有意識到，要不是戴安娜把門鎖上，我一定會把她的喉嚨切斷，切斷戴安娜的喉嚨，用那把刀！」

「我沒有想到那種事。你不會殺瑪伯里小姐的。」

「但我殺了那隻貓，對不對？」

「沒有，你沒有殺那隻貓，沒有殺那隻鸚鵡，你也沒有殺那些羊。」

休斯張大眼睛望著他，問道：「是你瘋了，還是我瘋了？」

赫丘勒・白羅答道：「我們倆誰也沒瘋。」

就在此刻，錢德拉上將和弗比舍走進來，戴安娜也跟在後面。

休斯用微弱的聲音茫然地說：「這人居然說我沒瘋……」

「我很高興可以告訴你，你是一個完全正常的人。」赫丘勒・白羅說。

休斯笑了，那是一個瘋子才會發出的笑聲。

「那就太奇怪了！神志正常的人會去割斷羊和其他動物的喉嚨嗎？我在殺死那隻鸚鵡時，神志完全正常？還有昨天晚上殺死那隻貓的時候，也是正常的嗎？」

「我跟你說過了，那些羊或那隻鸚鵡，甚至是貓，都不是你殺的。」

「那又會是誰呢？」

「是一心一意想證明你瘋了的那個人。他每一次都讓你服下大量安眠藥，然後在你手裡放一把沾有血跡的尖刀或剃刀。有人在你的洗手台裡洗了那雙沾滿鮮血的手。」

「這是為什麼？」

「就是希望你去做我剛才制止你要做的那件事。」

休斯張大眼睛發呆著，白羅轉身面對弗比舍上校。

「弗比舍上校，你在印度住過多年，遇過用藥故意把人弄瘋的案例嗎？」

弗比舍上校眼睛一亮，說道：「我自己從未遇過，但我倒是常聽說過。曼陀羅毒藥到最後會把人逼瘋。」

「沒錯，曼陀羅的實際成分，若說性質並不完全相同，但也很接近生物鹼阿托品。這種藥是從顛茄或是會致命的天仙子中提煉出來的。顛茄藥劑是很普通的藥，而阿托品硫酸鹽也常用來治眼疾。若把處方複印，從各處藥房買來大量藥品，也可以避免受到懷疑。再從這些藥物中蒸餾出生物鹼，之後再把它注入比方說某種刮鬍膏中，塗抹在皮膚上時會起疹子，這樣在刮鬍子時就會割破皮膚，那有毒成分就會不斷滲進血液之中。如此就會產生一些症狀：口乾舌燥卻難以吞嚥，出現幻覺、鬼影……這就是休斯．錢德拉的所有症狀。」他轉身對那個年輕人說：「為了排除我腦中最後的懷疑，我可以告訴你，這一切不是我的假設而是事實。你的刮鬍膏裡面被注入很濃的阿托品硫酸鹽，我曾取了點拿去化驗。」

休斯氣得臉發白全身發抖，問道：「這是誰幹的？為什麼？」

「這就是我一到這裡就開始思考的事，我一直在尋找謀殺動機。戴安娜．瑪伯里在你死後可以得到巨額遺產，但我沒有真懷疑過她——」

休斯．錢德拉脫口而出。

「我希望你沒有那樣做！」

「我假設另一種可能。多變的三角戀愛關係，兩個男人和一個女人。弗比舍上校愛過你母親，但錢德拉上將娶了她。」

錢德拉上將叫道：「喬治？我不相信。」

「你的意思是說，憎恨會轉移到他的兒子身上？」休斯懷疑地說。

「在某種情況下，確實可能。」

「這純粹是一派胡言！別相信他，查爾斯。」弗比舍喊道。

錢德拉從他身旁躲開，自言自語道：「曼陀羅、印度……對了，我明白了。我們從來就沒懷疑過休斯是被下毒的，因為家族中有過精神病史……」

「對！」赫丘勒．白羅提高嗓門，尖聲說道，「家族中有精神病史。一個瘋子，一心想要報復，他狡猾地隱瞞自己多年的瘋病。」他轉身面對弗比舍。「我的上帝，你想必早就懷疑了。休斯是你的兒子？你為什麼從來沒有告訴他呢？」

弗比舍結巴地說：「我不知道、我沒有把握。你知道，卡羅琳有一次來找我——不知道是什麼緣故，她心裡感到害怕，她遇到很大的困難。我從來不知道到底是怎麼回事。她……我……我們失去了理智。這之後，我立刻就走了，也只能那樣做，我們兩人都明白，這事必須隱瞞下去。嗯，我懷疑過，但我不確定。卡羅琳從來不曾說過什麼休斯是我兒子的話。其後這一連串瘋狂的事出現，我倒認為這把事情交代清楚了。」

白羅說：「是啊，這倒把問題徹底解決了！你一直沒看出這個年輕人向前探腦、緊皺眉毛的神態，這是你的遺傳。但查爾斯．錢德拉卻看出來了，多年前就看出來了，他也從妻子那裡得到了證實。我想她一定很怕他，因為他開始露出發瘋的跡象，這使她害怕得投入你的懷抱——她一直是愛你的。查爾斯．錢德拉就策畫報復，於是他的妻子在一次划船時意外淹死。那次是他和她單獨去划船的，他完全知道那意外是怎樣發生。然後他又把仇恨集中在這個孩子身上，這個姓了他的姓卻不是他兒子的孩子。你平時所講的印度曼陀羅中毒的故事，使他有了這個念頭。他先把休斯逼瘋，讓他最後不得不自殺。那種嗜血的瘋狂舉動，是錢德拉上將做的而不是休斯。是查爾斯．錢德拉跑到空曠田野裡把羊的喉嚨割斷，卻要休斯為此受到懲罰！

「你知道我是從什麼時候開始懷疑的嗎？因為錢德拉上將堅決反對他兒子去看醫生。休斯本人反對是自然的反應，可是身為父親這樣做就不合理了！因為說不定會有方法可以救他兒子，有千百種理由迫使他應當聽取醫生建議來為他兒子治療。但他不肯，不准任何醫生治療休斯的病：那是唯恐醫生發現休斯的神志完全正常！」

休斯十分平靜地說：「正常……我神志正常嗎？」

他朝戴安娜身前靠近一步。

弗比舍粗啞地說：「你當然正常，我們家族可沒有那種汙點！」

「休斯……」戴安娜喊道。

錢德拉上將拾起休斯那把槍，說：「全都是胡說八道！我想我得出去獵一隻野兔——」

弗比舍向前走去，白羅用手拉住他，說道：「你自己剛說過，這是最好的結局啊！」

休斯和戴安娜從屋內走了出去。

剩下的兩個男人，一個英國人和一個比利時人，眺望著錢德拉家族最後的成員穿過花園，走進樹林。

沒多久，他們就聽到一聲槍響……

08

狄奧墨德斯野馬

The Labours of Hercules

狄奧墨德斯是戰神阿瑞斯之子、比斯托涅斯人的國王。他蓄養了一群凶猛的馬，專吃外地人的肉。赫丘勒斯來到那裡，捉住凶殘的國王，把他拿去餵馬。就在驅逐馬匹到海邊時，比斯托涅斯人追趕前來。赫丘勒斯把馬群交給好友阿布得羅斯看守，自己去擊殺追兵。回來時，好友已被馬群吃掉。最後，赫丘勒斯制伏那些馬，把牠們獻給天后——宙斯的妹妹和妻子希拉。這是赫丘勒斯完成的第八道任務。

電話鈴響了。

「哈囉，白羅，是你嗎？」

赫丘勒．白羅聽出是斯托達醫生的聲音。他喜歡年輕的麥克．斯托達和他那友善的靦腆笑容。斯托達對犯罪學的興致令他覺得有趣，他也敬重斯托達的敬業精神。

「我原不想打擾你——」聲音有點不確定。

「有什麼事困擾你嗎？」赫丘勒．白羅急忙問道。

「確實有，」麥克．斯托達的語調聽起來輕鬆了些。「一下子就讓你猜中了！」

「好吧，朋友，我能為你效勞嗎？」

斯托達有點猶豫。他有些結巴地答道：「我十分冒昧地想請你在這午夜時分來一趟……因為我現在遇到了麻煩。」

「當然可以，到你家嗎？」

「不是。我現在在克寧拜街十七號。你真的能來嗎?那就太謝謝你了。」

「馬上到。」赫丘勒.白羅答道。

赫丘勒.白羅沿著那條漆黑的小路走去,一路尋找門牌。此時已過了凌晨一點,街上大多數人家都已進入夢鄉,儘管還有一兩個窗口亮著燈。

他剛走到十號,那扇門就開了,斯托達醫生站在門口朝外張望。

「你真是個好人!」他說,「請上來。」

沿著陡而直的樓梯,白羅來到樓上。右邊是一間較大的房間,裡面擺著長沙發,鋪著地毯,還有些銀色三角靠墊和大量酒瓶和玻璃杯。

到處都顯得凌亂,滿地都是菸頭,還有不少碎玻璃杯。

「哈!」赫丘勒.白羅說,「親愛的華生[20],我猜這裡剛開過派對吧!」

「是的。」斯托達苦笑道,「該說是相當不尋常的社交聚會!」

「你沒參加嗎?」

「沒有,我到這裡來,純粹是執行我的工作。」

「出了什麼事?」

20 華生是福爾摩斯的得力助手,此處暗喻斯托達醫生是白羅的助手。

「這裡是一個佩萱絲．葛雷斯太太的住宅。」托斯達說。
「聽起來，」白羅說，「是個古老而可愛的名字嘛。」
「葛雷斯太太，既不古老也不可愛。她是那種不拘小節的漂亮女人，結過好幾次婚，現在又交了男朋友，但她覺得那個人打算離開她。簡單來說，他們這次聚會是由飲酒開始而以吸毒告終。古柯鹼一開始會讓人覺得很舒服，一切十分美好。它使人興奮，覺得自己的能力多了一倍。等到吸了更多後，人就會變得精神亢奮，產生幻覺，神志昏迷。葛雷斯太太和她男朋友大吵一架，那人是個討厭的傢伙，姓霍克。結果他當場甩頭就走，她就趴在窗口用某個神志不清的人給她的一把新手槍朝他射了一槍。」
赫丘勒．白羅揚一下眉毛。
「擊中沒有？」
「沒有打中他，可是那子彈射出好幾碼遠，卻擊中正在街上翻垃圾的一名流浪漢，擦破了他手臂上的皮。他當場就大叫了起來，屋裡那群人便趕快扶他進來。弄得到處都濺滿了血，他們嚇壞了，只好把我找來。」
「後來呢？」
「我為他包紮，傷勢並不嚴重。接著有幾個人和他商量，最後那人同意收下兩三張五英鎊的鈔票，不向人提起這事。那個可憐的人倒因此發了筆橫財。」
「之後呢？」

「還有點事要處理。葛雷斯太太當時嚇得歇斯底里，我就為她注射了鎮靜劑，讓她上床睡覺。另外還有個女孩幾乎不省人事，她年紀很輕，我也順便照顧她。其他人此時全都溜了。」他頓住。

「後來，」白羅說，「你靜下來，對這場局面認真思考。」

「正是如此，」斯托達說，「如果只是一場普通的飲酒作樂，也就罷了。可是聚會吸毒就不同了。」

「你能確定你所說的情況屬實嗎？」

「哦，完全可以確定，絕對沒錯，就是古柯鹼。我在一個漆盒裡找到一些，他們幾乎把它吸光了。問題是，這種毒品是從哪兒來的？我記得那天你曾談過，現今有一股吸毒熱潮，吸毒人數不斷地在增加。」

「警方會對今晚這個聚會感興趣的。」赫丘勒．白羅點點頭說。

「正因為如此，我……」麥克．斯托達不安地說。

白羅突然領悟地望著他，問道：「你……你不太願意讓警方介入此事嗎？」

麥克．斯托達嘟囔道：「有些無辜的人不小心被捲入這樁麻煩事，對他們而言，已經夠倒楣了。」

「讓你如此關切的是不是葛雷斯太太？」

「老天，不是！她是如此冷酷！」

赫丘勒．白羅溫和地問道：「這麼說，是另外那個女孩了？」

「在某種程度上，她或許也有點冷酷。我是說，她情願自己是冷傲的。但她真的很年輕，帶點野性，是那種孩子氣地無理取鬧罷了。她之所以不好好過生活，是因為她覺得這很時髦、很酷。」

白羅嘴角露出一絲微笑。他輕聲問道：「這女孩，今晚之前你見過她嗎？」

麥克．斯托達點頭，他顯得單純又困窘。

「在莫頓郡的獵人舞會上見過她。她父親是位退休將軍，有著說不完的聳動故事、拔槍開戰、名流仕紳等諸如此類的事。他有四個女兒，每個都有點桀驁不馴。我認為她們都是受父親影響，尤其又住在郡裡最糟糕的地方——附近武器工廠林立，鄰居都很有錢，一點都沒有那種舊式鄉間的感覺。特別是，多數居民都不正派，這四個女孩就結交了一幫壞朋友。」

赫丘勒．白羅若有所思地瞧著他，過一會兒才說道：「現在我知道你為什麼要找我了。你希望我接管此事？」

「可以嗎？我覺得自己應該盡點力。我也承認若是辦得到，希望能把希拉．格蘭特從這個事件中拉出來。」

「我想這倒是可以辦到，我想見見那個女孩。」

「跟我來。」

斯托達領他走出那個房間，對面房裡突然傳出女人不安的喊叫聲。

「醫生——老天，醫生，我快不行了。」

斯托達便走進那個房間，白羅跟在後面。那是間臥室，裡面凌亂不堪，香粉撒滿一地，到處堆放著瓶瓶罐罐，衣服也隨手亂扔。床上躺著一個染金髮的女人，那張臉透露著心靈的空虛與邪惡。她喊道：「我全身好像有小蟲子在爬，真的，我發誓我快瘋了。看在上帝的份上，幫我打針！」

斯托達站在床邊，用醫生的撫慰口吻讓她安定下來。

赫丘勒・白羅靜悄悄地走出房間。對面另有一間房，他打開那扇門。那是個窄小又狹長的房間，裡面的家具很簡單。有個瘦小的女孩一動也不動地躺在床上。赫丘勒踮起腳走到床邊，低頭望著那個女孩。深色頭髮，蒼白的長臉。還有，沒錯，非常年輕……那個女孩此時閉著眼睛。她突然張開雙眼，顯得驚恐萬分。她眼神茫然地坐起來，腦袋往後一仰，努力把一頭深色濃髮甩到後面去。她像個受到驚嚇的小孩子向後退縮了一下，就像隻小野獸在一個陌生的餵食人面前蜷縮。她開口了，嗓音稚嫩卻粗魯。

「你是什麼人？」

「別害怕，小姐。」

「斯托達醫生到哪兒去了？」

就在這一刻，那名年輕人走進來了。女孩放心說道：「哦，你在這兒！這傢伙是誰？」

「他是我的朋友，希拉，你現在感覺怎麼樣了？」

「糟透了，難受極了……我幹嘛要吸那怪東西？」

斯托達冷冷地說：「我要是你，就再也不吸了。」

「我再也不吸了。」

「是誰給你的？」赫丘勒．白羅問道。

她張大眼睛，撇了一下嘴角答道：「東西就放在這兒，在派對裡，大家都吃了些，一開始感覺滿不錯的。」

「是誰帶來的呢？」赫丘勒．白羅輕聲問道。

她搖搖頭。

「我不知道。可能是安東尼——安東尼．霍克吧，我真的不知道到底是誰。」

白羅又輕聲問道：「這是你第一次吸古柯鹼嗎，小姐？」

她點點頭。

「最好這次就是最後一次。」斯托達乾脆地說。

「我想應該是，但那真叫人覺得滿美妙的。」

「聽我說，希拉，」斯托達說，「我是一名醫生，明白自己說的話是正確的。你一旦上了吸毒的賊船，就會陷入難以想像的苦難。我見過一些吸毒的人，完全了解。毒品會把好端端一個人的身體和靈魂一起摧毀。和毒品相比，酒只能算是小事一樁，你馬上斷根吧。相信我的話，這可不是鬧著玩的！你想想你父親對今晚這種事會怎麼說呢？」

「父親？」希拉．格蘭特大聲說，「父親嗎？」她揚聲笑了起來。「我簡直不能想像他臉上那種表情！不能讓他知道，他會大發雷霆！」

「這話倒沒錯。」斯托達說。

「醫生——醫生——」葛雷斯太太拖著長聲的嚎叫又從另外那間房裡傳來。

斯托達壓著嗓門嘟囔著，走出房間。希拉．格蘭特又盯著白羅，納悶地問道：「你到底是誰？你並沒有參加聚會呀。」

「沒有，我沒參加。我是斯托達醫生的朋友。」

「那你也是醫生嗎？你看起來不像。」

「我嘛，」白羅照例簡單地自我介紹，說得像舞台劇第一幕開演時那樣。「我叫赫丘勒．白羅……」

這個自我介紹並沒白搭，白羅極少因年輕一代竟從未聽過他的大名而感到失望過。但是希拉．格蘭特顯然聽說過他，她目瞪口呆地望著著……

§

聽說人人在杜凱鎮都有個姨媽或姑姑什麼的，這種說法是真是假，誰也沒證實過。還有人說，人人在莫頓郡至少都有個表親。莫頓郡離倫敦不算太遠，那裡是狩獵、射擊和垂釣的好去處，還有幾個因景色如畫而引以自豪的鄉鎮。倫敦和這裡之間有完善的鐵路和新公路，方便人們往返。倫敦居民對那裡的偏愛程度，遠超過對不列顛群島其他更有田園風光的地區。這樣一來，如果每月沒有四位數的收入，根本就不可能在那裡定居。再加上所得稅和其他開支，若有五位數的收入，那就更好了。赫丘勒．白羅是個外國人，在這個郡裡沒有表親，不過至今他已經結交許多朋友，所以沒費什麼力氣就獲邀造訪當地；但他選擇的女主人，是一位以議論鄰里家庭瑣事為樂趣的人。唯一的缺點是，白羅得先忍受聽著眾多別人家的閒事，然後才能得到他感興趣的消息。

「格蘭特家嗎？是的，家裡有四位小姐。那位將軍管不住她們，這我一點也不感到奇怪。一個男人怎能應付四個女兒呢？」卡米雪夫人生動地舉起兩隻手臂。

「這倒是。」白羅說。

「他告訴過我，他過去在部隊裡是個嚴守紀律的人，不過那幾個女兒把他打敗了。現代女孩才不像我年輕時候那樣守規矩。我記得老桑迪上校當初也是個嚴峻的軍官，但那幾個可憐的女兒——」

於是，她沒完沒了地說起桑迪家的小姐們，以及她卡米雪夫人年輕時代的朋友。

「言歸正傳，」卡米雪夫人又回到正題。「我倒不是說那些女孩品行真的不好。只是輕浮了點，隨便結交一群不正經的男孩子。如今這兒不再像以往那樣，各形各色的人都上這兒來。現在可以稱為『地區特色』的東西早已不存在了。這年頭就是錢、錢、錢。你可以聽到各種不可思議的事！你剛才說誰來著？安東尼．霍克？哦，我認識他。我認為他是個令人討厭的年輕人，但他又賺了不少錢。他來這兒打獵，每晚開派對、舞會，十分豪華奢侈，全是相當特別的社交聚會。如果每次都相信別人說的話——我不是那種瞎說的人，我真的覺得人們都不懷好意，總是相信最壞的事——你知道，現在流行說誰酗酒、吸毒的。前些天還有人對我說，現在的年輕女孩個個都是天生的酒鬼，我卻認為這麼說不妥。要是哪個人舉止不尋常或意識不清楚，大家就會說那是因為『吸毒』的關係，這樣評斷也不公平。人們就是這樣說拉金太太，儘管我和她並不投緣，但我真的認為她只是心不在焉而已。她是那個安東尼．霍克的好朋友，要讓我說的話，這也就是為什麼她對格蘭特家的女孩那麼有意見，她總說她們是男人的終結者！我敢說她們確實是有點主動向男人示好，但這有什麼不可以呢？很自然的嘛。她們長得漂亮，個個都是美人。」

白羅插入一個問題。「拉金太太嗎？你打聽她幹什麼？這年頭，誰才是體面人物呢？據說她騎馬技術很高明，而且很富有。丈夫是市裡一位了不起的人物。他是死了，不是離婚。她在這兒住的時間不長，是在格蘭特家搬來後不久才來的。我一直認為她——」

卡米雪太太頓住了。她張開嘴瞪大眼睛，朝前探著身子，用手裡那把裁紙刀往白羅膝蓋猛敲了一下，不顧他疼得直縮，隨即興奮地叫道：「哦，怪不得！你到這兒來原來就是為這事啊！你這個玩花樣的壞傢伙，我非要你告訴我實情不可。」

「我能告訴你什麼呢？」

卡米雪太太又舉起裁紙刀開玩笑似的要再敲他，卻被他靈巧地閃開了。

「別裝蒜，赫丘勒．白羅！我看得出你的小鬍子在發抖呢，當然是犯罪的事使你來到這兒調查，你只是想辦法在套我的話。現在讓我想一想，是謀殺嗎？最近誰死了？只有路易莎．吉爾摩老太太，但她八十五歲了，又患有水腫多年，不會是她。可憐的里奧．斯弗頓在狩獵場上摔斷了脖子，但已打上石膏，也不會是他。也許不是謀殺。真遺憾，我不記得近來有什麼珠寶搶劫案……也許你只是在追查一名罪犯吧。是貝麗爾．拉金嗎？她毒死她丈夫嗎？也許是內疚才使她那樣兩眼無神吧？」

「夫人，夫人！」白羅叫道，「扯得太遠了。」

「胡說，你在追查什麼，赫丘勒．白羅！」

「熟悉古典文學嗎，夫人？」

「古典文學和這有什麼關係？」

「和這可大有關係呢。我在依循大力士赫丘勒斯的腳步，他有一項艱巨任務是馴服狄奧墨德斯野馬。」

「別瞎說了，難道你來這裡是為了馴服野馬？你的年紀……還穿漆皮皮鞋！在我看來，你好像一輩子也沒騎過馬似的！」

「夫人，我說的馬是象徵性的，那是一種吃人肉的野馬。」

「那多麼讓人厭惡啊。我一向認為那些古希臘人和古羅馬人很討人厭。我無法理解神職人員為什麼喜歡引用古典文學。首先，誰也弄不清楚它們的含義。而且我認為，古典文學的題材很不適合傳教士引用。裡面那麼多亂倫的事，還有那些一絲不掛的雕像。我本人倒不在乎，可是你知道神職人員都是些怎樣的人。如果女孩們走進教堂沒穿襪子，他們都會很不高興。讓我想一想我們剛才說到哪兒了？」

「我也忘了。」

「你這個壞傢伙，就是不願意告訴我拉金太太是不是謀殺親夫？或許安東尼・霍克，是那起布萊頓火車車廂謀殺案的凶手吧？」

她滿懷期待地看著他，可是赫丘勒・白羅的臉上卻沒有任何表情。

「可能是偽幣案。」卡米雪夫人猜想著。「那天上午我倒是真的看見拉金夫人，在銀行裡把一張五十英鎊的支票兌換成現金。當時我就奇怪，她兌換那麼多現金要做什麼？哦，不對，我說反了——如果她是個製造假幣的人，就應當往銀行裡存錢，對吧？赫丘勒・白羅，你如果坐在那裡像隻夜貓子不發一語，我可要朝你扔東西了。」

「有點耐心嘛。」赫丘勒・白羅說。

§

格蘭特將軍的阿什利宅邸不是一所很大的房子。它坐落在一座小山邊上，有設備完善的馬廄和一個沒有好好照顧的花園。

房裡的陳設，想必房地產經紀人會形容為「設備齊全」。幾尊盤坐的佛像從壁龕裡朝下斜睨著，地上擺滿了幾個貝拿勒斯[21]銅托盤和小桌。壁爐台上排放一行列隊行進的雕刻小象，四圍牆壁裝飾著更多銅器。

在這英印合璧式的家中，格蘭特將軍坐在一把大而破舊的扶手椅上，一隻裹著繃帶的腿放在另一把椅子上。

「是痛風。」他解釋說，「你得過痛風嗎，白羅先生？這叫人情緒很不好！這都怪我父親，喝了一輩子的紅葡萄酒──我祖父也是。最後苦難就落在我的身上。要不要喝杯酒？請你搖一下鈴，叫我的僕人進來，好嗎？」

一個紮著頭巾的男僕進來，格蘭特將軍叫他阿布杜，要他端來威士忌酒和蘇打水。等酒端進來後，他慷慨地倒了一大杯，白羅不得不攔住他。

「我恐怕不能陪你喝了，白羅先生。」將軍像坦塔羅斯[22]那樣地望著那杯酒，他哀傷地說：「我的醫生告訴我，要是我再碰一口酒，就等於服毒。我有時也不太相信他懂些什麼。全都是庸醫，讓人掃興的傢伙。最愛逼人忌口戒飲，勸人吃點流質食物，或蒸個什麼清水蒸魚的！」

將軍一發怒，不小心動了一下那條病腿，那陣劇痛使他痛楚地大叫一聲。

他對自己的嚷叫表示歉意。

「我就像是隻頭痛的熊。每次我痛風發作，我那幾個女兒就離我遠遠的，我也不怪她們。我聽說你見過我的一個女兒。」

「是的，有幸見過一面。你有好幾位千金，對吧？」

「四個，」將軍陰沉地說，「一個男孩都沒有。四個可惡的女孩。這年頭啊，可真有點煩人。」

白羅說：「我聽說，四個都長得很漂亮。」

「還可以。我從來就不知道她們在做什麼。這年頭，你管不住她們。這種放縱的時代，到處都是放蕩的人，一個男人能有什麼辦法？總不能把她們全鎖起來。」

「我想她們在本地很有名吧？」

「有些心地惡毒的老太婆不喜歡她們。」格蘭特將軍說，「這裡有不少打扮成少婦的老太婆，男人可得多加小心。有一個藍眼睛的寡婦差點擄獲了我，以前常來這兒，每次都像小貓那樣喵喵叫：『可憐的格蘭特將軍，你過去的生活想必很有趣吧。』」將軍眨眨眼，用一隻手指頭按著鼻子。「太噁心了，白羅先生。不過，大致說來，這地方還算不錯。我的感受

21 貝拿勒斯（Benares），印度東北部城市瓦臘納西的舊稱。

22 坦塔羅斯（Tantalus），希臘天神宙斯之子，因洩漏天機被罰永世站在頭上有果樹的水中。水深及下巴，口渴想喝水時，水即消退；腹饑想吃果子時，樹枝又升高。

是，稍微過於開放，噪音太大。我喜歡當年鄉間的氣氛，不像現在來來往往的汽車，沒有爵士樂，也沒有那吵人的收音機。我就不許家裡有收音機。女兒們也明白。人有權在自己家裡安靜地過日子。」

白羅慢慢把話題引到安東尼・霍克身上。

「霍克？霍克？不認識。對，我想起來了。一個長相很醜的傢伙，兩隻眼睛離得很近。我從來就不信一個不敢與你四目對視的男人。」

「他是不是你女兒希拉的朋友？」

「希拉？不知道，她們從來不告訴我任何事。」他那兩道濃眉垮了下來，那對咄咄逼人的藍眼睛從紅通通的臉上直視著赫丘勒・白羅。「白羅先生，這到底是怎麼回事？跟我明說吧，你來這兒看我，到底是為了什麼事？」

白羅慢慢地說：「這有點困難，也許連我本人也還沒弄明白。我只能這樣說：你的女兒希拉——也許你四個女兒，結交了一群不太好的朋友。」

「交了一群壞朋友，啊？我一直對這事也有點擔心，有時也會聽到一些傳言。」他感傷地望著白羅。「可是我又有什麼辦法呢，白羅先生？我又有什麼辦法？」

白羅困惑地搖搖頭。格蘭特將軍接著說：「她們交往的那夥人出了什麼事？」

白羅用另一個問題回答他。

「格蘭特將軍，你有沒有注意到你那幾個女兒當中，有誰曾一下子昏昏沉沉，興奮一陣子之後又意識消沉，有點神經質、情緒不穩定？」

「先生，你說話就像在閱讀處方。沒有，我沒注意到誰有過那樣的毛病。」

「那就太幸運了。」白羅嚴肅地說。

「先生，你這話究竟是什麼意思？」

「吸毒！」

「什麼？」這句話簡直是吼叫出來的。

「有人試圖引誘你的女兒希拉吸毒。古柯鹼是很容易上癮的。只需要一兩個星期就夠了。一旦上了癮，吸毒的人就會不顧一切地付出所有，做什麼事都行，只是為了得到一口毒品。你可以想像販賣毒品的人會變得多麼富有。」

他默默聽著那老人嘴裡一連串迸出來的詛咒和謾罵。等他怒火熄滅之後，將軍最後說，他一旦抓住那個混球就會好好治治他。

「用那位很欣賞你的比頓太太的話來說，我們先稍安勿躁。一旦抓住那個毒品販子，我就會很樂意地把他交給你，將軍。」

白羅站起來，被一張雕刻精良的小桌子絆了一下。為了保持身體平衡，他一把抓住了將軍，嘟囔道：「噢，對不起，將軍，請你原諒！另外，你得明白，請你無論如何別把這事對你的任何一個女兒說！」

「什麼？我得讓她們對我說出實情，我必須這麼做！」

「這是你不該做的事，你只會得到謊言。」

「可是，老天，先生——」

「我向你保證，格蘭特將軍，你必須閉上嘴。這很重要，你明白嗎？非常重要！」

「好吧！聽你的。」那位老戰士咆哮道。

將軍被制服，卻沒有被說服。白羅小心繞過那些貝拿勒斯銅器，走了出去。

§

拉金太太的屋裡擠滿了人。

拉金太太在一張靠牆的桌子上配製雞尾酒。她是個很高的女人，有淺棕色鬈髮，兩隻灰綠色的眼睛，瞳孔又黑又大。她動作敏捷，有種看似優雅的奇怪感受。第一眼看她像是三十歲左右，但仔細觀察就可以發現她眼角的魚尾紋，這說明她至少有四十歲了。

卡米雪夫人的一位中年婦女朋友，帶著赫丘勒·白羅到這裡來。有人幫他拿來一杯雞尾酒，並請他為坐在窗前的一個女孩送一杯去。那個女孩個子小小的，淺色頭髮，皮膚是白裡透紅，猶如天使一般。赫丘勒·白羅注意到她兩眼那種警戒而多疑的神情。

「祝你身體健康，小姐。」他說。

她點點頭，啜一口酒，接著突然說：「你認識我妹妹吧。」

「你妹妹？啊，那你一定是格蘭特小姐了？」

「我是潘．格蘭特。」

「你妹妹今天去哪兒了？」

「去打獵，應該快回來了！」

「我在倫敦見過你妹妹。」

「我知道。」

「她告訴你了？」

潘點點頭，接著又突然問道：「希拉是不是惹麻煩了？」

「這麼說來，她什麼都對你說了嗎？」

那個女孩搖搖頭，問道：「安東尼．霍克也在場嗎？」

白羅正要問，此時房門打開了，希拉和安東尼．霍克一起走了進來。他們都穿著獵裝，希拉臉頰上有點泥痕。

「哈囉，大家好。我們進來喝杯酒，安東尼的水壺空了。」

白羅大聲說：「說到天使——」

潘．格蘭特打斷他的話。

「我想，你的意思是指魔鬼吧——」

白羅連忙問道：「是那樣嗎？」

貝麗爾・拉金走了過來，說道：「你可來了，安東尼。說說打獵的事。你有沒有在格萊特矮林捕獵到什麼？」

她巧妙地把他拉到壁爐旁的沙發，白羅看見他離開時回頭望了希拉一眼。

希拉看見白羅時猶豫了一下，然後走到窗前白羅和潘站的地方。她惡狠狠地說：「原來昨天是你到我們家來的？」

「是你父親告訴你的嗎？」

她搖搖頭。

「阿布杜把你形容了一番。我……猜到的。」

「你見過我父親了？」潘驚訝地問。

「哦，是的，我們有一些共同的朋友。」白羅說。

「我不相信。」潘立刻說。

「你不信什麼？不信你父親和我有共同的朋友嗎？」

女孩的臉紅了。

「別裝傻了。那不是你來的真正原因——」她問她妹妹。「你怎麼不說話呀，希拉？」

希拉一怔，問道：「這和安東尼・霍克沒關係吧？」

「為什麼會和他有關呢？」白羅問道。

希拉臉紅了，一下就穿過房間朝另外那些人走去。

潘突然生了氣，壓低嗓音說：「我不喜歡安東尼．霍克。他身上有股邪氣，她也有點——我指的是拉金太太。你瞧他們現在的樣子。」

霍克和女主人正把腦袋靠在一起。看來好像是在安慰她，但她突然提高聲音說：「但我等不及了，我現在就要！」

白羅微微一笑，說：「女人們哪，不管是什麼，她們總是立刻就要弄到手，是不是？」

潘卻沒回答他，她臉色沮喪，神經質地一再揉弄她那條花呢裙子。

「你和你妹妹在個性上完全不同，小姐。」白羅小聲說道。

她仰起頭來，不耐煩地問道：「白羅先生，安東尼給希拉的東西到底是什麼？是什麼東西使她變了，變得不像原來的樣子？」

他直接望著她，問道：「你吸過古柯鹼嗎，格蘭特小姐？」

她搖搖頭。

「哦，沒有！原來是這麼回事，古柯鹼嗎？那很危險，是不是？」

希拉．格蘭特又回到他們身邊，手裡拿著一杯飲料。她問道：「什麼東西很危險？」

「我們在談論吸毒的後果。談到精神和靈魂的慢性死亡，人類一切真實和美好事物的毀滅。」白羅說。

希拉．格蘭特喘了口氣，手中的杯子晃了一下，酒濺了一地。白羅接著說：「我想斯托達醫生已經明確告訴過你，那會給生命帶來什麼樣的劫難。上癮很容易，戒癮卻很困難。故意讓別人墮落和痛苦以謀取暴利的人，是個吃人肉、喝人血的人渣。」

他轉身走開，聽見身後潘・格蘭特喊了一聲「希拉！」以及一句耳語——一句微弱的耳語，是希拉・格蘭特說的，聲音低得使他幾乎聽不到。

「那個水壺……」

赫丘勒・白羅向拉金太太道別，走出房間。門廳桌上有個打獵用的水壺、一條馬鞭和帽子。白羅把水壺拿起來，那上面寫著安東尼・霍克姓名的縮寫字母：「A・H」。

「安東的水壺是空的嗎？」白羅自言自語道。

他輕輕搖晃一下，裡面沒有水聲，他擰開壺蓋。

安東尼・霍克的水壺不是空的，裡面裝滿了白色粉末……

§

赫丘勒・白羅站在卡米雪夫人家的陽台上，正在懇求一個女孩。他說：「你還非常年輕，小姐。我相信你不知情，真的不知道你和你的姐妹所做的是什麼。你們一直就像狄奧墨德斯的野馬隨意讓人家餵食人肉。」

希拉渾身顫抖，嗚咽著說：「這聽起來真是太可怕了，卻是真的！我直到在倫敦那天晚上，斯托達醫生告訴我時還沒意識到這一點。他那麼嚴肅又那麼真誠，我才知道自己一直做著多惡劣的事。在這之前，我還以為……哦！就像工作完了之後喝杯酒那樣，有些人會花錢喝杯酒，卻不認為是什麼多要緊的事！」

「現在呢？」白羅說。

「要我做什麼，我就做什麼！我去告訴別人，」她又加了一句：「我想斯托達醫生不會再理我了吧……」希拉．格蘭特說。

「正好相反，」白羅說，「斯托達醫生和我準備盡一切力量幫你重新做人。你可以相信我們，但是你必須做一件事。我們必須消滅一個人，徹底把他毀滅，只有你和你的姐妹可以除掉他。那就是你們得出面作證，判他有罪。」

「你是指……我們的父親嗎？」

「那不是你父親，小姐。難道我沒有告訴你，赫丘勒．白羅什麼都知道嗎？你的照片在警方單位裡很容易就辨識出來，你是希拉．凱利——是一名多次在商店裡偷竊的年輕扒手，幾年前曾被送進教養院。你從教養院出來後，有個自稱是格蘭特將軍的人接近你，並且提供你這個職務……一個『女兒』的職務。你有許多錢，種種玩樂機會及享受的生活。但你要做的就是把『那東西』介紹給你的朋友，而且總是裝著一副是別人給你的樣子，你那幾個『姐妹』和你的情況完全一樣。」他頓了頓又說：「來吧，小姐，必須逮捕那個人，讓他被判刑。這之後——」

「這之後怎麼樣呢？」

白羅咳嗽一聲，微笑著說：「你就獻身於侍奉上帝，不再做壞事……」

§

麥克．斯托達驚訝地望著白羅，說道：「格蘭特將軍？格蘭特將軍？」

「正是，親愛的。要知道，整個場景都是你可以稱為道具的玩意兒。什麼佛像、銅器、印度男僕，還有痛風也是偽裝的！痛風如今已經很少見了，只有很老很老的老頭子才會得到痛風——十九歲年輕女孩的父親還不到患這種病的年紀！

「另外，我為了弄清這一點，在離開時假裝絆了一下，趁機用手抓住他那條患痛風的腿。我之前告訴他的話令他十分不安，所以他竟然沒注意到我的那一抓。哦，是啊，那位將軍的病完全是偽裝的！然而，這個伎倆還是很高明。一個退休的駐印將軍，一個脾氣暴躁出名的可笑人物，他在那裡定居下來，卻沒住在其他退休的駐印英國軍官當中。他來到一個對一般退休軍人而言過於昂貴的地區。在那裡有許多富人，有從倫敦來度假的人，是一個推銷貨品的好場所。又有誰會懷疑那四個活潑可愛的漂亮女孩呢？要是出了事，她們也一定會被認為是受害者，這是絕對沒問題的！」

「你去見那老魔鬼時，心裡是怎麼想的呢？是想讓他害怕嗎？」

「對，我想看看會發生什麼事。結果沒多久就發現那幾個女孩得到指示。安東尼．霍克其實也是受害者之一，她們打算讓他充當代罪羔羊。希拉原本該對我說，拉金太太家門廳裡那個水壺有問題，可是她不忍心那樣做。另外那個女孩卻叫了一聲『希拉』，使她不得已地說出那個水壺。」

麥克．斯托達站起來，來回踱步，最後說道：「你知道，我不會不再理會那個女孩。我對青少年的犯罪已經得到一個很明確的結論。如果仔細調查現今的家庭生活，就幾乎一定會發現——」

白羅打斷他的話說道：「親愛的，我很尊重你的專業，絲毫不懷疑，你那套理論在希拉．凱利小姐身上，會取得可喜的成功。」

「對其他人也一樣。」

「其他人嘛，也許會。但我敢打包票的，只有那個女孩希拉。你會馴服她，毫無疑問！說實話，她已經完全對你言聽計從了。」

麥克．斯托達紅著臉說：「白羅，你在胡說什麼……」

09

希波呂特的腰帶

The Labours of Hercules

亞馬遜女王希波呂特身上佩帶了一個寶帶。歐里斯休士的女兒要得到它，國王遂命赫丘勒斯去取。他進入女兒國，受到希波呂特女王的愛慕，願把腰帶給他。希拉由於憎恨赫丘勒斯，就變成一個亞馬遜人混在眾人當中，散布謠言說赫丘勒斯要拐走女王。亞馬遜的女戰士立即襲擊赫丘勒斯，但被他打敗，取走腰帶返回。這是赫丘勒斯完成的第九道任務。

一件事總是導致另一件事的發生，這是赫丘勒．白羅時常說的一句了無新意的話。他認為再也沒有什麼比魯本斯[23]的名畫被盜一案，更能顯明這句話的準確性。

他一向對魯本斯的繪畫無多大興趣。首先，魯本斯不是他欣賞的畫家；此外，這次盜竊案的手法也太過普遍了。他之所以願意承接此案，純粹是因為亞歷山大．辛普森是他的朋友，也因為這樁案子和文學毫無關係！畫失竊之後，亞歷山大．辛普森把白羅請去，向他訴說這個不幸事故。那張魯本斯的畫是新近才發現的一幅迄今罕見的精品，而且毫無疑問是件真跡。那幅畫在辛普森畫廊展示時，竟在光天化日之下讓人盜走了。當時外面有大批失業者以躺臥十字路口並進入豪華飯店的戰略來進行抗議活動。其中有少部分人還進入辛普森畫廊，躺在地上舉著「藝術是奢侈，饑餓者要吃飯」的標語。之後警察來了，人們好奇地聚在那裡看熱鬧；直到示威者被警方用武力驅散之後，才發現那幅魯本斯的畫已被人從畫框上手法俐落地取走了！

「你知道，那不是一張很大的畫，」辛普森先生說，「任誰都可以把它夾在手臂下帶出去，而那時人人都注視那些可憐的抗議群眾。」

其後，發現所有抗議者都是受雇於人，在這起盜竊案中成了無辜的共犯。他們受指示進入辛普森畫廊裡去示威，事後才知道要他們去那裡的真正原因。

赫丘勒．白羅認為這是一個挺有趣的把戲，但他覺得自己對此無能為力。他告訴朋友最好仰賴警方偵破這起明目張膽的竊案。

亞歷山大．辛普森說：「聽我說，白羅。我知道誰偷走那幅畫，並且知道他的去向。」

按照辛普森畫廊的主人所說，那幅畫是被一個國際盜竊集團偷走的，以便提供給某位百萬富翁收藏。那有錢人不在意以低廉的價格購進藝術品，也從不提出任何懷疑！辛普森說那幅畫會被私運到法國，然後轉到那位百萬富翁手中。目前英法兩國警方都處於戒備狀態，然而辛普森卻認為他們不會有所斬獲。

「一旦那張畫落到了那個惡棍手裡，那可就更難辦了。有錢人要求你和他打交道的時候必須尊敬他。問題就在這兒，情況將變得棘手。只有你能辦得到。」

最後赫丘勒相當勉強地接受了這個任務，他同意立即動身前去法國。他對這次調查興趣

23 魯本斯（Sir Peter Paul Rubens, 1577-1640），法蘭德斯畫家，巴洛克藝術代表人物，在歐洲藝術史上有巨大影響。

不大，卻使他接觸到另一樁女學生失蹤案，那個案子倒令他更感興趣。

他是從傑派探長口中首次聽到那件案子。白羅正在誇獎僕人為他收拾行李的好效率時，那位探長來拜訪他。

「哈，」傑派說，「去法國，對吧？」

「老朋友，你們蘇格蘭警場的消息可真靈通啊！」白羅說。

傑派咯咯咯地笑了起來，說道：「我們有眼線！辛普森竟然找你去辦魯本斯那件案子，可見他對我們的不信任！不過這也無所謂，我想託你辦的是另外一件事。恰巧你要去巴黎，我想不妨來個一箭雙雕。赫恩探長正和法國人合作——你認識赫恩吧，是個好夥伴，不過缺少些想像力。我想聽聽你對這件案子的看法。」

「你說的到底是什麼事？」

「有個女孩失蹤了，今晚報上會刊登這消息。看起來她像是被綁架了。是克蘭切斯特郡一位牧師的女兒，叫溫妮·金。」

接著他就開始講述事情的經過。溫妮正在前往巴黎的路上，要到波普女士創辦的女子高級學校，能入學的英美女孩都是經過篩選的。溫妮是搭早班火車從克蘭切斯特郡動身，有修女服務團的一名成員陪伴她經過倫敦，該服務團的職責是護送女孩們從一個火車站到另一個車站。在維多利亞車站把她交給波普女子學校的第二負責人布爾秀女士，在布爾秀女士的帶領下，和其他十九個女孩一起離開維多利亞站搭船過海。十九個女孩過海峽後，在加來辦海關手續，就搭乘前往巴黎的火車，其間在餐車裡用餐。可是直到巴黎近郊，布爾秀女士再次點名時，發現居然只有十八名女孩！

「啊哈，」白羅點點頭。「火車在什麼地方停過？」

「在亞眠停了一下，那時女孩們都在餐車裡，她們都確定溫妮當時和她們一起用餐。如此說來，她們是在走回自己車廂時遺漏她的。也就是說，她沒有和其他五人一起回到自己的車廂。她們也沒起疑，以為她去另外兩個車廂了。」

「那最後見到她較確定的時間是在何時？」

「火車離開亞眠後的十分鐘，」傑派輕咳一聲。「最後見到她是她去洗手間。」

白羅喃喃道：「這是很自然的事。」他接著問：「沒有別的情況嗎？」

「哦，還有一件事，」傑派做了個鬼臉。「她的帽子在鐵路旁被發現了，離亞眠大約十四公里的地方。」

「沒有發現屍體嗎？」

「沒發現屍體。」

「那你是怎麼想呢？」白羅問道。

「真不知道該從何想起！因為沒有屍體的蹤影，想必不會從火車上跌下去。」

「火車在離開亞眠後再也沒停過嗎？」

「沒有。只有因著一次信號而慢行過一次，但是車沒停。我懷疑會不會車速慢到使人跳下火車而不至於受傷。你是不是猜想那個女孩，因為一時緊張而想逃跑啊？這是她入學的第一個學期，也可能是她突然想家了，這倒有可能，但她畢竟已經十五歲半，達到可以理智判斷的年齡了，何況一路上她精神不錯，一直在聊天談話。」

「搜查過那輛車了嗎？」白羅問道。

「當然搜過了，他們在火車抵達此站之前從頭到尾搜查了一遍。女孩不在火車上，這點可以肯定。」傑派無可奈何地說，「她就是這麼無影無蹤地不見了，真叫人費解。白羅先生，這真是說不過去嘛！」

「她是個什麼樣的女孩？」

「很普通，照我們所了解，是那種一般正常的女孩。」

「我是說她長得怎麼樣？」

「我這裡有一張她的快照，不能說她漂亮。」

他把照片遞給白羅，後者默默琢磨著。照片上是個瘦長的醜女孩，梳著兩條辮子。這不是一張擺好姿勢的照片，是趁她不注意時偷拍的。她正在張嘴吃蘋果，微微突出的牙齒上有明顯的牙套，另外也戴著眼鏡。

傑派說：「一個長相普通的女孩，不過這個年齡的孩子都不太好看！昨天我去我牙醫那裡，在《速寫》雜誌上看到一張本季美人瑪麗亞．岡特的相片。我記得她十五歲時，我曾去她家偵查一起竊案。當時她滿臉雀斑、笨手笨腳，滿口暴牙，還蓬頭垢面。可是一夕之間，她就長成一位大美人了。我不知道那是怎麼變的，可說是奇蹟！」

白羅微笑說：「女人是最能創造奇蹟的動物！那個女孩家裡怎麼說？他們有提供什麼線索嗎？」

傑派搖搖頭。

「沒什麼。她母親是患病，可憐的金牧師真是急得不得了。他說那個女孩非去巴黎不可，那是她一心想要去的地方。她想去學繪畫和音樂，而波普女士學校的女孩在藝術領域表現都十分優異。你知道波普女子學校很有名嗎？許多社交名媛都上過那所學校。她相當嚴格，學費也很昂貴，每個錄取的學生都經過嚴格的挑選。」

白羅嘆口氣。

「我了解那類型的女人。那位從英國接他們的布爾秀女士怎麼說呢？」

「那是個頭腦還算清醒的女人，只是非常害怕波普女士怪她失職！」

白羅若有所思地說：「沒有什麼小夥子和這事有牽連嗎？」

傑派指著那張照片說：「你看她那樣像嗎？」

「不，不像。不過人不可貌相。她雖然醜，但也許有顆浪漫的心，十五歲不算小了。」

「這麼說，」傑派說，「如果是浪漫鼓舞她跳下火車，那我可要好好拜讀些女作家的小說。」他期盼地望著白羅，問道：「你沒有什麼想法嗎，嗯？」

白羅慢慢搖著頭說：「他們有沒有在鐵路旁碰巧也找到她的鞋呢？」

「鞋子？沒有，為什麼是鞋子呢？」

「只是突然想到罷了……」白羅喃喃道。

§

赫丘勒．白羅正要下樓搭計程車離開，電話鈴響了，他拿起話筒。

「喂？」

傑派的聲音說：「很高興你還沒走。沒事了，我的老搭擋。我剛回警局看見一張字條，說女孩尋獲了，在離亞眠十五公里遠的大道旁。她神志不清，話也說不清楚，醫生說她被人用藥迷昏了。不過，她還好，沒什麼事。」

白羅慢吞吞地說：「你不需要我了吧？」

「不需要了，說真的，很抱歉打擾你了。」傑派笑了起來，接著便掛斷電話。

赫丘勒．白羅可沒笑。他慢慢放下話筒，臉上顯出焦慮的神情。

§

赫恩警官好奇地望著白羅，說道：「真沒想到你也對這件事如此感興趣，先生。」

「傑派探長告訴過你，我也許會和你一起承辦這個案子嗎？」白羅說。

赫恩點點頭。

「他說你來這兒辦事，還說你可能幫我們解開謎題。但我還沒料到你會來一趟，因為事情已經解決，我以為你會去忙自己的事呢。」

赫丘勒・白羅說：「我的事可以暫且放一邊，這件事倒令我感興趣。你說那是個謎，而且已經結束。可是其中似乎還有令人不解的地方存在。」

「嗯，先生，我們找到那個孩子了，她並未受傷，這是最主要的。」

「但如何尋回她的問題並未解開，對吧？她本人是怎麼說的？醫生看過她了嗎？醫生又是怎麼說的？」

「醫生說她被人迷昏了，如今還迷迷糊糊呢。事實上，她從離開克蘭切斯特之後就不太清醒了。後來所發生的事都遺忘了，醫生認為她可能有輕微腦震盪。她的頭後面有個傷疤，醫生說可能她的記憶會完全喪失。」

「這對某人而言倒相當恰當！」白羅說。

赫恩警官懷疑地問道：「難道你認為她是在作假嗎，先生？」

「你怎麼認為呢？」

「不，我敢確定她沒有作假。她是個好孩子，一個單純的小女孩。」

「若她沒有假裝……」白羅搖搖頭。「不過，我想知道她到底如何下火車的？我想知道這該歸咎於誰，以及為什麼？」

「你問為什麼，我認為是綁架，先生。他們本來打算把她當作人質，勒索贖款。」

「但他們沒那樣做呀！」

「因為她又哭又鬧地弄得他們心神不寧，就急忙把她棄在路邊。」

白羅懷疑地問：「他們從克蘭切斯特教堂的牧師那裡能得到多少贖金呢？英國教堂的牧師不是身價較高的百萬富翁。」

「我認為整件事相當拙劣，先生。」赫恩警官愉快地說。

「哦，你是這樣認為。」

赫恩的臉微微紅了，說道：「那你是怎麼想的呢，先生？」

「我想知道她是如何從火車上給帶下去的。」

那位警官的臉色陰沉下來。

「那可真是個謎。她本來還好好地坐在餐車裡和其他女孩聊天，不到五分鐘就消失了。像變把戲似的，一下子就不見蹤影了。」

「正是，像變一場把戲！在波普女子學校所承包的車廂裡，還有什麼其他乘客？」

赫恩警官點點頭。

「這一點問得好，先生，這很重要，相當重要。因為那是最後一節車廂，而且當所有人從餐車上回來後，各節車廂之間的門就上鎖了，主要是防止人們在餐車沒清理完畢，或準備晚餐前又進來要求喝下午茶。溫妮．金和其他女孩一起走回來，學校一共只訂三個包廂。」

「那節車廂的其他包廂都是些什麼人呢？」

赫恩拿出他的筆記本。

「喬丹女士和巴特斯女士，兩位前往瑞士的中年女性。她們是從漢普郡來的，在當地名聲很好。兩名法國商人，一個住在里昂，另一個住在巴黎，兩人都是老實中年男性。還有一個年輕的詹姆士．埃利奧特和他妻子。她倒是個裝扮入時的女人；他的名聲不太好，警方懷疑他和一筆來歷不明的交易有關，倒是從未涉及綁架的事。反正，他的包廂被徹底搜查了一遍，但並未從他行李中找到他介入此案的任何證據，也看不出他和這事有什麼關聯。還有一位是美國女士范蘇德太太。她正要去巴黎旅行。對她沒有多少認識，看起來應該也沒有多大問題。就是這些。」

「火車離開亞眠之後，確定不曾停過嗎？」赫丘勒．白羅說。

「完全可以肯定，只慢行過一次，不過也不是慢得可以讓人從車上跳下去。」

赫丘勒喃喃道：「這就使問題變得更有意思了。那個女學生在亞眠郊外消失得無影無蹤，卻又出乎意料地在亞眠郊外再次現身。這之間她人在哪兒呢？」

赫恩警官搖搖頭。

「這樣聽起來可真是怪事。哦，對了，他們告訴我你問過那女孩鞋子的事。找到她時，她是穿著鞋子的，不過鐵軌旁邊倒是還有另外一雙鞋，是車站信號員發現的。他撿回家了，因為那雙鞋並不舊，是雙黑色便鞋。」

「啊。」白羅說，他看起來滿意極了。

赫恩警官納悶地問道：「我不明白那鞋怎麼了，先生？那又說明了什麼呢？」

「這證實了一個理論，」赫丘勒・白羅說，「就是那個把戲是怎麼變的理論。」

§

波普女子學校和許多那類學校一樣，都坐落在訥伊。赫丘勒・白羅抬頭望著校舍高雅的外觀，突然有群女孩從門口湧了出來。

他數了一下，共有二十五名；她們都穿著一身深藍外衣和裙子，頭上戴著令人不太舒服的英國式深藍絨帽，上面有條明顯的紫金色帽圈。她們的年齡從十四歲到十八歲不等，身材有胖有瘦，頭髮深淺不一；行動有的笨拙，有的靈巧。跟在她們後面的，是一個滿臉滄桑的灰髮女人和一位年幼的女孩。白羅猜想，那灰髮女人一定是布爾秀女士。

白羅站在那裡觀望片刻，然後就按下門鈴，要求會見波普女士。

拉溫娜・波普女士和學校的第二負責人布爾秀女士完全不同。波普女士顯得有個性，令人敬畏。儘管波普女士向家長們露出文雅和藹的神情，但她仍保有高傲的本質，對一位女校長來說，威嚴是必要的。

她那銀灰色頭髮梳理得很整齊，衣著樸素而莊重，她的能幹是無所不知。

接待白羅的客廳是一間富文化涵養的女性房間，裡面擺著雅致的家具和鮮花，牆上掛滿相框，全是波普女士以前的學生——如今已成社會知名人士——的簽名照片，個個都穿著高尚時裝。牆上還掛著一些世界名畫的複製品，以及幾幅不錯的水彩素描畫。整個房間布置得極素淨優美，甚至讓人覺得沒有一絲灰塵存在於此一聖殿中。

波普女士以一種識人甚深的態度接待白羅。

「赫丘勒．白羅先生嗎？久聞你的大名。我想你到這兒來大概是關於溫妮．金那件不幸的事吧，真是一件讓人不愉快的事。」

波普女士看起來並沒有不愉快。她逆來順受地接受苦難，適當地處理，並把損失降到無關緊要的程度。

「這種事，」波普女士說，「過去可從未發生過。」

但她的表情似乎這樣說：「今後也不會發生了！」

「這是那女孩到這裡的第個一學期，對吧？」赫丘勒．白羅問道。

「對！」

「你和溫妮面談過或和她的父母談過話嗎？」

「最近沒有。那是在兩年前，我當時住在克蘭切斯特的主教家中。」

波普女士的口氣彷彿在說：「請注意，我是那種住在主教家裡的人！」

「我在那裡時，認識了牧師和夫人，夫人當時在生病。之後我見到了溫妮，一個很有教養的女孩，對藝術有明顯的喜好。我對夫人說我很願意在一兩年後接受溫妮進我的學校，等她基礎教育結束後就可以來。白羅先生，我們這裡專門教授藝術和音樂。我們會帶女孩們聽歌劇，觀看法國喜劇，到羅浮宮去聽演講。請最好的教師來這裡傳授她們樂理、歌唱和繪畫。培養廣泛的文化素養是我們的目標。」

波普女士突然想起白羅並非家長，連忙問道：「白羅先生，你找我有什麼事嗎？」

「我想了解溫妮目前的情況如何？」

「金牧師去亞眠，帶溫妮回家去了，孩子受到驚嚇，這是最明智的做法。」她接著說：「我們這裡不接受體弱的女孩，因為我們沒有照顧病人的設備。我對牧師說，依我看，他最好把孩子接回去。」

「你對這事究竟怎麼看待呢，波普小姐？」赫丘勒．白羅直接說。

「我一點也弄不清楚，白羅先生。他們向我報告了這整件事情的經過，聽起來真是不可思議。我認為我那位負責照顧女孩的人不該受到苛責。當然，也許她應當再早點發現少了一個女孩才對。」

「警方大概已經來拜訪過你了吧？」白羅說。

波普女士那傲氣的身子微微顫抖一下，冷冷地說：「警察局的一位勒法熱先生來電說要見我，問我能否對這事提供一些線索。我當然無能為力，接著他要求檢查溫妮的行李，那也是和其他女孩的行李一起被送到這裡的。我告訴他警方已經來電要求過了。我猜想他們的部門一定把事情弄混了。沒多久我又接到一通電話，對方堅持說我沒把溫妮的全部行李交給他們。為此我也就不客氣了，人們不能隨便接受任何公務員的懷疑訓斥。」

白羅深吸一口氣，說道：「別生氣，我相當欽佩你這點，女士。我想溫妮的行李到達這裡時沒被打開過吧？」

波普女士的神色稍微改變。

「一切按理行事，」她說，「我們嚴格依照規章辦理。女孩們的行李到達時都沒有被打開過，她們的東西都依我的要求存放。溫妮的行李和其他女孩的東西都一併取出並查看，之後當然全部放了回去，她的行李就和到達時完全無差地交給她。」

「完全一樣嗎？」白羅問道。

他踱到牆邊。

「這幅畫畫的是著名的克蘭切斯特大橋，遠處背景是那裡的大教堂。」

「你說得對，白羅先生。這是溫妮畫的，顯然是要作為一件驚喜的禮物送給我。這畫是放在她的行李裡面，用一張紙裹著，上面寫著『送給波普女士，溫妮』。這孩子真可愛。」

「哦！」白羅說，「你認為這幅畫畫得如何？」

白羅本人見過不少畫克蘭切斯特大橋的畫，這是美術學院每年都可以見到的題材。有時是油畫，有時是水彩畫。有的畫得很出色，有的則很平庸，有的還很乏味，但他從未見過一幅用如此粗線條來表現的手法。

波普小姐包容地微笑著，說道：「我們不可令學生灰心，白羅先生，當然應當鼓勵溫妮畫得更好些。」

白羅若有所思地說：「要是她用水彩畫，想必會更自然，是嗎？」

「對，我不知道她用油彩畫圖呢。」

「嗯，」赫丘勒．白羅說，「請允許我取下來看看，女士。」

他把那幅畫從牆上拿下來，走到窗口，仔細查看一番，然後抬頭說道：「女士，我想請你把這幅畫送給我。」

「可是，說真的，白羅先生——」

「你不會假裝很喜歡這幅畫吧，這幅畫畫得真糟。」

「哦，它不具藝術價值，這我同意。但它是一位學生的習作，而且——」

「女士，我說這是一幅不合適掛在你牆上的畫。」

「我不明白你為什麼這樣說，白羅先生？」

「我這就向你證明。」

他從衣服口袋裡取出一個瓶子、一塊海綿和一小片布條，說道：「首先我為你講個小故事，女士。它與那個醜小鴨變白天鵝的故事很接近。」

他一邊說，一邊俐落地行動著。房間裡充滿了松節油的氣味。

「你大概不常看小型歌舞喜劇吧？」

「的確不看，我認為那太膚淺了……」

「膚淺，沒錯，不過有時也深具教育意義。我見過那種戲劇中，有位藝術家用最神奇的方法轉變她的個性。她一下子扮演一位夜總會明星，優美而豔麗。十分鐘後，她又成為一個穿著一身運動服、患扁桃腺炎、貧血而矮小的孩子。再過十分鐘後，她又成了一位衣衫襤褸的吉普賽女人，站在一輛敞篷車旁為人算命。」

「毫無疑問地很有可能。我不明白——」

「我正在讓你了解火車上的把戲是如何變出來的。那個女學生溫妮梳著兩條髮辮，戴著眼鏡，套著矯正牙套進廁所。一刻鐘後，她從裡面出來，套用赫恩警官的話來說，是個『裝扮入時的女人』。透明絲襪、高跟鞋，貂皮大衣蓋住了女學生的校服，一小塊絲絨綁在鬈髮上。那張臉，對，那張臉則塗上胭紅又上厚粉，再抹上口紅，刷睫毛的……那張迅速變裝的藝術家的真面目是什麼呢？恐怕只有上帝才知道！你常見到那些笨拙的女孩，一下子就神奇地把自己變成穿著考究、動人的社交界美人。」

波普女士目瞪口呆。

「你是說溫妮・金把自己喬裝打扮成——」

「不是溫妮・金，不是。溫妮在去倫敦的路上就被綁架了。我們那位快速變裝的藝術家冒充了她。布爾秀女士沒見過溫妮・金，所以不知道那個梳髮辮、戴眼鏡、戴牙套的女孩根本不是溫妮·金。一切本來都相當順利，但是那位冒充的女人可不能來這裡，因為你認識那位真正的溫妮。所以，一下子溫妮在廁所裡不見了，出來時變成了詹姆士·埃利奧特的妻子，他的護照是已婚的。但那對金色髮辮、眼鏡、棉線襪、牙套怎麼辦？這些都被塞進一個小包裡；但是那雙難看的厚皮鞋和那頂不能折的英國帽子，必須想辦法處理掉，就全都扔到窗外去了。後來，真的溫妮被帶過海峽——不會有人尋找一個剛從英國到法國、服用麻醉藥而生病的孩子。之後他們悄悄從汽車上把她扔在大馬路旁，尤其如果她一直被人用藥迷昏，就難怪什麼事都不記得。」

波普女士瞪著白羅，問道：「但為什麼呢？這種無聊的偽裝是為了什麼呢？」

白羅嚴肅地說：「溫妮的行李！這些人打算從英國走私一樣東西到法國，一件全海關都在尋找的東西，是個贓物。還有什麼地方能比一名女學生的行李更安全？波普小姐，你名氣很大，你學校是出了名的一絲不苟。在車站，那些寄宿女學生的行李全部免檢通過，因為那是著名波普女子學校的學生行李！然後，在綁架事件澄清之後，去取那個女孩的行李，而且是公開從警察局裡取出來，這不是很自然的事嗎？」他笑道：「不巧的是，學校有項規定，凡是到校的行李都要打開來檢查。裡頭有一件溫妮送給你的禮物，卻不是溫妮在克蘭切斯特裝進行李的禮物。」他走近她。「你已經把這幅畫送我了，請仔細看看。你一定會承認，把它掛在你卓越的學校接待室是不合適的。」

白羅舉起那張油畫。就像變把戲似的，克蘭切斯特大橋不見了，取而代之的是一幅柔和且色彩豐富的古希臘神話的場景。他輕聲說：「希波呂特的腰帶。希波呂特把她的腰帶給了大力士赫丘勒斯——這是魯本斯畫的。一幅偉大的藝術品，掛在你的客廳裡相當不合適。」

波普女士臉微微紅了。

希波呂特把手放在她的腰帶上，全身一絲不掛。大力士赫丘勒斯身上只有一塊獅皮披在肩上。魯本斯畫的人體，充滿相當強健豐滿的肌肉，也是激起欲望的肌肉……

波普女士恢復了常態，說道：「真是一件了不起的藝術品……但是照你的話來說，我們畢竟要考慮到敏感的家長。有些家長的思想趨於保守，如果你明白我的意思……」

§

白羅正要離開那所學校時，發生一樁衝撞事件：他被一群身材不等、髮色不一的女孩們團團圍住。

「我的上帝！」他小聲說，「這無異於亞馬遜女戰士的襲擊！」

一個高個子女孩喊道：「到處都已傳開了——」

她們擠著他，赫丘勒．白羅被團團圍住。他被淹沒在朝氣蓬勃的年輕浪潮中。

二十五個聲音，高低不齊，卻都說著同一句話：「白羅先生，請在我的紀念冊上簽個名，好嗎？」

10

格律翁的牛群

The Labours of Hercules

格律翁是住在卡德伊刺海灣厄律提亞島上一個三頭六臂的巨人。他有一群漂亮的栗色牛，還有三個勇敢的巨人兄弟。歐里斯休士國王命大力士赫丘勒斯去捉格律翁的牛。赫丘勒斯去後，殺死一隻雙頭犬和看守牛群的巨人，然後帶著牛群離開厄律提亞。但格律翁追來，兩人展開一場惡戰。最後赫丘勒斯用箭射傷前來協助格律翁的希拉，並射死格律翁。這是赫丘勒斯完成的第十道任務。

「我真抱歉這樣打擾你，白羅先生。」

卡娜比女士兩手緊緊抓住她的手提包，身子向前探著，焦急地望著白羅的臉。她像往常那樣呼吸急促。

赫丘勒．白羅揚了揚眉毛。

她急切地問道：「你還記得我吧，先生？」

赫丘勒．白羅眨眨眼睛，說道：「我記得你是我遇過最成功的罪犯[24]！」

「哦，天哪，你非得這樣形容不可嗎，白羅先生？你上次寬貸我。埃米莉和我經常談到你；如果在報上見到有關你的消息，我們就會剪下來貼在一本簿子裡。至於奧古斯嘛，我們近來又教牠一件事。我們對牠說『為福爾摩斯而死，為福瓊先生[25]去死，為亨利．梅瑞威爾[26]爵士喪命，為赫丘勒．白羅先生而死』時，牠就會躺在地上一動也不動，直到我們出聲牠才再站起來！」

「這真令我感動，」白羅說，「我們親愛的奧古斯現在怎麼樣了呢？」

卡娜比女士握起雙手，滔滔不絕地誇讚起她那隻北京狗。

「哦，白羅先生，牠簡直是太聰明了。牠什麼都知道。你知道，那天我正在逗弄一個嬰兒車裡的小寶寶，突然感到有人在拉扯，原來是奧古斯不耐煩地試圖咬斷那條狗鍊，你說牠聰不聰明？」

白羅眨眨眼，說：「看來奧古斯也具有我們所謂的犯罪傾向，對不對？」

卡娜比女士沒笑，她那胖臉卻顯出焦急而哀傷的神情。她急促地說：「哦，白羅先生，我真著急。」

「什麼事？」白羅安慰道。

「你知道，白羅先生，我怕，真的害怕。我必須做一名狠心的罪犯，如果我這樣形容的話。我總是有些奇思怪想。」

「什麼樣的想法？」

24 參本書〈涅墨亞獅子〉中的故事。

25 福瓊先生是英國偵探小說家H. C.貝利（H.C. Bailey, 1878-1961）筆下的一名偵探，其形象僅次於福爾摩斯。

26 亨利・梅瑞威爾是英國作家卡特・狄克森（Carter Dickson, 1906-1977）所著《猶大之窗》（*The Judas Window*）等小說中的一名業餘偵探。

「不正當的想法！譬如說，昨天我腦子裡忽然出現一個搶劫郵局的計畫。我從來不曾想過這種事，但它一下子突然出現在我的腦子裡！還有一種逃脫關稅的巧妙方法……我十分有把握，非常有把握一定會成功。」

「也許會，」白羅不耐煩地說，「這正是你想法的危險所在。」

「白羅先生，這種事令我十分不安。我是在嚴格道德原則中被教養的人，如今竟有這種違法、邪惡的念頭，真叫我非常不安。我想，部分原因在於我現在太過閒散了。我已經離開霍金太太，現在是另外一位老太太雇用我，每天為她讀點書，替她寫幾封信，那些信很快就寫完了；我一開始朗讀，老太太立刻就睡著了，於是我就一個人呆坐著，腦子裡一片空白，整天無所事事。我們都知道魔鬼會在閒雜人身上放些壞念頭。」

「嘖，嘖。」白羅嘴裡發出這樣的聲音。

「最近我讀了一本書，一本非常新的書，是從德文翻譯過來的。上面對犯罪傾向做了不少有趣的探討。所以我知道必須潔淨自己那種衝動。這也就是我到你這裡來的原因。」

「是嗎？」白羅說。

「你看，白羅先生，我認為嚮往刺激事物並不能說是邪惡。我一生不幸過得相當平淡無奇，有時會覺得只有在，呃，北京狗事件時，才是我唯一的樂趣。這當然該受譴責，可是我看的那本書說，每個人都該面對事實，我來找你，是因為我希望盡可能潔淨我那種尋求刺激事物的心靈；可以這樣形容，我希望『選擇站到天使這一邊』！」

「啊哈，」白羅說，「這麼一說，你今天是以一個同僚的身分來找我了？」

卡娜比女士臉紅了。

「我知道我這樣做很冒昧，但你的心地那麼好——」她頓住，淺藍色眼睛裡顯露出一隻小狗懷抱一線希望，想要人帶牠外出散步的央求神情。

「這倒是個好主意。」赫丘勒．白羅慢吞吞說。

「當然我一點也不聰明，」卡娜比小姐解釋道，「不過我的演技不錯。沒辦法呀，不然就很容易被解雇而失去侍伴的工作。而且我發現，一個人如果表現得比自己原本還傻，有時會得到不錯的效果。」

赫丘勒．白羅笑道：「你真打敗我了，小姐。」

「哦，老天，白羅先生，你是個好心人。你鼓勵我抱著這線希望嗎？正巧我剛收到一份遺產，為數很少，不過倒可讓我們姐妹節省著用，而不必完全依賴我賺的薪水。」

「我考慮一下，」白羅說，「你的才能用在什麼地方最好，你自己有沒有什麼想法？」

「你可真能猜出我在想什麼，白羅先生。近來我為一個朋友非常擔心，正要向你請教。當然你也許認為這只是我的突發奇想。人們常容易誇大事實，只看見符合自己心意的事。」

「我不認為你會誇大事實，卡娜比小姐。告訴我你在想什麼。」

「嗯，我有個朋友，一個非常要好的朋友，儘管這幾年我不常見到她。她叫埃米琳．克萊格，她嫁給英格蘭北部一個男人。兩年前他死了，留給她一筆可以寬裕過日子的遺產。他死後，她感到孤獨寂寞，十分不愉快。她也許在某種程度上可算是愚蠢、輕信他人的女人。白羅先生，宗教對人是一種很大的幫助和心靈寄託，我指的是正統宗教。」

「你指的是希臘教會嗎？」白羅問。

卡娜比女士大吃一驚。

「哦，不是，當然是英國國教。我儘管不贊同羅馬天主教，但至少那是公認的。還有衛斯理教派和公理會，這些都是有名的正派教會。我所指的是那些奇怪的異端學說。他們不知從哪裡來，又有一種感染力，但我十分懷疑在他們之中是不是真有愛心。」

「你認為你那位朋友正在受一種極端教派的欺騙？」

「是的，我是這麼想的！他們稱自己是『牧羊人』[27]的羊群，總部設在德文郡，那是海邊一處很優美的地段。信徒到那裡去參加一種稱之為靜修的活動。每次半個月，都是些宗教禮拜儀式。今年有三大節日活動：牧草來臨節、牧草茂盛節和牧草收割節。」

「最後一個簡直是胡說八道，」白羅說，「因為人們從來不收割牧草。」

「整個事情都是胡說八道。」卡娜比女士激動地說，「那個組織由一位自稱為偉大牧羊人的人所領導。他叫安德森博士。我認為他長得很英俊，滿有風度的。」

「這麼說他對女人很有魅力了，是嗎？」

「是的。」卡娜比女士嘆口氣說，「我父親就是個長相英俊的男人。在教區裡處境十分尷尬，造成女性在服裝上相互比較，甚至造成教會的工作分裂……」

她回憶著搖搖頭。

「那個偉大羊群的成員大多數是婦女嗎？」

「我估計至少四分之三是。那裡的男人大都是些怪人！這個活動之所以成功，主要是靠婦女支撐，靠她們提供基金。」

「哦，」白羅說，「現在我們談到重點了。坦白說，你認為整件事是個詐欺騙局嗎？」

「坦白說，白羅先生，我真是這樣認為。另外還有一件事讓我十分不安。我聽說我可憐的朋友對那邪教著了迷，最近立下遺囑，要把全部財產留給那個組織。」

白羅立刻追問道：「是不是有人曾向她……提出這樣的建議？」

「持平而論，這倒沒有。這完全是她本人的想法。那位偉大牧羊人向她指出一種新的生活方式，如此一來，在她死後，她所擁有的財產就全都歸到那個偉大的事業了。而最令我不安的事是——」

「嗯，說下去——」

「那群虔誠的女人當中有許多是富婆。但光是去年，她們當中至少死了三位。」

「她們都把全部財產留給那個組織嗎？」

27 基督教中把耶穌基督稱為牧羊人，信徒為羔羊，非信徒為迷途羔羊。

「對。」

「她們的親屬不曾抗議嗎？我認為這種事極可能會訴之於法律！」

「白羅先生，屬於這組織的大部分成員都是獨身女子，都沒有近親或朋友。」

白羅沉思地點點頭，卡娜比女士匆匆說：「我根本無權提出什麼異議。據我了解的情況來看，那幾個人的死並沒有不尋常的地方。其中一人，我想是重感冒引發肺炎而死的，另一人是死於胃潰瘍。沒有什麼值得懷疑的，你明白，她們都不是死在青山聖所，而是死在自己家裡。我看不出這有什麼問題，但我還是……嗯，我不願意這事發生在埃米琳身上。」

她緊握雙手，乞求地望著白羅。

白羅沉默片刻。再開口時，聲音變得沉重而嚴肅。

「你能不能提供我，或者去查一下那個教派裡最近死亡的教徒的姓名和地址？」

「當然可以，白羅先生。」

白羅慢吞吞地說：「小姐，我認為你是一位勇敢而有決心的女人，你又具有表演才能。你願不願意做一件可能相當危險的工作？」

「我喜歡做這樣的事。」愛好冒險的卡娜比女士說。

白羅警告道：「如果真遇上危險，那可是非常嚴重的。要知道，不管那是騙局也好，還是嚴肅事業也好，為了要弄清到底是哪一類，你必須成為那個偉大羊群的一員。我建議你誇大自己最近繼承的財產金額，你目前是一位富有卻又無所事事的女人。你和你朋友埃米琳質疑那個她已經認定的教派，告訴她一切都是騙人。她會竭力說服你改變信仰，你就跟從她到青山聖所去。在那裡，你也被安德森博士的說服力和魅力深深吸引住。我相信你能勝任這個角色。」

卡娜比女士謙虛地微笑著，小聲說：「我想我可以完成這項任務。」

§

「哦，老朋友，你查到了什麼？」

傑派探長沉思地望著提出這個問題的矮個子。他無奈地說：「沒查到什麼特別的，白羅。我討厭那些長髮披肩有如毒蛇般的宗教騙子，向女人灌輸迷信的詐騙手法。不過那傢伙很小心謹慎，你抓不到他什麼把柄。他的布道內容聽起來有點不合常理，卻又無害。」

「你了解那個安德森博士嗎？」

「我查過他的經歷。他原是一名很有前途的化學家，後來被一所德國大學解雇了。他母親好像是猶太人。他一向愛好東方的神話和神祕宗教，還利用業餘時間從事這方面的研究，寫了不少相關文章，不過其中有些在我看來簡直就是鬼話連篇。」

「他是個真正的宗教狂熱信徒嗎？」

「我認為很可能是。」

「我給你的那些姓名和地址調查得怎麼樣了？」

「沒有什麼問題。埃弗莉女士死於結腸潰瘍。醫生肯定地說沒發現什麼異樣。勞艾德太太死於支氣管炎，韋斯頓太太死於肺結核，她得這病已多年了，在還沒遇到那夥人之前就有的。李伊小姐死於傷寒——是由於在英國北方吃了點沙拉引起的。其中三人發病都死在自己家中，勞艾德太太則死在法國南方一家旅館裡。這些死亡，都和那個偉大羊群聖所或安德森博士的住處無關。純屬巧合吧，全都正常。」

赫丘勒嘆口氣，說：「可是，我的朋友，我卻覺得這是我赫丘勒的第十道任務耶。那位安德森博士是那個格律翁怪物，我的任務就是要把他剷除。」

傑派不安地望著他。

「聽我說，白羅，近來你一直在讀什麼奇怪的文學作品嗎？」

白羅不以為然地說：「我的想法一向正確，並且一向正中要害。」

「那你自己也可以創辦一個新教派了，」傑派說，「信條是：『沒有任何人比赫丘勒．白羅更聰明，阿們。』從頭隨意重複繞唸數次！」

§

「這裡的安靜真使我感到舒服極了。」卡娜比女士一邊說，一邊著迷似地深呼吸。

「我早就跟你說過了，艾美。」埃米琳．克萊格說。

兩個朋友坐在一座小山坡上，眺望著一片優美的蔚藍大海。青草十分碧綠，地面和峭壁是發亮的深紅色。這個稱為青山聖所的地方，是一個六英畝左右的小海角。它只有窄窄的一條走道和陸地連接，所以幾乎算得上是個小島。

克萊格太太激動地低聲說：「紅色的大地，那是大有前途的光明之地，上帝要在這裡把人們所得到的一切擴大三倍。」

卡娜比女士嘆口氣，說道：「我認為昨晚大師在布道會中把遠景描述得多好啊！」

「等你今晚參加慶祝牧草豐收節，那還更好呢！」她的朋友說。

「我期盼著！」卡娜比女士說。

「你可以感受到那是一次精神上的美妙體驗。」她的朋友向她保證。

卡娜比女士來到青山聖所已經一週。她初到那裡時是「這都是些什麼胡說八道的事？埃米琳，說真的，像你這樣一位有理智的女人居然——」等等的表現態度。

初次和安德森博士見面時，她坦白地把自己的情況表達得相當清楚。

「我並不認為自己是以虛假名義來到這裡，安德森博士。我父親是英國聖公會的一名牧師。我也從未對自己的信仰動搖過，我不相信異端教義。」

那個金髮的高個子對她微笑著，是一種可愛而了解的笑容。他包容地望著這位正襟危坐、有點倔強的胖女人。

「親愛的卡娜比小姐，」他說，「你是克萊格太太的朋友，我們歡迎你。請相信我，我們的教義並非異端邪說。這裡對所有宗教都不排斥，都同等尊重、一視同仁。」

「不該這樣做。」已故托馬斯．卡娜比牧師的倔強女兒說。

大師往椅背上一靠，用圓潤的嗓音小聲說：「在天父的國度裡，有許許多多住處……請記住這點，卡娜比小姐。」

她們離開他時，卡娜比女士小聲對她朋友說：「他真是個英俊的男人。」

「是啊，」埃米琳．克萊格說，「還世間少見呢。」

卡娜比女士同意這話，真的，她也感覺到了一種脫俗的氣質……

她給自己按下警鈴。她來這裡不是要成為偉大牧羊人魅力的犧牲品，不管那是否聖潔。她心裡想著赫丘勒．白羅的身影，他又似乎如此遙遠，如此庸俗……

「艾美，」卡娜比女士心裡想，「把持住自己，別忘了自己到這兒是為什麼……」

但隨著日子一天天過去，她感到自己愈來愈臣服於青山聖所的魅力。安寧、樸實，簡單又可口的伙食；宗教儀式的美，合唱著愛與敬仰的聖歌；大師簡單動人的講話，在在吸引著人性中最美好的特質——世上一切爭鬥和醜陋都在這裡被拒之門外。這裡只有安寧和愛……

今天晚上要慶祝那偉大的夏季牧草豐收節，在這個晚會上，艾美．卡娜比將被接納為羊群的一員。

慶典在閃亮的白色大樓裡舉行，由神聖羊欄發起人主持。所有虔誠的人都將在快日落前聚集在那裡。她們身穿羊皮斗篷和草鞋，赤裸著手臂。「羊欄」當中一座高台上站著安德森博士，那個高個子、金髮藍眼、淺色鬍子、英俊的身影，真令人無比敬仰。他穿著一件綠色長袍，手裡握著牧羊人的金色手杖。

他高高舉起牧羊杖，人群立刻鴉雀無聲。

「我的羊群在哪裡？」

「牧羊人啊，我們在這裡！」人群答道。

「讓你們的心充滿歡樂和感恩吧。這是歡樂的節日！」

「歡樂的節日，我們都很愉快。」

「你們不會再有悲傷，不會再有痛苦。只有歡樂！」

「只有歡樂……」

「牧羊人有幾個頭？」

「三個，一個金頭，一個銀頭，一個帶響的銅頭。」

「羊有幾個身軀？」

「三個，一個血肉之軀，一個腐爛之軀，一個靈光之軀。」

「你們將如何被封存在羊群裡？」

「用流血的聖禮。」

「你們為那聖禮做好準備了嗎？」

「準備好了。」

「蒙上你們的眼睛，伸出你們的右臂。」

人群順從地用事先準備的綠手巾蒙住眼睛，卡娜比女士也像別人那樣把右臂伸向前方。

偉大牧羊人在人群行列中穿梭。有輕微的喊聲，也有痛苦或狂喜的呻吟。

卡娜比心裡想：「這簡直是褻瀆上帝。這種宗教狂熱真叫人哀嘆。我絕對要保持冷靜的頭腦，還要注意人群的反應。我不會跟著走，不會跟……」

偉大牧羊人走到她面前。她感到自己的手臂被人握住，然後像被針刺到那樣有點疼痛。牧羊人輕聲說：「流血的聖禮帶來歡樂……」

他走過去。沒多久就傳來一聲命令：「除去眼上的手巾，享受聖靈恩賜的歡樂吧！」

太陽正在落下，卡娜比朝四周望一下，和別人一樣慢慢走出那「羊欄」。她突然感到飄飄然，快樂極了。她在一片軟軟的綠草地上坐下。過去她為什麼會認定自己是個沒人愛的中年孤獨女人呢？生活多麼美妙，她自己也很美！她有思考的能力、夢想的能力。世上沒有她辦不到的事！

一股強烈的興奮傳遍她的全身。她望著周圍的虔誠信徒，每個人似乎猛然間長得又高又大似的。

「真像行走的樹木……」卡娜比心中坦誠地認為。

她抬起一隻手，用一種有決心的手勢──她要靠這隻手來指揮人間，就像凱撒、拿破崙、希特勒那樣，那群可憐又悲慘的小人物！他們一點也不知道她艾美．卡娜比能做些什麼，她要安排一場世界和平國際聯盟會議。再也不准有戰爭，再也不可以有貧困，再也沒有疾病。她，艾美．卡娜比，會設計一個新世界。

不過別著急，時間是無限的……一分鐘接著一分鐘，一小時接著一小時！卡娜比感到四肢漸漸沉重，頭腦卻如欣喜般自由。她的頭腦可以任意遨遊整個宇宙。她睡著了，即使睡著了，她還在夢想著：廣闊的天空、高大的樓宇、一個嶄新而美妙的世界……

那個世界逐漸縮小逝去，卡娜比女士打個呵欠，搖搖自己僵硬的四肢。昨天晚上到底發生了什麼事？昨天晚上她夢到……

天上一輪明月。卡娜比女士借助月光勉強可以看清楚錶上的時間。令她驚訝的是時間指著九點四十五分。據她所知，日落是在八點十分，難道僅僅只過了一小時三十五分？不可能。然而——

「真有意思啊！」卡娜比小姐自言自語道。

§

「你必須非常小心地聽從我的指示，明白嗎？」赫丘勒．白羅說。

「哦，是的，白羅先生。你可以相信我。」

「你已經表示你打算捐助那個狂熱的宗教組織了嗎？」

「是的，白羅先生。我親口對大師——噢，請原諒，對安德森博士說的。我十分熱情地對他說，這個事業對人類是多麼了不起的啟示啊！我原本想藉此嘲弄，現在卻真心相信了。我說這些話時好像相當自然似的，你知道，安德森博士有種吸引人的魅力。」

「我已經察覺了。」赫丘勒．白羅冷冷地說。

「他的一切非常有說服力。你真的感覺他根本不在乎錢。『量力而為吧，』他用那討人喜歡的表情微笑著說，『如果你什麼都拿不出那也沒關係，你依然是羊群中一員。』『哦，安德森博士，』我說，『我不是一個自私的人。我剛從一位遠房親戚那裡繼承一筆為數不少的錢，但我得在辦完一切正式法律手續後才能動用，不過有件事倒可以馬上就做。』我就解釋我正在立遺囑，要把我的一切財產都留給那個組織，我又說自己已經沒有任何近親。」

「他是不是謙和地接受這項捐贈？」

「他十分關心這件事，說我還會活很久，還說他看得出我的生活樂趣和精神滿足過去以來被壓抑了……他講得真的很動人。」

「看來是這樣。」白羅用冷冷的聲調說，「你提到自己的健康狀況嗎？」

「說了，白羅先生。我告訴他我一直有肺部的毛病，犯過不止一次了。幾年前我在一家療養院治療過，把這病治好許多。」

「太棒了！」

「其實我的肺相當健全，真弄不明白為什麼非要說我得過肺病。」
「你要相信這是必要的，你提到你那位朋友了嗎？」
「說了，我告訴他（千萬要保密），親愛的埃米琳除了從她丈夫那裡繼承一筆遺產外，不久還會從一位最寵愛她的姑媽那裡繼承更大的一筆財產呢。」
「好極了，這樣就可以使克萊格太太暫時平安無事啦。」
「哦，白羅先生，你真認為這其中有什麼不對勁嗎？」
「這是我正在調查的事，你在聖所裡見過一位柯爾先生嗎？」
「上次我到那裡去有見過一位柯爾先生。他是非常奇怪的人，穿著綠色短褲，除了大白菜外，什麼都不吃。他是一個非常虔誠的信徒。」
「太好了！一切進行得很順利。我要讚揚你所做的一切，現在全準備好了。我們等著那個秋季節慶吧！」

§

「卡娜比小姐，請等一下。」
柯爾先生緊緊抓住卡娜比，興奮得兩眼發亮。
「我剛剛看到一個幻象。非常了不起的幻象，我必須告訴你不可。」

卡娜比女士嘆口氣。她有點害怕柯爾先生和他的那些幻象，有時她確信柯爾先生是個瘋子。有時她感到柯爾的那些幻象令人難堪。令她想起她之前讀過那本談論下意識思維的德文書中一些露骨的章節。

柯爾先生兩眼閃閃發亮，撇著嘴，開始激動地說：「我一直在閉眼沉思，思想著完美的生活，至高無上的完整幸福。然後，你知道，我睜開眼睛，見到了——」

卡娜比女士打起精神來，希望柯爾先生這次見到的不是他上次看到的景象。上次是一個男神和一個女神在古代的蘇美舉行一次宗教儀式的婚禮。

「我看到了，」柯爾先生朝她探著身子，大口喘著氣，眼神（真是那樣）瘋狂。「以利亞[28]先知乘著他那輛火紅的戰車從天堂下來。」

卡娜比小姐鬆了口氣，換成是以利亞就好多了。她倒不太介意以利亞。

「地面，」柯爾先生接著說，「是太陽神的祭壇，成千上萬個祭壇。有個聲音向我喊道：『看啊，把你將要看到的事記載下來吧。』」

他頓住了。卡娜比女士有禮地小聲說：「是嗎？」

「祭壇上放著那些被捆綁的祭品，等待著被殺。全是童貞女孩，上百名的處女，年輕漂亮的處女——」

柯爾先生舔了舔嘴唇，卡娜比女士臉紅了。

「接著飛來大群烏鴉，奧丁[29]的烏鴉從北方飛來。牠們和以利亞的烏鴉相遇，一起在空中盤旋，然後向下猛撲，啄食那些當成祭品的女孩眼睛。頓時一片哀嚎和吃食聲，這時忽然傳來了上帝的呼聲：『觀賞一次獻祭吧，因為從這天起，耶和華與奧丁簽下了歃血之約！』然後那些傳教士便撲向他們的祭品，舉起尖刀，屠殺那些處女——」

卡娜比女士努力甩開那個折磨她的人，後者滿腹性虐待的激情，嘴邊流著口水。

「對不起，放開我！」

她急忙走到李普斯康先生身邊。那人是青山聖所的門房，正巧路過這裡。

「對不起！」她說，「你是不是見到我遺失的一枚胸針？我可能把它掉在這裡。」

李普斯康是個未受青山聖所的優美和靈光所影響的人，只嘟囔一聲沒見到什麼胸針，尋找失物不是他的職責。他想擺脫卡娜比女士的糾纏，但她緊跟著他，嘴裡不停地嘮叨那枚胸針，直到遠離狂熱的柯爾先生後才放下心來。

這時，那位大師從那偉大的羊欄裡走了出來。他和藹的笑容增加了她的勇氣，卡娜比女士便大膽地向他說出心裡的話。

他是否認為柯爾先生有點……

28 以利亞（Elijah），公元前九世紀以色列的先知，參《聖經．列王記》。

29 奧丁（Odin），北歐神話裡掌管文化、藝術、戰爭、死亡的最高之神。

大師把一隻手放在她肩上。

「你應當祛除恐懼，」他說，「完美至善的愛可以祛除恐懼……」

「但我認為柯爾先生瘋了，他所看到的那些幻象——」

「到日前為止，」大師說，「他透過自己那雙世俗之眼還看不完全。不過，總有一天他會超脫世俗，從心靈上面對面——見到神靈。」

卡娜比女士感到侷促不安。當然，若只是如此也就罷了，她又提出一點不滿意的地方。

「此外，」她說，「李普斯康總是那麼無禮嗎？」

大師又神聖地微笑。

「李普斯康，」他說，「是隻忠誠的門犬，他是個粗人，一個沒有開化的靈魂；不過也很忠誠，完全的忠誠！」

他向前走去。卡娜比女士看到他遇到柯爾先生，停下來把一隻手搭在後者的肩膀上。她希望大師會影響那人日後看到的幻象內容。

反正，還有一個星期就是秋季節慶。

§

在那慶典的下午，卡娜比女士在紐頓伍德那個沉睡小鎮上的茶店裡會見赫丘勒·白羅。

卡娜比女士滿臉通紅，比往常呼吸更加急促。她坐在那裡啜著茶，用手指捏碎一個如岩石般堅硬的圓麵包。

白羅問了幾個問題，她都簡單回答了。

然後，他問：「有多少人參加這次慶典？」

「大約有一百二十人，埃米琳當然會在場，還有柯爾先生。他近來真的非常怪。我真心希望他別得精神病。此外還會有一些新成員，大約有二十名。」

「好。你知道你該做什麼嗎？」

沉靜片刻後，卡娜比女士用奇怪的腔調說：「我知道，你告訴過我了，白羅先生。」

「好極了！」

接著，艾美．卡娜比清楚而明確地說：「不過我不會照做。」

赫丘勒．白羅張大眼睛望著她。卡娜比女士站了起來，聲音極快又歇斯底里的說：「你派我到這裡偵查安德森博士。你懷疑他從事不法之事。但他真的是個了不起的人，一位偉大的導師。我全心全意信任他！我再也不要做什麼偵查工作了，白羅先生！我是牧羊人的一隻綿羊，大師給世界帶來一個新信息。從現在起，我的身心全屬於他所有。對不起，我付我自己的錢！」

卡娜比小姐說完這些令人尷尬的話後，啪地一聲往桌上放下一先令三便士，隨即跑出了店。

「真是活見鬼了。」赫丘勒・白羅說。

女侍者說了兩次，他才意識到她拿著帳單請他付帳。他瞥見旁邊那張桌子坐著一個模樣陰沉的男人，正在注視著他，因而不禁臉紅，付錢後匆匆走了出去。

他生氣地思考著。

§

那批羊群再次聚集在偉大的羊欄裡。宗教儀式的問答都誦讀過了。

「你們為這次聖禮做好準備了嗎？」

「我們準備好了。」

「蒙上你們的眼睛，伸出你們的右臂。」

那位偉大牧羊人身穿綠色長袍，神采奕奕地在那等待的行列中穿梭。那個只吃白菜、見到幻象的柯爾先生就站在卡娜比小姐身旁，在那枚小針刺進他的皮膚時，神往地哽咽一聲。

偉大牧羊人站在卡娜比女士身旁，他的雙手摸著她的手臂……

「不，別再刺我了。別再來這一套了……」

難以置信的話語，以前從未發生過。接著發生一陣扭打、幾聲怒吼。蒙著眼睛的綠巾都被扯了下來，看著難以相信的景象。那位偉大牧羊人，正在披著羊皮的柯爾先生和另一名教徒牢牢制服的手中掙扎。

柯爾先生原來是警方的人，他用專業聲調迅速說道：「我這裡有逮捕令。我警告你，你說的任何一句話都會作為呈堂證供。」

這時，羊欄門口站著一批人，一群穿制服的人。

「是警察。他們要把大師帶走……他們要把大師帶走……」有人喊道。大家都嚇壞了，害怕極了……對他們來說，那位偉大牧羊人是個殉道者，就像世上所有的偉大導師那樣，遭到外界無知的迫害而受難……

在此同時，柯爾警官正小心拾起那位偉大牧羊人掉在地上的那個皮下注射器。

§

「我勇敢的夥伴！」

白羅熱情地握著卡娜比女士的手，把她介紹給傑派探長。

「一流的工作，卡娜比小姐，」傑派探長說，「沒有你的協助，我們無法完成這項任務，這是事實。」

「哦，老天！」卡娜比女士受寵若驚地說，「你這樣說太客氣了。你知道，我覺得這事很有意思，滿刺激的。你知道，我扮演這個角色，有時還真的失去自制力，竟然覺得自己也是那些傻女人之一呢。」

「你的成功就在於此，」傑派說，「你是純真的，如此才能讓那位先生上當受騙！他是一個相當狡猾的流氓。」

卡娜比女士轉向白羅。

「茶店裡的那一刻太可怕了。我不知道該怎麼辦，只好當機立斷地採取行動。」

「你真了不起，」白羅熱情地說，「我當時還在想，不是你就是我喪失理智。一瞬間我還以為你真是那個意思。」

「真嚇壞我了，」卡娜比女士說，「正在密談時，我從鏡子裡看見李普斯康，就是那聖所的看門人，他就坐在我身後一張桌子旁。我不知道這是偶然，或者是他在跟蹤我。剛才我說過了，我得當機立斷，同時相信你會明白的。」

白羅微笑著說：「我確實明白。就只有一人離我們倆那麼近，那足以偷聽到我們的對話。我一走出店門就等他出來，好跟蹤他。他逕自走回聖所，我就完全明白了。你不會讓我失望，但我也擔心這事會給你增添危險。」

「真的有危險嗎？那個注射器裡面裝的是什麼啊？」

「是你，還是我來解釋？」傑派說。

白羅嚴肅地說：「小姐，這位安德森博士所從事的，是一項奪命和謀殺的計畫——科學謀殺。他大半生都在從事細菌研究。他在舍菲爾德用假名開設一家化學試驗室，在那裡培養各種桿菌。在每次慶典中，他就在他的信徒身上注射不多但足量的大麻酚，也叫印度大麻毒脂。那會讓人產生興奮歡樂和宏大的幻想，足以使那些信徒圍繞在他身旁，也就是他許諾給信徒那種神聖的歡樂。」

「真是出人意料之外，」卡娜比女士說，「真是出乎意料。」

赫丘勒．白羅點點頭。

「這是他的本質，一種愛控制人的本性。掌握造成集體歇斯底里的能力，並觀察這種藥所產生的反應。但他另外有個目的。

「那些感謝他的孤獨女人，為此一個個立下遺囑，死後都把財產捐給這個異端組織。這些女人相繼死亡。她們都死於家中，而且看起來都是自然死亡。我用不專業的術語解釋一下：培養某種細菌是可能的。譬如說，大腸桿菌就是結腸潰瘍的病因，傷寒桿菌也可以利用。肺炎球菌也是，還有那種叫作老結核菌素對健康人無害，卻會使得曾經患過結核病的人舊病復發。你明白這個人多麼聰明了吧？這些死亡發生在全國各地，由於是不同的醫生診療，所以不會引起任何懷疑。我想，他還培育一種可以延緩使人發病，卻又加劇桿菌活動的細菌。」

「如果世上真有魔鬼，他就是！」傑派探長說。

白羅繼續說下去。

「你按照我的指示對他講述你過去的結核病史。柯爾逮捕他時，那個注射器裡就有老結核菌素。因為你很健康，所以傷害不了你，這也是我要你強調自己得過結核病的原因。我一直擔心他會選用另一種細菌。但我尊重你的勇氣，只好讓你冒這個險。」

「哦，這沒有什麼關係。」卡娜比女士愉快地說，「我不在乎冒險，我只害怕草原上的動物。你們有足夠證據判那個惡棍重刑嗎？」

「證據多得很，」他說，「我們搜查到他那個試驗室，其中有他培育的各種細菌和他犯罪的全部計畫。」

「我想他犯了連續謀殺罪。他並不是因為母親是猶太人才被德國大學解雇，那只是他到這裡來所編造的藉口，這樣就可以贏得同情。我猜想他是個純種雅利安人。」白羅說。

卡娜比女士嘆口氣。

「怎麼了？」白羅問道。

「我只是在想，」卡娜比女士說，「第一次參加慶典時所做的那個美妙的夢。我想是大麻造成，我把世界安排得如此美好！沒有戰爭，沒有貧窮，沒有疾病，沒有醜惡……」

「那一定是個好夢。」傑派羨慕地說。

卡娜比女士忽然跳起來，說：「我得回家了，埃米莉一直很不放心。我聽說可愛的奧古斯想我想瘋了。」

赫丘勒・白羅微微一笑，說道：「牠可能擔心你會和牠一樣，要為赫丘勒・白羅而死呢！」

11

赫斯珀里德斯的金蘋果

The Labours of Hercules

天神宙斯和希拉結婚時，眾神送禮，女神蓋婭從海洋西岸帶來一棵結金蘋果的樹，由赫斯珀里德斯的女兒們和一條巨龍看守著。歐里斯休士國王命大力士赫丘勒斯去取金蘋果，赫丘勒斯在險途中戰勝河神涅羅士，釋放了被押在高加索的普羅米修斯，後者建議讓肩負蒼天的阿特拉斯去偷金蘋果。赫丘勒斯應允阿特拉斯離開時，以自己強有力的雙肩背負蒼天。阿特拉斯殺死了巨龍，並用計謀騙過看守的女神，摘下三顆金蘋果，但他不願再接過沉重的蒼天。大力士略施小計，讓他重新背上包袱，拾起金蘋果揚長而去。這是赫丘勒斯完成的第十一道任務。

赫丘勒·白羅沉思地望著坐在紅木寫字檯後那個人的臉。他注意到那對濃密的眉毛，透露出不正派的嘴巴，貪婪的下巴以及那雙洞察一切的敏銳眼睛。從上到下，白羅明白埃默瑞·鮑爾為什麼會成為世上的金融鉅子。白羅又把目光轉移到那雙放在寫字檯上修長的手，也明白為什麼埃默瑞·鮑爾是著名的收藏家。他在大西洋兩岸都以藝術品鑑賞家聞名於世。他對藝術品的酷愛和對古文物的感情是緊密相連。對他而言，一件藝術品光是美還不夠，他要求必須有輝煌的歷史背景。埃默瑞·鮑爾對白羅悄悄講話，聲音清晰而沉靜，比扯著嗓門大吼所取得的效果還要好。

「我知道近來你不再承辦案子了，不過我想你會願意接這個案子。」

「這麼說來，這是一樁非常重要的事情了？」

「對我來說相當重要。」埃默瑞．鮑爾說。

白羅保持著詢問的態度，腦袋歪向一邊，看起來簡直就像一隻沉思中的知更鳥。

對方繼續說：「這是一件尋找藝術品的案子。具體來說，是找回在文藝復興時期製造的一個雕花金杯。據說那是教皇亞歷山大六世——羅德里奇．鮑爾吉亞使用過的。他有時用它敬酒，讓一位受寵若驚的客人用它來飲用。那位客人，白羅先生，通常都會死去。」

「這個歷史背景挺不錯的。」白羅喃喃道。

「那個金杯的經歷總是和暴力相連。它被偷竊多次，為了占有它還曾發生過謀殺事件呢。幾個世紀以來，一連串的流血事件伴隨著它。」

「是為了它本身的價值，還是有其他原因？」

「金杯本身價值確實不凡。它的工藝精緻極了，據說是由班威努托．切利尼[30]製造。上面雕刻一棵樹，由一條嵌著珠寶的毒蛇盤繞著，樹上的蘋果是用非常漂亮的綠寶石鑲成。」

白羅表現出興趣，嘟囔道：「蘋果？」

「綠寶石相當精緻，蛇身的紅寶石也是。但是，這個金杯的真正價值當然是基於它的歷史考量。它在一九二九年由桑．維拉齊諾侯爵拿出來拍賣。收藏者爭相出價，我好不容易按

30　班威努托．切利尼（Benvenuto Cellini, 1500-1571），義大利佛羅倫斯著名的金匠、雕刻家。

當時的匯率，以三萬英鎊的高價把它買下來。」

白羅揚了一下眉毛，喃喃道：「這確實是個天價！桑．維拉齊諾侯爵真幸運。」

埃默瑞．鮑爾說：「我若真想要一件東西，便不惜一切代價弄到手，白羅先生。」

「你一定聽說過一句西班牙諺語：『上帝說，你要什麼就拿什麼，可是得付上代價。』」赫丘勒．白羅輕聲說。

那位富豪皺皺眉頭，稍微露出惱怒的眼神，冷冷地說：「白羅先生，沒想到你還是一位哲學家呢。」

「我已經到了凡事三思的年齡，先生。」

「這倒無庸置疑。但是三思並不能把我的金杯找回來。」

「你認為不能嗎？」

「我想有必要採取行動。」

赫丘勒．白羅冷冷地點點頭。

「許多人犯了相同的錯誤。不過，我請你原諒，鮑爾先生，我們已經離題太遠了。你剛才說那個金杯是從桑．維拉齊諾侯爵手裡買到的？」

「正是。但我要說的是，它在到我手中之前就被盜走了。」

「這是怎麼發生的呢？」

「那位侯爵的宅邸在出售金杯的那天晚上，被人破門而入，盜走了八、九件包括那個金杯在內的貴重物品。」

「他們對此有沒有採取什麼措施？」

鮑爾聳聳肩。

「警方當然立即著手調查。結果查獲這起竊盜案是出自一個有名的國際盜竊集團。其中有兩人，法國人叫杜普雷，義大利人叫李可維。兩人都被逮捕受了審訊，有幾件贓物從他們手裡找到了。」

「但是沒有鮑爾吉亞使用過的那個金杯？」

「是的。依照警方認定，那是由三人一起犯下的案子，除了我剛說的兩個人之外，還有一個叫派瑞．卡西的愛爾蘭人。這人習慣從屋頂侵入。杜普雷是這群人的軍師，制定做案計畫；由李可維開車，在下面等著接住從上面用繩子垂放下來的物品。」

「那些贓物是不是被分成三份？」

「很可能是。此外，找回來的幾件都是些價值不高的東西。看來，那些精品可能匆匆走私到國外去了。」

「那第三人卡西呢？沒把他緝拿歸案嗎？」

「沒有抓到他。他不是年輕小夥子，已經比以前老很多。兩星期前，他從五樓摔了下來，當場斃命。」

「在什麼地方？」

「巴黎。他試圖進入一位百萬富翁銀行家杜弗格的家。」
「那個金杯後來再也沒有露面嗎？」
「沒有。」
「也沒有被拿出來出售？」
「我確定沒有。我敢說不止警方，連一些私家偵探也一直在搜尋它呢。」
「你付的費用怎麼解決？」
「那位侯爵倒是講道理的傢伙，因為金杯是在他家失竊的，便答應把錢退給我。」
「但你沒有接受？」
「沒有。」
「為什麼呢？」
「因為我願意由自己來解決這件事。」
「你的意思是說，如果接受侯爵退回來的錢，那麼金杯要是被尋獲，就會變成他的了，但現在法定是歸你所有，對吧？」
「完全正確。」
「你所持的立場根據是什麼？」
埃默瑞．鮑爾微微一笑，說：「我看你贊同我的想法。呃，白羅先生，這很簡單嘛，因為我認為我知道那個金杯目前在何人手中。」

「這倒挺有意思，那人是誰啊？」
「魯本・羅森塔爾爵士。他不僅是收藏家，還與我有私人恩怨。我和他在好幾筆交易上是競爭對手，大致說來，我都占了上風。我們彼此的敵意在競購這個金杯時達到頂點，雙方都下定決心要擁有它，這多少也和面子有關。我們各自的代理人在拍賣中爭相喊價。」
「結果你的代理人最後出高價獲得這個寶物，是不是？」
「不完全是。我為了以防萬一，另外又雇了一名代理人，他公開的身分是個巴黎商人。你明白，我們誰也不想向對方讓步，寧願讓第三者買走那個金杯；事後我當然可以再暗中和那個第三者接觸，那又是另外一種不同的局面了。」
「其實是耍了一個小花招。」
「對。」
「這事成功了。隨後魯本爵士立刻發現自己上當受騙。」
鮑爾微微笑了。這是一種狡猾的微笑。
「現在我清楚了。你認為魯本爵士為了立於不敗之地，故意策畫了那起盜竊案嗎？」
埃默瑞舉起一隻手。
「哦，不，不！他還不至於那麼粗野。結局是——過沒多久，魯本爵士也買到一個文藝復興時期的金杯，買處不詳。」
「警方想必通報了那個金杯的形狀吧。」

「這個金杯大概不會被放在公開的展覽場所。」

「你認為魯本爵士清楚自己已經擁有了它，就心滿意足了？」

「是的。再者，我如果接受侯爵的退款，那麼魯本爵士之後也可以和侯爵私下交易，這樣金杯就合法地歸他所有了。」他停頓片刻，又說：「如今我保留了合法的擁有權，這樣就可以把它取回來。」

「你是說，」白羅直截了當地說，「你可以設法派人從魯本爵士那裡再偷回來？」

「不是偷，白羅先生。我是收回原來就屬於我的寶物。」

「我猜你沒有成功？」

「那是因為一個充分的理由：羅森塔爾沒得到那個金杯！」

「你怎麼知道？」

「因為最近出現石油股權的合併，羅森塔爾和我的利害關係一致。我們現在是盟友而不再是敵人。我坦率地和他談起這事，他當場向我保證那個金杯從來就沒到過他手中。」

「你相信他嗎？」

「相信。」

白羅若有所思地說：「那你這十年來一直像英國俗話所說，攻擊錯誤目標，白花了力氣？」

那位富豪苦澀地說：「對，這就是我一直在做的傻事！」

「那現在，一切都要從頭開始了？」

對方點點頭。

「這就是你找我來的原因？我就是你放出去嗅查難以追蹤之餘味的那隻狗——真的難以追蹤。」

埃默瑞．鮑爾懇切地說：「這事要是很容易，我也就不用找你了。當然，如果你認為這事不可能——」

他倒找對了正確的形容詞。赫丘勒．白羅頓時坐直身子，冷冷地說：「我的字典裡沒有『不可能』這個字眼，先生！我只是在自問——這事有足夠的興趣讓我承辦嗎？」

埃默瑞．鮑爾又微微一笑，說道：「你要是有興趣，儘管提出你的酬勞。」

這個矮個子朝那位大人物望了一眼，輕聲說道：「你是真的想要那件藝術品嗎？我認為不是！」

「這麼解釋好了，我和你一樣，從不接受失敗。」埃默瑞．鮑爾說。

赫丘勒．白羅低下頭說：「嗯，要是這麼說的話，我明白了……」

§

瓦格斯探長十分感興趣。

「那個金杯嗎？是的，我記得。當時我在這裡負責調查這個案子。我會說點義大利話，還曾去義大利和一些名流人物談過。但那個金杯至今沒再露面，真是奇怪之至。」

「那你做何解釋呢？私下賣掉了嗎？」

瓦格斯搖搖頭。

「我不認為如此。當然也有可能。不過，我的解釋簡單多了：那寶物被藏了起來，而唯一知道藏在哪兒的人已經死了。」

「你是指卡西嗎？」

「是的，他可能把它藏在義大利的某處，不然就是早已將它私運出這個國家。不論他把它藏在哪裡，它一定還原封不動在那兒呢。」

赫丘勒．白羅嘆口氣。

「這是一種浪漫的想法。珍珠被封在石膏模裡，那個故事叫什麼來著……『拿破崙的半身雕像』，是嗎？不過在模型裡不是珠寶，而是一只真實的大金杯。你可以想像那不太容易藏起來，對吧？」

「哦，我不知道。我想也許能。藏在地板下面……類似這樣的辦法。」

「卡西有自己的房子嗎？」

「有，在利物浦，」他笑一下。「不會藏在那裡的地板下。這點我們已確認過。」

「他有家人嗎？」

「妻子是個傳統女性，身染肺結核，對自己丈夫的行逕擔心得要命。她有信仰，是虔誠的天主教徒，卻又下不了決心離開他。幾年前她死了，女兒當了一名修女。他兒子不同，和他父親可是一模一樣。他不學好，我最後聽說他是在美國混日子。」

赫丘勒．白羅在他的小記事本裡寫上「美國」。他問道：「卡西的兒子有沒有可能知道那個金杯的藏處呢？」

「我想不會。否則早就被當贓物賣出去了。」

「那個杯子也可能被熔化了。」

「很有可能。但我不大清楚，對收藏家來說，那可是一個價值非凡的寶物。而且收藏家的不少把戲，會令你大吃一驚！」瓦格斯一本正經地說，「我認為收藏家們有時根本沒有所謂的道德觀。」

「哦！羅森塔爾爵士如果也在玩你所謂的『把戲』，你會感到驚訝嗎？」

瓦格斯冷笑一下。

「我不會責怪他。就對待藝術品這方面而言，他不算太嚴格。」

「那個集團的其他成員怎麼樣了？」

「李可維和杜普雷都被判重刑，我想他們現在也該刑滿出獄了。」

「杜普雷是個法國人，對吧？」

「對，他是那個集團的策畫者。」

「還有其他成員嗎？」

「還有一個女孩，他們一向叫她紅凱蒂。她偽裝潛入對方家裡當保母，然後打探細節，例如東西都收藏在哪兒等等。那個集團被破獲後，她逃到澳大利亞去了。」

「還有別人嗎？」

「曾懷疑過一個叫尤吉安的傢伙也是集團中人。他是名商人，總店設在伊斯坦堡，在巴黎設有分店。沒找到足以控告他的證據，不過他也是個狡猾的傢伙。」

白羅嘆口氣。他看了一眼自己的小記事本。裡面記上了美國、澳大利亞、義大利、法國、土耳其……，他嘟囔道：「看來我得束條帶子在地球繞一圈了。」

「你說什麼？」瓦格斯探長問。

「我知道了，」赫丘勒．白羅說，「辦這件案子必須周遊世界一圈。」

§

一如往常，赫丘勒．白羅和他那位能幹的男僕喬治討論著自己接辦的案子。也就是說，赫丘勒．白羅會提出想法，喬治就會用身為一位紳士身邊的忠僕在多次經歷中所得的智慧來回答他。

「如果你遇到這種情況，喬治，」白羅說，「為了調查一件案子，得周遊世界分布在各洲的國家，那可怎麼辦呢？」

「嗯，先生，坐飛機最快。儘管有人說那樣的旅途會使得腸胃不舒服，但我並不這麼認為。」

「我常自問，」赫丘勒．白羅說，「另外那個赫丘勒斯會怎麼做呢？」

「你指的是那名自行車選手嗎，先生？」

赫丘勒．白羅接著說：「人們只能簡單地問，他到底是怎麼辦到的？喬治，正確的答案是他雖然精力旺盛地四處奔跑，可是他最後還是不得不像有人說的那樣，向普羅米修斯[31]或涅羅士[32]打聽消息。」

「是嗎，先生？」喬治說，「這兩位先生我沒聽說過。他們是旅行社的人嗎？」

赫丘勒一邊欣賞自己的話，一邊接著說：「我那位雇主埃默瑞．鮑爾只知道一個原則——採取行動！不過，靠一些沒必要的行動來耗損能量是毫無益處的。喬治，生活中有一條準則，那就是別人如果能替你完成的事，千萬別自己去做！尤其是，」赫丘勒．白羅一邊補充說，一邊起身走向書架。「不必考慮所有費用的時候！」

31　普羅米修斯（Prometheus），泰坦巨神之一。他瞞著宙斯將火送給人類，幫助人類開啟文明，也因此觸怒了宙斯。宙斯將他囚禁在山上，後被大力士赫丘勒斯所救。

32　涅羅士（Nereus）是泰坦時代的海神之一，他有五十個女兒，都是海精靈。

他從書架上取下一本標有字母D的卷宗，翻到「可信賴的徵信社」那一欄。

「現代的普羅米修斯，」他喃喃道，「喬治，請替我抄下幾個名稱和地址：紐約的漢克斯徵信社、雪梨的萊登徵信社，羅馬的吉奧瓦徵信社，伊斯坦布爾的納胡姆徵信社，巴黎的羅傑徵信社。」

他等喬治寫完，然後說道：「現在，請查一下去利物浦的火車班次。」

「好的，先生。你要去利物浦嗎？」

「恐怕是的。喬治，我也會去更遠的地方。不過現在還不需要。」

§

三個月後，赫丘勒·白羅站在一塊面對大西洋的岩石上眺望大海。海鷗忽高忽低地飛翔，發出憂鬱的長鳴。空氣相當溼潤。

赫丘勒和其他初次來到伊尼什格倫的人一樣，感覺自己彷彿來到世界的盡頭。他未曾想像過在如此遙遠、如此淒清、如此荒涼的地方，到底是什麼樣子。那裡的景致很美，是種陰沉的美，屬於那種遙遠而不可想像的往日之美。在愛爾蘭西部這裡，古羅馬人的鐵蹄踐踏過。所以沒有一座加固的堡壘，也沒有修建一條完整而適用的道路。這裡是個處女地，對世界那種井然生活和常識完全茫然無知。

赫丘勒．白羅低頭看著自己那雙漆皮皮鞋的鞋尖，不禁長嘆一聲。他感到淒涼而孤獨，他的生活方式在這裡不會受到讚賞。

他的目光順著杳無人煙的海岸線望去，隨後又回到大海。遙遠的那邊是傳說中常提到的青春之地——天堂島。

他喃喃自語道：「蘋果樹，聖歌和那些金……」

猛然地，赫丘勒．白羅完全恢復了。那個令人眩暈的魔障被破除了，他又取得漆皮皮鞋和整潔的鐵灰色男裝間的協調了。

從不遠處傳來一陣鐘聲。白羅知道那種鐘聲，那是他從少年時期就很熟悉的聲音。

他連忙輕快地沿著懸崖朝上走去。大約十分鐘後，他望見山頂那幢建築物，四周圍著高牆，牆上有一扇嵌滿鐵釘的大木門。赫丘勒．白羅走到門前敲了幾下。門上有個巨大的鐵環。最後他謹慎地拉了一條生鏽的鐵鍊，門裡響起一陣鈴鐺尖銳的叮噹聲。

門上一塊小方板被推開了，露出一張臉。那是一張多疑又蒼白的臉，有點鬍碴，口中卻發出女人的聲音。赫丘勒．白羅稱為令人生畏的女人聲音。

那聲音問他有什麼事。

「這裡是聖瑪麗和天使修道院嗎？」

那女人嚴厲地說：「還能是什麼別的地方嗎？」

赫丘勒．白羅不想回答。他對著門口那條巨龍說：「我想見見修道院院長。」

那條巨龍不大情願，但還是讓步了。門閂拉開了，大門開了，赫丘勒・白羅被引到這個修道院用來接待客人的一間空房。

沒多久，一位修女安靜地走進來，腰間晃動著她的念珠。

赫丘勒・白羅出生在一個天主教家庭，他明白置身此地的氣氛。

「請原諒我來打攪你，院長。」他說，「不過，我想你這裡有一位本名叫凱特・卡西的信徒吧。」

那位院長點點頭，說：「是的，她皈依後改叫瑪麗・厄休拉修女。」

「有件事需要查證，我相信厄休拉修女能幫助我。她可能知道一些非常寶貴的消息。」赫丘勒・白羅說。

那位院長搖搖頭，面無表情地用平穩而冷漠的聲調說：「瑪麗・厄休拉修女無法幫助你。」

「我向你保證——」他頓住。

那位院長說：「瑪麗・厄休拉修女早在兩個月前去世了。」

§

在傑米多諾萬旅館的酒吧間裡，赫丘勒・白羅不太舒服地靠牆坐著。這家旅館和他想像中的不大一樣。牆破舊壞損，窗戶上兩塊玻璃也碎了，白羅一向不習慣的夜間涼風吹了進來。送到房間來的是溫水，吃下去的飯菜使他胃裡翻攪難受。

酒吧裡有五個人在談論政治。赫丘勒對他們的談話內容不甚清楚，他並不太關心這方面的事。沒多久，他發現有個人過來坐在他身旁。那人和其他人不一樣，他身上有鄉鎮窮人的特質。

他非常恭敬地說：「我告訴你，先生。培金那匹馬跑不動，沒有一丁點獲勝機會。你聽我的沒錯，大家都該聽我的話。你知道我是誰嗎，先生？阿特拉斯[33]，我就是都柏林之光的阿特拉斯，整個賽馬季都為贏家提供建議。我不是才對萊瑞家的女孩說：二十五比一——二十五比一嗎？跟著阿特拉斯你就錯不了。」

赫丘勒．白羅帶著好奇望著他，嘴裡喃喃地說：「我的上帝，這是一個好預兆！」

§

幾個小時後，月亮不時從雲層後面賣弄風情地露臉。白羅和他的新夥伴已經步行許久。

33 阿特拉斯（Atlas），希臘神話中以肩頂天的巨神，比喻身負重擔的人。

他一拐一瘸地走著，想想世上一定還有別種鞋可以穿。一定有比漆皮皮鞋更適合走在鄉間的鞋。其實喬治早已禮貌地提醒過他。

「穿一雙舒適的粗革厚底皮鞋吧。」喬治這樣說過。

赫丘勒．白羅沒有聽從他的建議，他喜歡穿漂亮考究的鞋，讓兩隻腳顯得尊貴。如今走在這條石頭路上，他才意識到有別種鞋可穿……

他的同伴突然說：「那位神父會不會因為這事而不饒恕我？我的良心可不想犯下一樁不可饒恕的大罪。」

「你只是把世事交付現代君主，盡公民義務[34]。」

他們來到修道院牆下，阿特拉斯準備完成他的任務。

他呻吟一聲，用令人心痛的低沉聲音說自己徹底給毀滅了。

赫丘勒．白羅權威地說：「安靜。你不需要肩負整個世界的重量，只是承載赫丘勒．白羅的體重罷了。」

§

阿特拉斯接過兩張五鎊的鈔票。他滿懷希望地說：「也許明早我就記不得自己是怎麼得到這筆錢的了。我現在已經不擔心奧瑞里神父不饒恕我了。」

「我的朋友，忘掉一切吧，明日世界屬於你了。」

阿特拉斯嘟囔道：「那我要押哪匹馬好呢？勤奮是匹了不起的馬，一匹漂亮的馬！還有希拉．波伊恩。七比一，那我就押牠吧。」他停頓一下，接著說：「是我在幻想，還是我確實聽見你剛才提到一個邪教神仙的名字？你剛才曾提到赫丘勒斯，天哪，明天三點半的那場賽事，還真有一匹叫赫丘勒斯的馬參加。」

「朋友，」赫丘勒．白羅說，「那就把你的錢押在那匹馬身上吧。我告訴你，赫丘勒斯從來不會輸。」

第二天還真應驗了。那匹赫丘勒斯贏得了波伊恩大獎，賭注是六十比一。

§

赫丘勒．白羅小心翼翼地打開那個包裝很仔細的包裹。先打開牛皮紙，再撥開填充物，最後掀開一層棉紙。

他把那個金光閃閃的杯子放在埃默瑞．鮑爾的寫字檯上。杯子上鏤刻著一棵鑲嵌綠寶石

34 語出基督教《聖經》，意指別讓宗教信仰影響公民責任。

蘋果的樹。

富豪深吸一口氣，說道：「恭喜你，白羅先生。」

赫丘勒．白羅欠身鞠躬。

埃默瑞．鮑爾伸出一隻手撫摸金杯的邊緣，用一根手指在它周圍比了個圓圈說：「到手了。」

赫丘勒附和道：「是你的了。」

對方嘆口氣，朝椅背上一靠，用公事公辦的語調問道：「你在哪裡找到？」

「在一座祭壇上找到的。」赫丘勒．白羅說。

埃默瑞目瞪口呆。白羅接著說：「卡西的女兒是個修女。在她父親去世時，她做了最終立誓，表明自己將終身奉獻給上帝，永遠做修女。她是個虔誠的單純女孩。那時這個金杯被藏在利物浦家中。她把它帶到修道院，我想，她是要為她父親贖罪。她奉獻出來給上帝，我想那些修女從來也不知道這個金杯的真正價值。她們大概是把它當成家族遺物給收了下來。在她們眼中，這不過是一個聖餐杯，她們也就如此使用了。」

埃默瑞．鮑爾說：「真是不可思議！」他接著問道：「那你怎麼會想到去那裡找呢？」

白羅聳聳肩。

「這是經過一次次排除各種可能的結果。最怪的事情是，沒有人曾試著賣掉那個金杯。這就說明它也許存放在一個一般價值判斷在那裡無關緊要的地方。於是我想起派瑞．卡西的女兒是個修女。」

鮑爾激動地說：「我恭喜你！現在請告訴我你的費用，我來開支票。」

「沒有費用。」

對方睜大眼睛問道：「你這是什麼意思？」

「你在童年時曾讀過童話故事吧？童話裡的國王都會問：『告訴我你想要什麼？』」

「你是想向我要什麼呢？」

「是的，不過不是錢。僅僅是個要求。」

「什麼要求？你要我告訴你股票市場的消息嗎？」

「那只是另一種形式的錢。我的要求比那簡單。」

「是什麼？」

赫丘勒．白羅把手放在金杯上。

「把這個杯子送回修道院。」

一陣沉默後，埃默瑞．鮑爾說：「你瘋了？」

赫丘勒．白羅搖搖頭。

「不，我沒瘋。你看，我要讓你看個機關。」

他拿起那個金杯，用手指用力按在圍繞金杯的那條蛇的爪子上。杯子裡面有部分金製內層就滑向一邊，露出把手上的一個小孔。

白羅說：「你看見了吧？這就是那位鮑爾吉亞教皇的飲酒杯。從這個小洞，毒藥就流入酒內。你也說過這個杯子的罪惡歷史。誰擁有它，伴隨而來的就是暴力、血腥和邪惡情感。也許下一次就降臨在你身上！」

「全是迷信！」

「有可能。但你迫切要擁有它的原因是什麼呢？不是它的美，也不是它的價值。你早已擁有上百件，甚至上千件美麗的寶物，你要得到它是為了維持你的虛榮。你決心不讓別人擊倒你。你贏了，金杯屬於你所有。何不現在做個了不起的舉動，把它安置在近十年來的安詳之地，讓它的邪惡在那裡得到淨化。它過去曾經一度屬於教堂，那就讓它回歸教堂吧。讓它立在祭壇上，再一次得到潔淨和赦免，就像我們希望人們的靈魂，也能從他們自己的罪惡中得到潔淨和赦免。」

他向前探了身子。

「讓我為你形容我找到它的地方。那是個寧靜所在，面朝大海，向著一個被遺忘的永恆美麗青春天堂。」

他滔滔不絕地往下說，簡單形容伊尼什格倫的魅力。

埃默瑞靠在椅背上，一隻手捂著眼睛。他終於開口道：「我本來出生在愛爾蘭西岸，小時候離開那裡去了美國。」

「我聽人說過。」白羅輕聲說。

埃默瑞坐直身子，目光又變得敏銳，嘴角掛著一絲笑容，說道：「你真是個怪人，白羅先生。我聽從你的建議，把這個金杯以我的名義，當作禮物送給那個修道院。真是相當貴重的禮物，三萬英鎊。那我又得到了什麼？」

白羅嚴肅地說：「那些修女會為你的靈魂祈禱。」

那位富翁展開笑容了，是一種貪婪卻又渴慕的微笑。他說：「畢竟也可以說這是投資吧。也許是我一生最好的投資……」

§

在修道院的那間會客室裡，赫丘勒·白羅重述此事的經過，把金杯還給那位院長。

她喃喃道：「告訴他，我們感謝他，會為他祈禱。」

「他正需要你們為他祈禱。」赫丘勒輕聲說。

「這麼說，他是個不幸的人？」

「他十分不幸，以至於忘了什麼是幸福；他如此不幸，連他自己都不知道自己是個不幸的人。」白羅說。

修女輕悄悄地說：「哦，那他一定是個有錢人……」

赫丘勒·白羅沒再說什麼，因為他明白沒有什麼可多說的了……

12

惡犬克爾柏洛斯

The Labours of Hercules

克爾柏洛斯是冥界哈得斯的看門狗。歐里斯休士國王命赫丘勒斯去冥界把那隻有三個頭和龍尾的惡狗帶來。他來到冥界，釋放了鐵修斯，射傷了冥王，並命他交出那隻狗。冥王滿口應允，只提出不許用武器去制服的條件。赫丘勒斯遂用兩腿緊夾狗頭，雙手卡緊狗頸，終於把惡狗制伏，帶回人間獻給歐里斯休士國王。這是赫丘勒斯完成的第十二道任務。他完成了這十二項艱難任務後，便結束了對歐里斯休士的服役，回到特拜。

赫丘勒·白羅坐在地鐵車廂裡，身子搖搖晃晃，一下子撞到這人，一下子又撞到那人。他心想這個世界上的人實在太多了！倫敦地鐵每到傍晚這個時刻（六點半），總是人滿為患。車廂裡又悶又熱，人群擠在嘈雜的空間裡碰撞。他不悅地想，全都是一群平凡無聊的陌生人。人哪！若是一大群擠在一起來看，可真是不雅觀。想找到一張機智的面孔有多難；高貴、端莊的女性也是如此稀有。女人在這種險惡的環境中，居然還能織毛線，真不知道她怎麼想的。女人打毛線時的姿態也不是最美的呈現，總是眼神呆滯地全神貫注，手指頭忙個不停！這可真需要一隻野貓的敏捷和拿破崙的毅力，才能在擁擠不堪的地鐵車廂裡奮戰不已。這也只有女人能做到。一旦她們搶到一個座位，就會從容地拿出細長的暗紅色毛線，卡達、卡達、卡達地編織起來！

白羅心想，這可真是不端莊，一點女性的優雅都沒有。他那個過時守舊的心靈，對現代生活的壓力和匆忙十分反感。周圍那些年輕女性，個個長得都差不多，一點也不嫵媚動人，全都缺少那種迷人的女性特質！他喜歡熱情如火的魅力。一個社會名媛，應是面容俏麗，善解人意又機智，身材更需姣好；尤其是個衣著極盡奢華講究的女人。從前就有過這樣的女性，但現在，現在——

車子在某站停下，人們湧了出去，把白羅擠到織衣的棒針旁；接著又湧進一批乘客，把這車廂擠得比剛才還像沙丁魚。車輛又啟動，猛地一動，白羅撞到一個拿著手提包的胖女人身上，他道了聲「對不起」，又撞回到一個高瘦男人身上。那人的公事包正巧抵住他的腰。他又道聲「對不起」。他感到自己的小鬍子再也無法神氣地鬆垮下來。簡直是活受罪！幸好下一站他就下車了。

§

這一站是皮卡地里廣場[35]，看來大概有一百五十人在這兒下車。他們像一股大浪似地被沖了出來，湧向站台。白羅被擠上一架通往地面的電梯。

35　皮卡地里廣場（Piccadilly Circus），倫敦的繁華街道，劇場和餐館集中之地。

白羅心想總算從地獄裡逃出來了。在電梯裡，有件行李從後面撞到他的大腿，令他疼得要命！

這時，有個聲音在喊他的名字。他吃驚地抬起眼睛。在對面向下的電梯上，他難以置信地看到一個從前認識的人。一個體態豐滿的女人，一頭濃密的紅色頭髮，戴著一頂小草帽，帽緣裝飾著一排羽毛鮮豔的鳥形飾物，肩上披著異國情調的毛皮披肩。

她那鮮紅的嘴張大著，濃重的異鄉口音迴盪著，顯示她的肺很健康。

「沒錯，」她喊道，「真的沒認錯，親愛的赫丘勒．白羅先生，我們一定得再見面！」

但是，命運比那各朝上下相反方向行駛的電梯更加無情。赫丘勒．白羅絲毫不差地被送上地面，薇拉．羅薩柯夫伯爵夫人卻被帶往地底下。

白羅扭著身子靠在欄杆上，朝下無奈喊道：「親愛的夫人，我在哪裡能找到你啊？」

她的回答從下面微弱地傳到他耳邊，出人意料卻又離奇地適用於那一時刻。

「在地獄……」

赫丘勒．白羅連續眨了幾下眼睛，忽然他的腳頓了頓，原來他沒留意自己已經到達地面，而忘了向前跨步。周圍的人群四下散開。在電梯旁邊，有一大群人正擠向那向下的樓梯。他要不要加入那個行列呢？這是不是那位伯爵夫人剛才所說的意思？在這擁擠時刻，人在地底下行動，無疑就像是在「地獄」裡嘛。如果這是伯爵夫人的意思，那他可真是完全贊同她的比喻。

白羅下定決心，又擠進那堆向下的人群，被送達地底深處。在樓梯盡頭，並沒有伯爵夫人的身影。白羅只好在藍、棕不同的燈光號誌中選一個方向走去。

伯爵夫人是走向貝克魯站台或皮卡地里站呢？白羅先後到這兩個地方去尋找。他被上下車的人群擠來擠去，卻始終沒有找到那位熱情豔麗的俄國女人——薇拉．羅薩柯夫伯爵夫人。

赫丘勒．白羅筋疲力盡，懊惱極了。於是再次踏上那座通往地面的樓梯，步入喧囂的皮卡地里廣場。他帶著愉快的興奮心情回到家中。

古板的矮男人追求豔麗的高女人，的確算是件不幸的事。白羅從來未能擺脫他對這位伯爵夫人的癡情眷戀。儘管他上次見到她是在二十年前，但她的魅力卻依然存在。即使現在的她濃妝豔抹，猶如一名風景畫家在表現日落，遮隱了真面目。不過赫丘勒．白羅仍然認為她是那種奢華誘人的女性代表。這個小人物仍然對貴族懷有神往之情。想起當年，她偷竊珠寶的機靈，至今令他敬佩不已。他還記得她在受到指責時，態度自若地坦誠模樣，真是一個萬中選一的奇女子[36]！如今他再次遇到她，卻又把她弄丟了！

「在地獄裡！」她說過。他確定沒聽錯嗎？她是那麼說的嗎？

她這話究竟是什麼意思呢？她指的是倫敦地鐵嗎？還是這話該從宗教方面思考？當

36 參克莉絲蒂《白羅的初期探案》中的〈雙重線索〉。

然，她自己的生活方式最終或許會使她死後下地獄……呃，她那種俄國式友善的打招呼，絕對不是在暗示赫丘勒．白羅和她會有相同的下場。

不對，一定是另有所指。她一定是指……赫丘勒．白羅突然感到十分困惑，一個多麼伶俐又多麼難以推測的女人啊！若換了另外的女人，一定會尖叫著說「麗池飯店」或「克萊麗奇飯店」。薇拉．羅薩柯夫卻不可思議地喊出：「地獄！」

白羅嘆口氣，卻沒有氣餒。他在茫然不解的情況下，次日上午採取最直接的辦法，就是問他的祕書萊蒙小姐。

萊蒙小姐長得很不好看，卻又相當能幹。在她眼裡，白羅並非特殊人物，只是她的老闆罷了，她提供他優質的服務。目前她正一心一意地整理一套新的歸檔程序，那計畫在她的頭腦深處正慢慢趨於完善。

「萊蒙小姐，能問你一個問題嗎？」

「當然可以，白羅先生。」萊蒙小姐把手指從打字機上移開，專心等候著。

「如果一位朋友提出要跟她，或者跟他……在地獄見面，你會怎麼做？」

如同往常一樣，萊蒙小姐不假思索（還是正如俗話所說——她無所不知）地說：「我想最好的辦法就是打電話訂位。」

赫丘勒．白羅目瞪口呆地望著她。

他結巴地說：「那就請你……打……電話……訂……位子……吧！」

萊蒙小姐點點頭，把電話拉到身邊。

「今天晚上嗎？」

她問道，他沒有吭聲，她理所當然地認為他同意。她輕快地撥著電話號碼。

「請接律師會堂街一四五七八號。是『地獄』嗎？我要預訂一張兩個人的桌子。赫丘勒・白羅先生。十一點。」

她放回話筒，手指又回到打字機上，臉上露出一點不耐煩的神情。她已經達成任務，老闆現在應該讓她處理手邊的事了吧。

赫丘勒・白羅卻要求她解釋。

「這個『地獄』是怎麼回事？」他問道。

萊蒙小姐看上去有點驚訝。

「哦，難道你不知道嗎，白羅先生？那是一家夜總會。剛開幕，目前生意很好，我想是由一位俄國女人開設的。我可以在今天晚上之前就為你辦妥會員身分。」

至此，萊蒙小姐表現出她已經浪費不少時間的態度，而且熟練地快速打起字來。

§

當天晚上十一點，赫丘勒・白羅走進一家夜總會大門，門上方裝置著一排一次只顯示一個字母的霓虹燈招牌。一位身穿紅色燕尾服的先生接待他，接過他的大衣。一個手勢請他走下幾階通往底層的寬樓梯。每級台階上都寫著一個警句。

第一階上寫著：「我好意奉勸。」

第二階：「勾銷往事，重新開始。」

第三階：「我可以隨時放棄。」

「真是通向地獄之路的貼切形容，」赫丘勒．白羅喃喃讚賞道，「真不賴！」

他走下樓梯。旁邊有個小水池，裡面種著紅色百合花，有座拱橋橫跨在上面。白羅從旁走過去。

左方的花崗石穴裡蹲著一隻白羅從未見過、又大又醜的黑狗！牠令人生畏地挺直蹲著，一動也不動。白羅滿心希望那狗也許不是真的。然而，就在這時，那隻狗掉轉牠那凶惡醜陋的腦袋，從黧黑身軀裡發出一聲狂吠，那聲音真讓人膽戰心驚。

這時白羅看見一個裝著小圓狗餅乾的籃子，上面寫著「賄賂克爾柏一塊！」的字樣。狗的眼睛直盯著那些餅乾，牠又低沉地吠了一聲。白羅馬上抓起一塊餅乾朝那隻大狗扔去。那張大且深的紅嘴打了呵欠，強有力的闔上嘴巴。克爾柏接受了那口賄賂，於是白羅走進一扇敞開的門。

那間房子不大，四處擺著小桌。中間是舞池，有小紅燈照著。牆上裝飾著壁畫，房間末端有個大烤爐，旁邊站著幾位廚師，他們身穿魔鬼服，後面有尾巴，頭上有角。

白羅一一看在眼裡，然後便見薇拉．羅薩柯夫伯爵夫人身穿華麗的紅色晚禮服，帶著她那種易衝動的俄國人性格，伸出雙手朝他飛奔了過來。

「啊，你真的來了，我親愛的……我最親愛的朋友，再見到你別說有多高興了。經過那麼多年，有多久了，幾年了？呃，不，不管有多少年，對我來說，就像是昨天似的。你沒變，一點也沒變！」

「你也一樣，我親愛的朋友。」白羅叫道，親吻一下她的手。

但他了解二十年畢竟是不假。羅薩柯夫伯爵夫人如今雖不能刻薄地形容全走了樣，但至少可說是驚人地改觀了。不過還有些特質沒變：朝氣蓬勃的精神，熱情享受著生活樂趣。尤其沒變的是，該怎樣奉承男人。

她把白羅拉到一張已坐有兩人的桌子旁邊。

「這是我的朋友，大名鼎鼎的赫丘勒．白羅先生。」她介紹道，「他就是壞人的剋星。我也曾經很怕他，但現在我過得相當規矩卻也十分枯燥的生活，是不是呢？」

那個聽她說話的高個子男人答道：「永遠別說枯燥，伯爵夫人。」

「這位是李斯基德教授。」伯爵夫人介紹道，「他博學多識，並且對這裡的裝潢為我提出了不少寶貴建議。」

那位考古學家補充說：「如果我事先知道你的用處，」他喃喃道，「這裡還會更令人驚喜萬分呢。」

白羅再仔細環視四周的壁畫。面前那扇牆上是奧菲厄斯[37]和他的樂團在演奏；另有歐律蒂斯[38]乾瞪著那個燒烤爐。對面牆壁上是奧西里斯[39]和伊希斯[40]兩人，好像在冥界舉辦一場古埃及划船遊會。第三面牆上是一群歡樂的男女在享受裸浴。

「這裡是青春樂土。」伯爵夫人解釋說，接著一口氣地說，以便完成她的介紹。「這位是我的小艾麗絲。」

白羅向坐在那張桌子旁邊的女人欠個身，那是一位看起來很嚴肅的女人，身穿一套格子呢套裝，戴著一副角架眼鏡。

「她非常聰明，」羅薩柯夫伯爵夫人說，「她是一位心理學家，深知病患為什麼會得精神病！那並不像我們認為的那樣，說他們就是瘋了！不對，其中還有各種不同的原因，這令我百思不解。」

那叫艾麗絲的女人和藹卻高傲地微笑著。她用堅定口吻，問教授想不想跳支舞。他顯得受寵若驚，卻有些猶豫。

「我親愛的小姐，我怕只會跳華爾滋。」

「現在演奏的舞曲正是華爾滋。」艾麗絲耐心地說。

他們起身跳舞，兩人都跳得不太好。

羅薩柯夫伯爵夫人嘆口氣，獨自沉思片刻，輕聲說：「她長得並不醜……」

「她沒有完全顯示出自己的特質。」白羅判斷道。

「坦白說，」伯爵夫人大聲說，「我不了解現在的年輕人，他們不再努力打扮。我年輕時，總是試圖挑選最適合自己顏色的衣服穿。在上衣墊個肩，胸衣在腰間束得緊一點，頭髮弄個有情趣的髮型。」

她把額頭上那綹濃密的橙紅頭髮往後理一下，不可否認她至今還努力美化自己！

「只滿足自然天性的話，太傻，也太傲慢了。那個小艾麗絲寫了不少關於性的長篇論文，我倒想知道，有哪個男人經常約她去布萊頓度週末呢？那些都是長篇大論，什麼工人福利，世界未來。是很有價值，但我倒要問問，那有趣嗎？我真要問問，這些年輕人把這個世界搞得多麼乏味，到處是清規戒律！我年輕的時候才不是這樣！」

「這倒讓我想起來了，令公子好嗎，夫人？」

說這句話時，他忽然想到時間已過了二十年，就及時用「令公子」代替「你的男孩」。

伯爵夫人的臉頓時開心起來，她帶著母性的熱情說：「我可愛的寶貝！長得很大了，

37 奧菲厄斯（Orpheas），希臘神話中的詩人和歌手，善彈豎琴，彈奏時，猛獸俯首，頑石點頭。

38 歐律蒂斯（Eurydice），希臘神話中奧菲厄斯之妻，新婚時遭蟒蛇殺死。奧菲厄斯以歌喉打動冥王，冥王准她回生，但要求奧菲厄斯在引她返回陽世的路上不得回頭看她；奧菲厄斯未能做到，結果她仍被抓回冥界。

39 奧西里斯（Osiris），古埃及的冥神和鬼判，伊希斯的兄弟和丈夫。

40 伊希斯（Isis），古埃及司生育和繁殖的女神，其形象是一個給聖嬰哺乳的聖母。

寬肩膀，英俊極了！他現在在美國從事建築業，築橋、蓋銀行、造旅館、建百貨公司、修鐵路……凡是美國需要的，他都接！」

白羅顯得有些納悶。「那他不是機械工程師，就是建築師了。」

「還不都一樣？」伯爵夫人道，「他可愛極了。成天就只關心梁柱、機械的，還有那種叫應力的東西。那全都是我一點也搞不清楚的名詞。不過我們彼此關心，我們一向相當親密。也就是為了他，我也愛小艾麗絲。他們已經訂了婚。他們是在一架飛機，或是一艘船上，或是在一列火車上相遇的，就在大談工人福利的話題中相愛。她抵達倫敦後來看我，我就真誠地喜歡上她了。」伯爵夫人把她兩隻胳臂交叉放在她的寬胸脯上：「我對她說：『你和尼基兩人相愛，所以我也愛你。你既是愛他，為什麼要把他留在美國呢？』她就談到她的『工作』、她正在寫的書和她的事業。坦白說，我根本就不在乎。不過我一向說：『應當容忍。』」她又接著說道：「親愛的朋友，你認為我這裡的創意如何？」

「極富想像力，」白羅一邊說，一邊贊同地四處環視一下。「很別致！」

這家夜總會賓客盈門，可見經營有成，這倒是無法作假。那裡有穿晚禮服的閒懶夫婦，有穿燈芯絨褲子的吉普賽人，也有穿全套西裝的商人。身穿魔鬼裝的樂隊成員在演奏狂熱的音樂。毫無疑問，「地獄」的生意好得不得了。

「我們這裡什麼人都有，」伯爵夫人說，「就該這樣對吧？地獄向所有人敞開大門。」

「大概只有窮人除外吧？」白羅暗示道。

伯爵夫人笑了。

「人家不是說富人進不了天堂嗎？那他們當然就該在地獄得到優待啊。」

那位教授和艾麗絲跳完舞回來了。伯爵夫人站起來說：「我得去和阿里斯說幾句話。」

她走去和領班、一個梅菲斯特[41]模樣的細瘦男子交談幾句，然後沿桌向客人打招呼。

那位教授擦了額頭上的汗，喝口酒，說道：「她真是個了不起的人物，是不是？大家都喜歡她。」

他道聲歉，起身走到另一桌去找人說話。白羅獨自陪著那位嚴肅的艾麗絲，看著她那雙藍眼的冷淡神情，不禁感到有些困窘。他認為她並不難看，卻察覺出她十分警覺。

「我還不知道你的姓呢。」他輕聲道。

「肯寧漢。艾麗絲．肯寧漢博士。我聽說你過去認識薇拉？」

「有二十年了。」

「我覺得她是一個有趣的研究對象。」艾麗絲．肯寧漢博士說，「我對她感興趣，也是因為她是我未婚夫的母親，不過我對她的興趣是從職業角度來看。」

「是嗎？」

41 梅菲斯特（Mephistopheles），歐洲中世紀關於浮士德傳說中的主要惡魔。

「是的，我正在寫一本犯罪心理學的書。我發現這裡的夜生活豐富多采。犯罪型的人常常光顧這裡，我和他們當中有些人談論過他們的早期生活。你當然知道薇拉的犯罪傾向，我是指她偷過東西。」

「嗯，是的，這我知道。」白羅略感驚訝地說。

「我本人把這種行為稱作喜鵲情結，總是偷閃閃發亮的東西，從不偷錢，只偷珠寶首飾。我發現她在孩童時很受溺愛，但是也被管得很嚴。生活對她來說是無法忍受的枯燥乏味——枯燥卻很安全。她的個性希望有戲劇性，渴望受到懲罰。這也就是她沉溺於偷竊行為的根源。她要顯得與眾不同，要得到受懲罰的臭名！」

「她身為俄國舊政權的成員，在革命期間，生活一定乏味但不安全吧？」白羅不同意。

肯寧漢小姐那雙淡藍眼睛微微顯露一絲感興趣的神情。

「啊，」她說，「舊政權的一名成員？她是這樣告訴你的嗎？」

「她是一名無可爭議的貴族。」

白羅堅定地說，不管伯爵夫人親口告訴他有關她早期放蕩生活所留下的某些痛苦回憶。

「人們都相信自己想要相信的事。」肯寧漢小姐說，帶著本業的目光瞧著他。

白羅立刻警覺起來。他覺得不到一分鐘她就會告訴他，他內心是什麼情結了，他決定打這場戰役。他喜歡羅薩柯夫伯爵夫人的社交圈，部分原因是在於她的貴族血統，他不打算讓這個眼鏡下長著栗子似的眼睛，有心理學學位的女人掃了他的興。

「你知道我發現什麼令人吃驚的事嗎？」他問道。

艾麗絲．肯寧漢沒多說，說她不知道，擺出一副無所謂而包容的樣子。

白羅接著說：「令我感到驚訝的是你。你年輕，如果多下點工夫，會顯得很漂亮。嗯，使我驚訝的是你卻不願意！你穿著那種有大口袋的寬上衣和厚裙子，好像要去打高爾夫球似的。但這裡和高爾夫球一點關係也沒有，這裡是華氏七十一度的地下室。你的鼻子泛油光，你卻也不上點妝，你嘴上塗的口紅絲毫不能強調你的嘴唇曲線。你是個女人，但你並不在意你的身分是女人。我要請問你，為什麼呢？真是很可惜！」

他滿意地看到艾麗絲有些人樣了，甚至看到她兩眼出現一絲氣憤的神情。接著她又恢復那種蔑視的態度。

「親愛的白羅先生，」她開口道，「我怕你已經與現代想法脫節了。重要的是本質，而不是裝飾！」她抬頭望了過去，這時有位非常英俊、深色頭髮的青年向他們倆走來。「這個人是那種最引人興趣的類型。」她熱忱地小聲說，「保羅．瓦萊斯庫。他專門當人家的小白臉，還有不少墮落的渴望！我希望他告訴我他三歲時照顧他的保母的事。」

一兩分鐘後，她就和那個青年一起共舞了。他跳得好極了，當他們跳到白羅身旁，白羅聽到她在說：「在伯格納度暑假後，她送給你一個紙鶴嗎？一隻紙鶴？別有含義哦！」

白羅一時自娛式地推測，這位肯寧漢小姐對各種犯罪類型如此感興趣，早晚會惹禍上身，殘缺的肢體會被發現在荒郊野外。他不喜歡艾麗絲．肯寧漢，他更誠實地意識到自己不喜歡她的主因，在於她居然毫不掩飾地表現出沒把赫丘勒．白羅放在眼裡！他的虛榮心徹底受到傷害。

這時，他發現另一件事，就暫且將艾麗絲．肯寧漢棄置腦後。舞池對面坐著一位年輕的金髮男子，身穿禮服，其舉止表明他是個過悠閒放蕩日子的傢伙。他的對面坐著一個沉迷奢華的女孩。他傻愣愣地凝視著她，任誰看見都會小聲說：「一對懶散的有錢人！」白羅卻深知這個年輕人既不懶散也不富有，他其實是查爾斯．史帝文斯探長。白羅認為史蒂文斯探長或許是在這裡執勤……

§

次日早晨，白羅去蘇格蘭警場，拜訪他的老朋友傑派探長。

傑派沒想到他會打聽此事。

「你這隻老狐狸！」他親暱地說，「你是怎麼知道這些情況的，我真佩服你。」

「我向你保證我什麼也不知道，只是出於好奇罷了。」

傑派說白羅的話只能去哄哄小孩子，沒人會相信。

「你想知道那個『地獄』的真實情況嗎？嗯，表面上看只是個夜總會罷了。高朋滿座賺了不少錢，儘管開銷相對也很大。那是個俄國女人在經營，聲稱自己是伯爵夫人……」

「我認識羅薩柯夫伯爵夫人。」白羅冷冷地說，「我們倆是老朋友。」

「但她只是個傀儡。」傑派接著說，「她並未投資任何金錢，但那個領班阿里斯・帕波勒卻有股份，只是我們不相信那地方真屬他持有。我們並不知道真正的所有人是誰！」

「所以你就派史蒂文斯去了解情況，對吧？」

「哦，你看見史蒂文斯了？幸運的年輕人，接了這麼一份好差事，幫忙納稅人花錢。不過他倒是發現不少事。」

「你們想在那兒尋找什麼啊？」

「毒品，大規模販毒。但是，交易不是用現金而是用珠寶首飾來換毒品。」

「是嗎？」

「就是這麼回事。那個什麼伯爵夫人的，覺得收現金很麻煩。她不願意從銀行裡提取大筆現金，她收取首飾，有的甚至是家族的傳家寶。把那些珠寶再拿到某處去『清理』或者『重新鑲嵌』——那些寶石被人從原來的基座上取下，再換上人工寶石。那些取下來的寶石，就在倫敦或歐陸市場上脫手。一切都很順利，也不會有什麼盜竊案，更不曾出現過追捕盜賊的喊叫聲。即使哪一天被人發現某件頭飾或項鍊的寶石是假的，那位東西被掉包的夫人也只是感覺茫然無知又驚惶失措。因為她不知道那上面的假寶石是何時被掉包的，尤其那條項鍊從來就不曾離開過她啊。於是可憐警察四處徒勞地追查辭退的女僕、可疑的男僕和擦玻璃的工人。

「我們才不像那些交際花所想像的那麼愚蠢！我們接二連三地接到報案，從其中發現一個共同點：就是所有來報案的女人都有吸毒的跡象，神經質、煩躁、抽搐、瞳孔放大等等。問題是她們從哪裡得到毒品？誰在經營那項非法交易？」

「你認為答案是那個『地獄』嗎？」

「我們相信那裡是這樁非法交易的總部。我們已經找到了首飾改造的地方，是家名叫哥爾康達的店鋪，專門出售高級仿製首飾。有個名叫保羅・瓦萊斯庫的混球，呃，你也認識他？」

「我在『地獄』裡見過他。」

「那是他真正出沒的地方！說他有多壞就有多壞，可是女人……就連體面的女人，也對他言聽計從！他和哥爾康達有限公司有關係。我敢肯定，他是『地獄』的幕後老闆。那裡是他物色下手對象的理想地點。三教九流的人都會去，社交名媛、職業騙子，那裡是最好的聚集點。」

「你認為那項交易，用首飾換毒品是在那裡進行的嗎？」

「是的，我們已知哥爾康達這邊的情況，我們想要另一邊——毒品那方面的情況。我們想弄清楚是誰在提供貨源，從哪兒來的？」

「到目前為止，你們還沒有頭緒？」

「我認為是那個俄國女人，但沒有證據。幾個星期前，我們本以為已經有些進展。瓦萊斯庫到過哥爾康達公司，在那裡取了幾塊寶石後就逕自去了『地獄』。史蒂文斯一直監視著他，但沒親眼見到他的行動。瓦萊斯庫離開那裡後，我們就抓了他。但他身上沒有寶石，我們臨檢了那個夜總會，把所有的人都搜查一遍。沒有寶石，沒有毒品！」

「一場慘敗，對吧？」

傑派不自在地說：「還用說！差點惹出不小的麻煩，幸好在臨檢中我們抓住了佩維瑞爾，就是那起白特西命案的主犯。純屬巧合，我們以為他逃往蘇格蘭了。我們一名警官根據他的相片把他認出來了。我們獲得表揚，對那個夜總會也反而是種宣傳，自此以後，那裡的生意就更旺了！」

白羅說：「但是，對那起毒品案的偵辦卻毫無進展。也許那裡面還有個密室？」

「一定是，可是我們沒有找到。我們把那地方徹底翻了一遍，甚至——這我們私下說就好——我們在那裡還進行過一次非法搜查，」他眨了眨眼。「是祕密進行的。想闖進那個隱蔽處，但是沒成功。我們那名臥底差點兒被那隻可惡的大狗撕成碎片，因為牠就睡在那裡守衛著！」

「啊哈，是克爾柏嗎？」

「對，給惡犬取了這麼一個俏皮的名字。」

「克爾柏。」白羅若有所思地喃喃道。

「你也來幫忙如何，白羅？」傑派建議道，「這是件有趣的案子，值得一試。我憎恨販毒這種勾當，那是在毀滅人的靈魂和肉體，真可以說是『地獄』。」

白羅沉思著說：「我一定會將它徹底揭露。對了，你知不知道大力士赫丘勒斯的第十二道任務是什麼？」

「不知道。」

「制服惡犬克爾柏洛斯。真巧，對吧？」

「我不懂你在胡說什麼，老小子，不過要記住：『狗吃人』可是個頭條新聞呢。」傑派朝後一仰，哈哈大笑起來。

§

「我想嚴肅地和你談一談。」白羅說。

時間還很早，夜總會裡空無一人。伯爵夫人和白羅坐在近門口的一張小桌旁。

「我一向不覺得你嚴肅。」她反駁道，「那個小艾麗絲倒是一向嚴肅，這話我只告訴你，我覺得那令人厭煩。我可憐的兒子尼基和她在一起能有什麼樂趣呢？什麼也沒有。」

「我對你是很有感情的，」白羅堅定地繼續說，「我不願看到你處於那種困境之中。」

「你說的話真奇怪，我現在正處於事業頂峰，財源滾滾而來啊！」

「這地方是你的嗎？」

伯爵夫人的目光變得有點閃爍。

「當然是。」她答道。

「你還有合夥人吧？」

「這是誰告訴你的？」伯爵夫人生氣地問道。

「那位合夥人是不是保羅・瓦萊斯庫？」

「噢！保羅・瓦萊斯庫！虧你想得出！」

「他有很差的犯罪記錄，你知道有不少罪犯經常來這兒嗎？」

伯爵夫人揚聲大笑。

「你真是個老好人。我當然知道，你沒發現這正是這個地方有吸引力的原因嗎？那些住在梅費爾區的年輕人在倫敦西區天天見到他們自己的同類，都感到厭煩了，於是就到這裡來見識一下各種罪犯：小偷、詐欺犯、花言巧語的騙子……甚至是某個殺人犯，就是下星期會在週末版登出來的傢伙！這多有意思。這樣他們才認為自己是在觀察生活！還有那些整天都在推銷女褲襪、長筒襪和緊身胸衣的有錢商人，也常來這兒解悶。這裡和他過的那種體面生活、交的上流朋友相比，多麼不同啊！此外令人驚喜的是，那桌坐的是蘇格蘭警場的探長，就是正在摸鬍子的。一位名副其實穿燕尾服的探長！」

「那你什麼都知道？」白羅輕聲問道。

他們倆的目光相遇，她微微一笑。

「我親愛的朋友，我可沒有你想像的那麼幼稚。」

「你在這裡也經營毒品嗎？」

「噢，那事我可不幹！」伯爵夫人厲聲道，「那是一種叫人憎惡的事！」

白羅凝視她一兩分鐘，然後嘆口氣。

「我相信你。」他說，「如果是這樣，你就更應該告訴我，誰是這兒的主人。」

「我是主人啊。」她簡短地說。

「在營業證上也許是，但你背後還有一個人。」

「你知道嗎，我的朋友，我覺得你太多管閒事了。你說他是不是太好奇了，杜杜？」

後一句話是輕聲說的，接著她就把盤子裡的骨頭扔向那隻大黑狗，牠凶狠地用牙齒使勁咬住。

「你叫那隻大狗什麼名字？」白羅放變話題問道。

「那是我的小杜杜！」

「可是牠叫這麼一個名字，還真是不大相配。」

「牠可愛極了！牠是隻警犬，什麼都會，你等著瞧！」

她站起來環視四周一下，突然從旁邊那張桌子上拿起一盤剛端上來美味多汁的牛排。她走到那個大理石壁龕前，把那盤子放在狗面前，同時嘟囔了兩句俄文。

克爾柏兩眼朝前望著，好像那塊牛排並不存在似的。

「你看見了嗎，這不僅僅是幾分鐘的事！不，牠可以這樣維持好幾小時！」

然後她又輕聲說了句話，克爾柏就閃電般地快速彎下脖子，那塊牛排就像變魔術般一下子就沒有了。

薇拉．羅薩柯夫張開兩臂抱住狗脖子，親熱地擁抱牠，但不得不踮起腳尖。

「你看牠多溫柔！」她大聲說，「對我，對艾麗絲，對牠所有的朋友都是這樣。要怎麼樣都行！不過你必須對牠說那句話才行！我還告訴你，牠可以……譬如說把一個探長撕成碎片！對，撕得粉碎！」她放聲大笑。「只要我說一句——」

白羅立刻打斷她。他不信任這位伯爵夫人的幽默感。史蒂文斯探長也許真的會面臨危險！

「李斯基德教授要和你說句話。」

那位教授不滿地站在她的手臂旁。

「你把我的那塊牛排拿走了，」他抱怨道，「為什麼要拿走我的牛排？那是一塊上等的牛排啊！」

§

「星期四晚上，老夥伴！」傑派說，「那是戰鬥開始的時刻。當然是安德魯的緝毒執行任務小組，不過他很樂意你的加入。不喝了，謝謝。不想再喝這種太甜的飲料，我得當心保護我的胃。那邊放著的是不是威士忌？那還差不多。」

他把酒杯放下，接著說：「我想我們已經識破那個謎。那個夜總會還有另外一扇通到外面的門，我們已經找到了！」

「在哪裡？」

「就在那個烤爐後面，有一部分可以被轉開。」

「但你一定會看得見——」

「不，朋友，等突擊一開始，燈就會被滅掉，過一兩分鐘再恢復。誰也不能從前門出去，因為有人把守著。不過現在弄清楚了，有人會帶毒品從祕密出口逃走。我們一直調查夜總會後面的房子，才恍然大悟。」

「那你打算怎麼進行呢？」

傑派眨眨眼。

「按計畫行事。警察出現，燈被關上；但這次有人在那祕密出口等著，看是誰從那裡出來，那我們就可以把他們逮住了！」

「為什麼要在星期四？」

傑派又眨眨眼。

「我們竊聽哥爾康達公司的內部談話。星期四會有貨從那兒運出來，是卡林頓夫人的綠寶石。」

「容許我，」白羅說，「也做一兩個小小的安排，好嗎？」

§

星期四晚上，白羅照常坐在離進口處不遠的小桌前，環視四周。「地獄」像往常那樣，生意興隆！

伯爵夫人看起來比往常妝扮得更加豔麗。今天晚上她散發俄國風味，拍著手，放聲大笑。保羅．瓦萊斯庫來了。他有時穿著無可挑剔的禮服，有時又像今晚這樣地穿著一身勁裝，緊扣著的上衣，脖子圍著圍巾，看起來又邪惡又帥氣。他從一個佩戴許多鑽石的中年胖女人身旁脫身，彎身邀請艾麗絲．肯寧漢跳舞，後者正坐在一張小桌旁忙著在小筆記本上寫字。那個胖女人惡狠狠地瞪了艾麗絲一眼，又愛慕地望著瓦萊斯庫。

肯寧漢小姐的目光中沒有絲毫愛慕，只流露出純粹研究的興趣。他們倆跳舞經過白羅身旁時，他聽到交談的隻言片語。如今她已不再打聽他保母的事，進展到探詢保羅當年就讀的私立小學女舍監的情況。

音樂停後，她坐到白羅身邊，顯得又高興又激動。

「真有意思，」她說，「瓦萊斯庫會是我那本書中最重要的一個實證人物。象徵是不會弄錯的，譬如說馬甲背心吧，因為背心象徵剛毛襯衣[42]，還帶著其他聯想……整件事情就變得很清楚了。你可以說他絕對是個犯罪型的人，不過是可以治癒的——」

「女人最愛的一個幻想，就是她能改造一名流氓。」白羅說。

艾麗絲．肯寧漢冷冷地望他一眼。

「這不是什麼個人恩怨，白羅先生。」

「從來也不是，」白羅說，「永遠是無私的利他主義，但那目標通常是一位討人喜歡的異性。譬如說，你會對我在哪兒上過小學或哪位女舍監對我的態度如何而感興趣嗎？」

「你不是那種犯罪型的人物。」肯寧漢小姐說。

「你一看到罪犯，就能辨別出他是個犯罪型的人嗎？」

「當然能。」

李斯基德也來到他們倆桌旁，坐在白羅身邊。

「你們在議論罪犯嗎？你應當研究一下公元前一千八百年的漢摩拉比法典，非常有意思，白羅先生。在火災中抓住的竊盜犯應當把他扔進火中。」他興高采烈地望著他前面的那個烤爐。「還有更古老的蘇美法典，一個妻子如果憎恨她的丈夫，並對他說『你不是我的丈夫』，人們就會把她扔進河裡，這遠比離婚法庭的判決更省錢、省事。不過若一個丈夫對妻子說這樣的話，那他只需付給她一些錢就可以打發了。誰也不會把他扔進河裡。」

「還是一樣，」艾麗絲．肯寧漢說，「對男人是一種法律，對女人則是另一種法律。」

「女人當然更喜歡金錢的價值。」那位教授沉思著說，「要知道，我很喜歡這個地方。到了夜晚我常上這兒來。我不需要付錢，伯爵夫人都為我安排好了，實在非常感謝她。她說，我對這裡的裝潢曾向她提供過建議，所以她可以免費接待我。其實這和我一點關係都沒有，我當時根本沒問清楚她問我的那些問題是要做什麼，她和那些藝術家就把事情弄砸了，我倒希望永遠沒人知道我和這種糟糕事有任何關係，我永遠也不會承認。不過，她是個很了不起的女人，我總認為她很像是巴比倫人。巴比倫女人都會經商，你知道——」

教授的話突然被一陣喊叫聲淹沒了。有人大喊一聲「警察」，女人全都站起來尖叫，現場一陣凌亂。電燈熄滅了，電烤爐也滅了。

在這場騷動中，那位教授卻安靜地背誦漢摩拉比法典的片斷內容。

燈又亮了，赫丘勒．白羅已經走在門口幾階寬梯之中，一些站在那裡的警察向他敬了禮。他走到街頭，轉到拐角那邊。一個渾身散發臭氣、紅鼻子的小個子緊靠著牆站在那裡。那人焦急而沙啞地小聲說：「我在這裡，先生。是我該工作的時候嗎？」

「是的，你做吧。」

「這裡四周有不少警察呢！」

42 剛毛襯衣是苦行者或懺悔者貼身穿的，此處喻懲罰工具、苦難的根源。

「沒關係。我已經向他們交代了你的事。」

「我希望他們別干涉，行嗎？」

「他們不會干涉。你確定能完成嗎？那隻狗可是又大又凶。」

「牠對我不會凶，」那個小個子很有信心地說，「倒不是因為我手裡有這個工具，任何一隻狗都會願意跟著我下地獄！」

「這一回，」赫丘勒．白羅輕聲說，「牠得跟著你走出地獄！」

§

次日凌晨，電話鈴響了。白羅拿起話筒。

傑派的聲音。

「是你要我回電話給你的。」

「是的，沒錯，怎麼樣了？」

「沒發現毒品，但找到了那些綠寶石。」

「在哪兒找到的？」

「在李斯基德教授的口袋裡。」

「李斯基德教授？」

「你沒想到吧？坦白說，我也弄糊塗了！他看起來像個嬰兒那樣地驚訝，瞪大著眼睛望著寶石，他說他不知道這些東西怎麼會在他的口袋裡。可是媽的，我相信他說的是實話！瓦萊斯庫在熄燈時，可以輕而易舉地把東西塞進教授的口袋裡。我想不到像李斯基德教授這樣的人竟會和這種事牽扯在一起。他是高級知識份子，他甚至和大英博物館也有關係呢！平日他唯一的花費是買書，還買那些發了霉的舊書。不是的，他不會幹這種事。我開始認為我們對整件事判斷錯誤，也許那個夜總會壓根就沒有販毒的事。」

「哦，有的，我的朋友，昨天夜裡就在那裡發生。告訴我，有沒有人從你說的那個祕密出口走出去？」

「有三個人，斯堪地伯格的亨利親王——他昨天才和他的隨從抵達英國；內閣大臣維塔米安．伊文斯——工黨成員當大臣可不容易，得特別小心！沒人理會一名保守黨政客生活放蕩，花天酒地，因為納稅人會認為他花的是自己的錢。但若是工黨的人那樣做，民眾就認為他花的是人民的錢！貝雅特．萬納夫人是最後一人，她後天就要嫁給那位年輕而自命不凡的萊姆斯特公爵。我想這群人不會有誰捲入這起案子。」

「你說得對。不過毒品就在夜總會裡，有人把它拿出夜總會了。」

「是誰？」

「是我，我的朋友。」白羅輕聲說。

他把話筒放回原處，切斷了傑派氣急敗壞的喊聲。這時門鈴響了，他走過去把前門打開。羅薩柯夫伯爵夫人儀態萬千地走了進來。

「要不是我們年紀太老了，唉，傳出去可不太好！」她喊道，「你看，我是按照你寫的字條來這裡。我猜有個警察跟在我後面，不過他可以留在街上。現在，我的朋友，告訴我，是什麼事？」

白羅殷勤地幫她解下狐皮圍巾。

「你為什麼要把那些綠寶石放在李斯基德教授的口袋裡？」他說道，「你這樣做，很不好！」

伯爵夫人的眼睛瞪得圓圓的。

「我當然是想把那些綠寶石放進你的口袋裡呀！」

「噢，放進我的口袋？」

「當然，我急忙跑到你坐的那張桌子前，但當時燈滅了，我可能不經意地放進了教授的口袋裡！」

「那你又為什麼要把偷的綠寶石往我口袋裡放呢？」

「我當時想，得趕快想個法子，你明白，該怎麼辦才好！」

「說真的，薇拉，我真是拿你沒辦法了！」

「可是，親愛的朋友，你為我想想嘛。警察來了，燈又滅了。我們請來了那些貴賓，可不能叫他們受害。這時有隻手從桌上把我的手提包拿走了，我又搶了回來，隔著絲絨我摸到裡面有個硬物，我把手伸進去，一摸就知道是珠寶，我立刻就明白是誰放進去的！」

「哦，是嗎？」

「我當然知道，就是那個流氓。那個追逐有錢太太、遊手好閒的混球，那個惡魔、雙面人、騙子、毒蛇……保羅．瓦萊斯庫！」

「就是『地獄』中你的合夥人嗎？」

「是呀，他是那裡的所有人，是他出錢開設的。直到如今我都沒有背叛他，我是說話算話的。可是現在他居然出賣我，想把我捲入糾紛。哼，我現在要把他的事抖出來，對，全抖出來！」

「冷靜點，」白羅說，「現在請跟我到旁邊那間房間去一下。」

他打開房門。那是一間小房間，可是似乎讓人感覺裡面竟被一隻大狗占滿整個空間了。克爾柏在「地獄」那麼寬敞的地方都顯得巨大無比，更何況在白羅這公寓裡的小飯廳，那裡感覺除了狗之外，什麼都放不下了。不過，裡面還有那個渾身臭味的小個子。

「我是按照計畫到你這裡來的，先生！」那個小個子沙啞地說。

「杜杜！」伯爵夫人嚷道，「我的寶貝杜杜！」

克爾柏用尾巴拍打著地板，但它沒有移動。

「讓我為你介紹一下。威廉．希格斯先生，」白羅大聲喊著，好蓋過克爾柏尾巴拍地板雷鳴般的響聲。「他是箇中好手。在昨天晚上那陣喧囂中，」白羅接著說，「希格斯先生誘導克爾柏跟隨他走出了『地獄』。」

「你把牠引誘出來？」伯爵夫人難以置信地望著那個身材矮小的小人物。「你是怎麼辦到的？」

希格斯先生窘得兩眼看地面。

「他不太願意在一位女士面前說這種事。不過有件東西是任何一隻狗都無法抗拒的。任何一隻狗，只要我要牠跟隨我，就會和我到任何地方去。當然，你明白，這辦法對母狗不起作用。對，方法不同，就是這樣。」

伯爵夫人轉向白羅。

「為什麼呢？為什麼？」

白羅慢慢說：「一隻受過訓練狗，含在嘴裡的東西不接到命令就絕不鬆口。牠可以含在嘴裡好幾個鐘頭。你現在讓你那隻狗把嘴裡的東西吐出來，好嗎？」

薇拉．羅薩柯夫瞪大眼睛，轉身清脆地喊出兩句話。

克爾柏張開巨大的嘴，那情形可真嚇人。彷彿舌頭要從嘴裡掉出來似的。白羅走上前，拾起一個用粉紅防水袋包著的小包。他把它打開，裡面是一包白粉末。

「這是什麼？」伯爵夫人尖聲問道。

白羅輕聲說：「古柯鹼。看起來就這麼一點，可是對那些願意付錢的人而言，它卻可以值好幾萬英鎊……足夠為成千上萬的人帶來毀滅和災難……」

她倒抽一口氣，叫道：「你認為我——那不是我做的，我發誓那不是我做的！過去我曾收藏些珠寶首飾、古玩、小珍品什麼的解悶。你明白，那是為了幫助別人生活。但我也真的覺得，憑什麼一個人該比別人擁有得更多？」

「正像我對狗就有那樣的感覺。」希格斯先生插嘴道。

「你不能判斷是非。」白羅難過地對伯爵夫人說。

她接著說：「可是毒品，不！那種東西會造成災難、痛苦、墮落……我沒想到，一點都沒想到，我那個討人喜歡、受人歡迎的『地獄』，竟被人利用來幹這種勾當！」

「我同意你對毒品的看法。」希格斯先生說，「可是用獵犬販毒，那可太卑鄙了！我永遠也不會幹那種壞事，過去也從來沒有。」

「可是你說你相信我的，我的朋友。」伯爵夫人向白羅央求道。

「我當然相信你！所以我花費心思抓出那個真正的毒販。我為了執行大力士赫丘勒斯的第十二道艱巨任務，設法把克爾柏帶出『地獄』來證明我的努力。因為我要告訴你的是，我不願見到我的朋友遭到誣陷。是啊，遭到誣陷。因為如果事情爆發，你是要背這個黑鍋的！因為到時候會在你的手提包中搜出綠寶石。又有誰能像我有足夠聰明會懷疑毒品是藏在一隻凶狠的狗的嘴裡？這隻狗又屬於你，對吧？即使牠也已經認可小艾麗絲到了聽從她命令的地步，你還是有口難辯！對，你現在總算可以睜開眼睛明辨是非了。一開始我就不喜歡那個滿口科學術語、身穿大口袋上衣和裙子的年輕女人。是啊，大口袋。對自己的儀表如此不留意的女人，這就不尋常了！她還對我說重要的是本質！啊哈，本質就是那些口袋，那些她可以帶來毒品而取走珠寶的口袋嘛！這項小小交易可以在她和同夥跳舞時輕而易舉地進行，而她卻裝作把那個舞伴當作一個心理研究對象。啊，這種偽裝真是太棒了！誰也不會懷疑這位擁有醫學博士學位、戴眼鏡、認真研究的心理學家，會偷運毒品入境，誘使那些有錢病患吸毒成癮，然後出資開設一家夜總會，並且安排好由一個過去有瑕疵的女人經營！但她藐視赫丘勒．白羅，她以為自己可以用談論童年時代的保母和馬甲背心等鬼話來哄騙他。反正，我等著她就是了。

「燈一滅，我就連忙起身站到克爾柏旁邊去。在黑暗中，我聽見她走過來，打開牠的嘴，把那個小包塞進牠的嘴中，我就小心地不被她發覺，輕巧地用一把極小的剪刀剪下她袖子上的一小塊衣料。」

他戲劇性地舉起一片衣料。

「你看，和她的上衣同樣的格子呢。我會把它交給傑派，讓他去找它原來的主人核對，然後就把她逮捕歸案，而且再一次宣稱倫敦警察有多麼聰明！」

伯爵夫人目瞪口呆地望著他。突然她像燈塔的信號那樣尖而響地慟哭起來。

「那我的兒子──我的尼基，這對他會是個很大的打擊──」她停頓一下，問道：「你認為不會那樣嗎？」

「美國有得是女孩。」赫丘勒．白羅說。

「要是沒有你，他的母親就會被關進監獄，頭髮全被剪掉地坐在牢房裡，到處充滿消毒藥水的臭味！哦，你真太可愛了——太可愛了。」

她站起來撲向前去，把白羅摟到懷裡，使出斯拉夫人的熱情緊緊擁抱他。希格斯先生讚賞地觀望著，大狗克爾柏使勁地用尾巴敲著地板。

在這一片歡樂中，忽然響起門鈴的顫聲。

「傑派！」他從伯爵夫人的擁抱中脫身出來。

「也許我到隔壁那個房間去更好些！」伯爵夫人說。

她溜進那扇門。白羅去開門。

「先生，」希格斯關心地喘著氣說，「你最好先照照鏡子，看看你的那副模樣！」

白羅照辦了，退了回來。口紅和睫毛膏把他的臉抹得一塌糊塗。

「如果來人是蘇格蘭警場的傑派，一定會往壞處想，一定的。」希格斯先生說。

門鈴又響了一聲，白羅趕緊擦掉鬍子上的口紅。希格斯又問一聲：「我現在怎麼辦——也走開嗎？這隻地獄大狗怎麼辦？」

「如果我沒猜錯的話，」赫丘勒．白羅說，「把克爾柏帶回地獄去吧。」

「就依照你的話做。」希格斯先生說，「說也奇怪，我還真喜歡上這隻狗了。但牠不是我想收留的那種，沒辦法好好養著，實在太花錢了，如果你明白我的意思。想想看，我得花多少錢買牛肉和馬肉養活牠啊！我想牠就像一頭小獅子那樣能吃。」

「從扼死涅墨亞獅子到制服惡犬克爾柏洛斯，」白羅喃喃道，「全都完成了！」

§

一星期後，萊蒙小姐給主人拿來一張帳單。

「對不起，白羅先生。我要不要照付這筆款子？麗奧諾拉花店，紅玫瑰，十一英鎊六便士。送至西中央一區終端街十三號『地獄』，薇拉．羅薩柯娃伯爵夫人。」

赫丘勒．白羅的臉刷一下像朵紅玫瑰般地，連脖子都紅了。

「照付，萊蒙小姐。是對一個喜慶，嗯，表示的一點小意思。伯爵夫人的兒子剛在美國和他上司的女兒訂婚了，她父親是一位鋼鐵大王。我好像記得伯爵夫人最喜歡紅玫瑰。」

「不錯。」萊蒙小姐說，「但這個季節的玫瑰價格相當昂貴啊。」

赫丘勒．白羅挺直身子。

「有些時候，」他說，「不要太過節約。」

他哼著歌，走出房門，腳步輕快地差點跳了起來。萊蒙小姐呆視著他的背影，忘記自己要做的那套歸檔程序。女人的天性一下子在她心中給激發了。

「老天，」她喃喃道，「我真懷疑，說真的，都一大把年紀了！不過……當然不會……」

專文推薦

藏在日常細節中的冒險

楊照（作家）

一開始，就都在那裡了。

一九二〇年，阿嘉莎．克莉絲蒂出版了《史岱爾莊謀殺案》，神探白羅就已經退休了。而且在這個案子裡，藉由敘述者海斯汀的轉述，就鋪陳出克莉絲蒂小說最基本的偵探原則：

「那些看來或許無關緊要的小細節……它們才是重要的關鍵，它們才是偉大的線索！」

「豐富的想像力就像洪水一樣，既能載舟亦能覆舟，而且，最簡單直接的解釋，往往就是最可能的答案。」

「沒有任何謀殺行為是沒有動機的。」

還有，一個不討人喜歡的死者，一群各有理由不喜歡死者、因而也就都有殺人動機的人，這些人彼此之間構成複雜的關係，有的互相仇視，有的互相愛戀，麻煩的是，有些愛人其實貌合神離，有些仇人其實私下愛慕；更麻煩的是，不論是愛或是仇，都有可能是扮演出來的。

一個外來的偵探必須周旋在這些嫌疑者之間，從他們口中獲取對於案情的了解，換句話說，他必須在很短的時間內，搞清楚誰是誰、誰跟誰吵架、誰跟誰偷情，然後判斷誰說的哪一句是實話、哪一句是謊言。常常謊言比實話對於破案更有幫助。

再偷偷透露一下，如果要和小說裡的凶手及小說背後的作者鬥智，就像克莉絲蒂對英國社會的了解，祕訣就在於要去追究小說裡的人物背景，尤其是他們的階級地位。基本上，階級地位愈高、權力愈大、愈有錢者，說的話就愈不要相信。例如在《史岱爾莊謀殺案》中，僕人、園丁說的話遠比有頭有臉的人說的要可信多了。就算要說謊，他們的謊言也比較天真，而且往往出於善良動機。當你歸納線索時，就會知道他們並非故意說謊，那是因為他們的認知受到蒙蔽或誤導，而你慢慢就從這蒙蔽或誤導中被引導到真相。

《史岱爾莊謀殺案》出版那年，克莉絲蒂三十歲，但書稿其實早在五年前就寫好了，畢竟要找到有人願意出版一個看來再平凡不過的家庭主婦寫的小說，並不是那麼容易。

所有和克莉絲蒂接觸過的人，都對於她的「正常」留下深刻印象。她看起來就和她那個年紀的典型英國家庭主婦一樣，害羞、靦腆，只能在社交場合勉強跟人聊些瑣事話題，完全無法演講，甚至連只是站起來對眾賓客說幾句客套話，請大家一起舉杯，她都做不到。她不演講，也很少答應接受採訪，就算採訪到她也很難從她口中得到有趣的內容。她會講的，幾乎都是記者本來就知道、或者自己就可以想得出來的。

例如說白羅這個神探的來歷。克莉絲蒂回答：他應該是個外國人，這樣就能在英國日常生活中看出英國人自己看不出的線索。她自己碰過的外國人，只有第一次大戰剛爆發時到英國避難的比利時人。比利時警察怎麼能跑到英國來？那一定是因為他已經退休了。他有潔癖，所以對於現場會有特殊的直覺，馬上感受到不對勁的地方。一個有潔癖的人，好像應該長得矮小些才相稱，一個矮小有潔癖的人最適當的名字，就是希臘神話裡的大力士「赫丘勒斯（Hercules）」，製造出荒唐的對比趣味。那白羅這個姓是怎麼來的呢？克莉絲蒂很誠實地說：「我不記得了。」

一切都如此順理成章，一切都如此合邏輯，不是嗎？有記者問她怎麼看自己的舞台劇〈捕鼠器〉，創下了英國劇場、甚至全世界劇場連演最多場紀錄的名劇？克莉絲蒂的回答也還是中規中矩，合理合節：那是一齣小戲，在一個小劇院演出，成本很低，任何人想到了都可以帶家人或朋友去看，老少咸宜，並不恐怖，也不特別荒謬打鬧，可是又什麼都有一點，包括恐怖和荒謬打鬧的成分。

她的身上找不出一點傳奇、怪誕色彩，那她為什麼能在五十年間持續寫偵探小說，創造了那麼多謀殺，還創造了那麼多詭計？

首先因為她是女性，以及她的身世，包括她的階級身分，使得她在描寫故事場景時比一般男性作者來得敏感。因為在她之前的偵探推理小說男性作家的階級身分都是高高在上，基本上他們會從較高的角度看社會，比較看不到底層的感受。

而她的婚變以及婚變中遭逢的痛苦，都使她更能體會與觀察，將英國社會的複雜細節融入小說的核心情節，讓探案與線索分析結合在一起。

克莉絲蒂一生結過兩次婚，第一次在一九一四年，婚後不久，丈夫就參加了歐戰，是英國皇家空軍最早一批飛行員。一九二六年，這個丈夫有了外遇，直率地向克莉絲蒂要求離婚，在那之前，克莉絲蒂的媽媽才剛過世，雙重打擊之下，又遇到車子無法發動，克莉絲蒂崩潰了，她棄車而走，忘記了自己究竟是誰，躲進一家鄉間旅館，登記時寫了她心裡唯一有印象的名字——她丈夫情婦的名字。

離婚後，一次在晚宴中，有人提起近東烏爾考古的最新收穫，克莉絲蒂就取消了原定要去西印度群島的計畫，改訂了跨越歐洲到君士坦丁堡的「東方快車」，是的，就是這趟旅程給了她寫《東方快車謀殺案》的靈感。不過更重要的是，在烏爾，她認識了一位年輕的考古學家，比她小十四歲，這個人後來成了她的第二任丈夫。

這位考古學家陪她去參觀在沙漠中的烏克海迪爾城，卻在沙漠中迷路困陷了。幾小時中克莉絲蒂卻沒有一點驚慌不安，當下考古學家就決定要向她求婚。

原來，克莉絲蒂的內心是有這種冒險成分的。要不然她不會兩次選到的，都是喜愛冒險的丈夫，而她本身大概也不會吸引一個在各種危險情境下挖掘古代寶藏的人，讓他願意向一個大他十四歲的女人求婚。

這樣說吧，維多利亞時代後期的英國環境，壓抑限制了克莉絲蒂冒險、追求傳奇的內在衝動，她只好將這樣的衝動寄託在丈夫和寫作上。她一邊陪著第二任丈夫在近東漫走，一邊在小說中寫各式各樣的謀殺與探案。謀殺和探案都是冒險，還有，偵探偵查中做的事——蒐集線索，還原命案過程——其實和考古學家的考掘，如此相似！

克莉絲蒂寫得最好的，正是「藏在日常中的冒險」。她個性中的雙面成分，造就了特殊的偵探魅力。既嚮往非常傳奇，卻又有根深柢固的日常邏輯信念，兩者都在克莉絲蒂的小說中扮演了重要角色。她的謀殺案幾乎都和日常習慣緊密編織在一起，日常環境成了凶手最重要的掩護。有些日常規律明顯地被破壞了，讓我們很自然以為那會是謀殺的線索，沿著這些線索形成了閱讀中的推理猜測，然而白羅早就提醒了，真正重要的反而是那些「細節」，也就是看來像是依隨日常邏輯進行的事，或說藏在日常邏輯中因而不被看重的事，那裡要嘛藏著凶手的核心詭計、煙幕，要嘛藏著凶手致命的破綻。

凶案的構想，就是如何讓異常蓋上日常、正常的面貌，又如何故意將日常、正常予以扭曲，製造假象；那麼偵探要做的，就是如何準確地在日常中分辨出真正的異常，將假的、明顯的異常撥開來，找出細節堆疊起來的異常真相。

此外，克莉絲蒂的小說裡隱藏著極其曖昧的情感價值觀，最典型、最有名的就是《東方快車謀殺案》。透過追查過程，讓讀者知道為什麼凶手要訴諸於這種手段，其動機具有可同情之處，再加上克莉絲蒂對身分階級的觀察，她比較相信或讓讀者相信那些沒有權力、地位的人，隨著偵查節奏去認識可能或必須懷疑的人。克莉絲蒂最擅長營造「多重嫌疑犯」的小說特質，因為讀者在閱讀時必須被迫去認識很多不一樣的人。在她最受歡迎的作品，大概都具備這樣的特質。

當然，她的作品中還有兩個最突出的神探，即白羅和瑪波。白羅是比利時人，但為什麼必須是外國人？這是因為英國人具有高度階級意識，這種觀念一路滲透到所有互動細節，包括人與人之間如何說話。而白羅因為不是英國人，他會發現一般英國人不太看得出來的東西，以及兩個人互動的方法哪裡不正常。至於瑪波為什麼得是老太太？她一如那個年代的老人家，總是靜靜坐著打毛線，因為不起眼，自然讓人放鬆防備，所以瑪波探案的線索都是來自於這樣的互動模式。

然而，白羅有很明顯的優勢，瑪波的身分使她基本上只能進行「靜態」的辦案，案子的空間受到侷限，白羅卻可以跨越各種空間，恣意揮灑。而且白羅擁有警官身分，可以合理出現在各種犯罪現場，瑪波能出現的地方，相形之下就勉強、不自然多了。白羅是明白的outsider，在英國，只要他出現，就會覺得有外人在而感到緊張，於是很容易露出平常不會表現的行為；瑪波則看起來是insider，但實質上是outsider，因為總是沒人發現她、當她空氣人。這兩人的探案，是兩個極端。雖然讀者最愛白羅，但克莉絲蒂自己偏愛瑪波勝於白羅。

不管後來的偵探、推理小說發展了多少巧妙詭計，克莉絲蒂卻不會過時，因為她的推理如此密切地和日常纏繞在一起；活在日常中，我們就無可避免被克莉絲蒂的「日常細節推理」吸引，隨時讀來都充滿驚奇趣味。

名家盛讚克莉絲蒂（依推薦時間排序）

金庸（作家）

克莉絲蒂的寫作功力一流，內容寫實，邏輯性順暢，也很會運用語言的趣味。閱讀她的小說，在謎底沒有揭露之前，我會與作者鬥智，這種過程非常令人享受。其作品的高明之處在於：布局的巧妙完全意想不到，而謎底揭穿時又十分合理，讓人不得不信服。

詹宏志（作家、PChome 網路家庭董事長）

推理小說在從先輩柯南．道爾等人的發明中出現力量時，誕生了一位《天方夜譚》故事中每天說故事說個不停的王妃薛斐拉．柴德，也就是「謀殺天后」克莉絲蒂，整個世界對聽這些故事才有如此的熱情。他們捨不得睡覺，每天問後來還有嗎、還有嗎，永遠不肯離去，這就是克莉絲蒂對推理小說的最大貢獻。

可樂王（藝術家）

所謂「克莉絲蒂式」的推理小說，就是一場和一個天才的寫作者或高明的恐怖份子在紙上捕捉捉殺的戰事。即便是一列火車、一處飯店或一間酒吧，在克莉絲蒂寫來皆充滿神祕和猜謎。在人生適合的下午裡，我總是一面嚼著口香糖，一面跟著矮子偵探白羅穿梭謀殺現場，克莉絲蒂的推理作品無疑是推理世界中最充滿「魔術性」的小說。

吳若權（作家、節目主持人）

我從小就對推理小說情有獨鍾，克莉絲蒂一系列的作品尤其令我愛不釋手。多年來，閱讀推理小說的經驗讓我覺悟：讀者在文字情節中推展開來的驚嘆，不只是因緣於故事的本身，而是自我性格的投射。從這個觀點來看克莉絲蒂一系列的作品，她簡直就是洞徹人性的算命師。而讀者，在她的文字中，發現了自己無可奉告的命運。

藍祖蔚（國家電影及視聽文化中心董事長）

做過藥劑師，難免懂得毒藥；嫁給考古學家，難免也就嫻熟文明的神祕；再加上曾經失蹤九天，一切不復記憶的離奇經驗，的確提供了寫作靈感，但若少了想像力，那些片羽靈光縱使辛辣如辣椒，卻不足以成菜。

推理小說重布局、重人物描寫，克莉絲蒂最厲害的卻是犀利的人性觀察，她一手創造的白羅探長，潔癖個性完全和她相反，更將她所憎厭的人格特質集於一身，殊不知，唯有不對著鏡子寫作，才能夠跳出框架與制式反應，開闢無限寬廣的新世界，建構多面向的詭異迷宮。

看完她的小說，你只會更加訝異，到底是什麼樣的心靈才能成就這般視野？

李家同（作家、前暨南大學校長）

克莉絲蒂的整體布局十分細膩，最後案情也都講解得非常詳細，回頭去看，在書中都找得到線索。故事的情節與內容也很好看，不是像一個流氓在街上被殺掉那麼單調。……看小說應該要花腦筋、要思考，從小就要養成思辨的能力，看她的小說，就是對邏輯思考能力極佳的訓練。

袁瓊瓊（作家）

雖然被公認是冷靜理性的謀殺天后，但是在理性之下，克莉絲蒂的底色依舊是感情。克莉絲蒂很明白，所有的慾望之後，都無非是某種愛情。在以性命相搏的犯罪世界裡，凶手以終結他人的性命來遂私欲，不過是為了成全自己的愛，或者是成全自己的恨。

鄧惠文（精神科醫師）

以推理小說作家而言，克莉絲蒂的風格相當獨樹一格。她的偵探在辦案時，靠的不光是科學證據的搜集，而是大量運用犯罪心理學，及對人性的深刻了解。例如在《五隻小豬之歌》中，白羅便是藉由聽取嫌疑犯訴說案情時所不自覺顯露的主觀意識及中心思想，而看出其中破綻，找出真凶。白羅是靠腦袋辦案，以心理層面去剖析案情，即使人們敘述的是同一件事，他可以聽出不同角色因出發點及看待角度不同所透露的情緒觀感，從而抽絲剝繭，還原事實真相。

克莉絲蒂所塑造的人物也生動且各具特色，不同個性所出現的情緒反應描寫，皆細膩而準確，讓讀者產生豐富的想像空間，一展卷便欲罷而不能。

吳曉樂（作家）

克莉絲蒂使用的語言平易近人，主要是以角色與情節的對應來斧鑿出故事的深度，堆疊出讓讀者回味的迂迴空間。而她筆下的角色往往性別、階級、性格、族群各異，塑造出多元又豐富的人物群像。

文學作品不問類型，若要流傳於世，最終仍得上溯至「人性」的理解與反思。而阿嘉莎．克莉絲蒂的作品中，我們可以看到人類屢屢得和自己的人生討價還價，或千方百計讓主觀意識與客觀條件達成某種程度的整合，讀者在重建人物的心理軌跡時，也見識到自身的是非成敗，我認為，這也是克莉絲蒂的作品能夠璀璨經年、暢銷不衰的主因。

許皓宜（心理學作家）

克莉絲蒂筆下的故事看似在談人性的醜惡，實則像一位披著小說家靈魂的心靈引導者，用她的文字訴說著人們得不到「愛」時的痛苦。於是在故事終了的剎那，你不得不對人生多了幾分「看透感」：原來，我們心裡的那些痛苦、報復與自我折磨的慾望，不是因為「憤恨」，而是起於對「愛的失落」。這或許是我們在情感世界中最珍貴且深刻的一種覺察了。

推理小說荒謬驚悚嗎？不，它其實很寫實。它幫我們說出心裡的苦、怨、醜陋的慾望，於是，我們可以重新學習愛了。

一頁華爾滋 Kristin（影評人）

從有記憶以來，閱讀克莉絲蒂最迷人之處往往不在真正的凶手是誰，而是在於「Why」（為什麼）與「How」（如何進行），在於人性與心理描摹的故事肌理。依循其書寫脈絡，會發覺不只是邏輯清晰、布局縝密、著重細節，她總能完美掌握敘事節奏，書中人物彷彿真實存在般鮮明躍然紙上，讀者情緒會隨精準文字保持流轉、跳動、收放，掩卷時並無太多真相水落石出的暢快，反倒淡淡的惆悵化為餘韻襲上心頭，原來還是種種意料之外，卻屬情理之中的人性盲目使然。私以為，那成就了克莉絲蒂的推理故事之所以無比迷人的主因之一。

冬陽（推理評論人）

雖然阿嘉莎．克莉絲蒂的作品並非我的推理閱讀啟蒙，卻是養成閱讀不輟的重要推手。首先，她無庸置疑是個說故事能手，打開我名為好奇的開關；其次是設計犯罪事件的巧妙多元，既日常又異常，凶手更是叫人意想不到。沒錯，我相信每個當讀者的都忍不住想破案，想早偵探一步識破詭計，或者像考試結束鈴響前一秒，瞎猜都要指著某個角色大喊「你就是犯人」！然後會忍不住作弊——不是翻到最後幾頁窺探真凶身分，而是往前翻查讓人起疑的段落、偵探顯然掌握重要線索的時刻，直到忍不住豎白旗投降，看神探（我知道啦，真正把我要得團團轉的聰明人是作者）頭頭是道地分析我遺漏錯置的片片拼圖，終於看清真相全貌。這，就是偵探推理，我因此熟悉遊戲規則、沉醉在每一場迷人故事裡，成為這個類型書寫的俘虜，享受至今不疲的美好滋味。

石芳瑜（作家、永樂座書店店主）

布局細膩、處處留下線索，破案解說詳細，說明了這位安靜、害羞的推理小說女王心思縝密，且充滿想像力。密室殺人，完美犯罪，《東方快車謀殺案》不愧為古典推理小說的經典。再加上神祕的東方色彩，隨著火車抵達的迫切時間感，連非推理小說迷都會神經拉緊，讀完大呼過癮。

家庭主婦缺少人生經驗？處女座的阿嘉莎．克莉絲蒂充分展現她過人的寫作天分，靠得是從小開始的閱讀，以及對偵探小說的著迷。三十歲寫下第一本偵探小說《史岱爾莊謀殺案》的克莉絲蒂，在那個時代並不能說是「早慧」，但寫作生涯五十五年中，共創作了八十部偵探小說，卻令人難以企及。這位害羞靦腆的小說女神，大概是相信只要有足夠的理由，每個人都有殺人的可能！

余小芳（暨南大學推理研究社指導老師、台灣推理作家協會常務理事）

學生時代加入推理社團，社課指定讀物便是經典作品《一個都不留》，成為我對克莉絲蒂的初步印象，自此沉浸於推理小說的世界。隔年寒假陪同學參與轉學考，在斜風細雨的走廊中，滿足讀完《東方快車謀殺案》。隨著歲月遠走，已昇華成趣味回憶。

踏入推理文學領域需要認識的作家，阿嘉莎．克莉絲蒂絕對名列其中，她的作品常有英國小鎮風光、莊園式的謀殺、設備豪華的交通工具等，還有特色鮮明的偵探活躍其中。書中少有血腥、暴力的橋段，布局巧妙且結構嚴密，手法純粹、知性，故事內容與人物性格融為一體，以高超的想像力結合說好故事的能耐，為推理小說開創新局面。克莉絲蒂推理全集重編改版，值得新舊讀者一起探索。

林怡辰（國小教師、教育部閱讀推手）

多年後，還是難忘第一次閱讀阿嘉莎．克莉絲蒂作品的感動和激動。這套將近一世紀的作品，文筆流暢，邏輯縝密，過程中不斷與作者較量、猜出凶手，直到最後解答不禁佩服，蛛絲馬跡處處展現作者的精妙手法，於是又拿起另一部作品，再次沉溺在謀殺天后所編織的日常世界中的奇幻，無可自拔。犯罪動機和手法穿越時空限制，如今讀來合理且依舊令人感動，閱讀中趣味橫生，難怪成為後來諸多偵探小說的原型。

克莉絲蒂創作生涯中產出的八十部推理作品，至今多部躍上大銀幕，無怪乎被稱之為「經典」，喜愛推理偵探作品的人不可不讀，你會驚異於她在文字中施展的魔法！

張東君（推理評論家、科普作家）

我愛克莉絲蒂！這位在台灣有時會被稱為克奶奶的超級暢銷推理小說家，即使是自認沒讀過她的書的人，也都會在各種書籍或影視作品中看到對她致敬的片段。由於她喜歡旅行和冒險，那些經驗與體驗都成為書中的場景，因此閱讀她的作品時，不只是雀躍地跟著偵探推理，也有了虛擬的旅行體驗。或者當成旅遊導覽書，在出發去尼羅河、去英國鄉間、去搭船搭火車時，就塞一本克奶奶的作品到隨身背包中。

我還是大學新生時，就聽學姐說她哥哥經常看克奶奶的小說，而且邊看邊狂笑。於是我跟著效仿，在某次搭飛機之前買了第一本小說當旅伴，不只看得超開心，看完後還到處找尋書中出現的那種有兜帽的斗篷，當成出門時的必備用品。克奶奶的作品是跨越文字、國界的。只要看過一本，就會不停地追下去。還好，真的是還好只有八十本。何況這次是全新校訂的紀念珍藏版，當然不能錯過！

發光小魚（呂湘瑜）（文史作家、助理教授）

一部好的偵探小說，除了情節設計巧妙之外，還需要洞悉人性，如此方能合理地交代人物的言行舉止與動機。阿嘉莎．克莉絲蒂便是其中翹楚，她的作品不管是偵探、愛情小說或戲劇，必要元素都是謎題與人性。在寧靜無波的場景下暗潮洶湧，永遠都有意料之外，讀者的情緒也會隨著劇情的進行起伏糾結。克莉絲蒂觀察到時代的變化，將犯罪心理融入作品中，於是，看她的小說不只能得到解謎的快樂，同時對人性也能夠有所省思。

此外，克莉絲蒂豐富的人生歷練及旅行經歷，例如一九二二年的環球之旅、居住過也旅行過的巴黎和埃及，甚至是追隨考古學家丈夫前往的中東，都讓她的小說讀來更加充滿異國情調。如果你也愛旅行，不如就讓我們一同搭上那一班南法的藍色列車，或由伊斯坦堡出發的東方快車，跟著白羅鑽進一樁奇案，一嘗旅程中破解謎題的快感吧。

盧郁佳（作家）

國小時，家裡買了一套阿嘉莎．克莉絲蒂全集，從此成了我的毒品，在白癡課本將我的腦袋啃嚙成海綿般空洞時，撫慰受創的心靈，那時我仍對人心險惡一無所知。

數學課教你列算式，樂趣遠不如克莉絲蒂教你住宅平面圖、偷換時序的密室魔術，你從庭園長窗進房間，我從房門直通鄰房，他從走廊進房……從而學會故事是建構邏輯。她文風多變，時而《四大天王》中讓神探白羅向助手海斯汀大賣關子，眉頭緊皺，山雨欲來，預示天翻地覆，只能靠他拯救世界；時而用維吉尼亞．吳爾芙《自己的房間》中俏皮的語言，讓貧苦村姑安妮在《褐衣男子》中回憶南非出生入死的冒險，竟源於她耽讀村裡圖書館爛舊的冒險愛情小說，還有戲院每週末放映〈帕米拉歷險記〉，帕米拉每集從飛機跳落高空、搭潛艇、爬上摩天大樓，每次被黑幫老大抓到總不一刀斃命，卻老要用瓦斯毒死她，暗示續集又會逃出生天。

長大才發現，克莉絲蒂小說就是我的〈帕米拉歷險記〉：它以歌劇般輝煌龐大的天真陰謀、精細的人際觀察（一句話重音放在哪個字、從膝蓋鑑定女人的年齡等），召喚年輕讀者抱持浪漫精神投入未知的壯遊，瘋魔、衝撞、冒犯，傷痕累累毫無懼色。正如瓦斯在冒險片中太多、現實中卻太少；陰謀在現實中沒有克莉絲蒂寫得那麼複雜，但她刻畫的心理卻是現實中解謎的試金石。

賴以威（臺灣師範大學電機系副教授）

或許可以為經典下幾個定義：該領域的愛好者更都讀過；不是這個領域的愛好者，許多人也都聽過；影響後續的作品，在很多著作中都可以看到它的影子；值得反覆再三閱讀，每隔一陣子再讀都可以獲得閱讀的樂趣，有更多的體悟。我永遠記得第一次讀《東方快車謀殺案》時，被那宛如嚴謹設計數學謎題的鋪陳、推進給深深吸引、震撼。從這幾個角度來說，克莉絲蒂的推理小說被稱之為「經典」，可說是當之無愧。

謝哲青（作家、旅行家、知名節目主持人）

克莉絲蒂小說的魅力在於透過每個角色的對白，藉由不斷的說話來表現人物的個性，以彰顯其人格特質中一些無法被忽略的事實。我們從他們的言語、講話的過程和字裡行間，竟然就能知道誰是凶手。

我從克莉絲蒂的小說學到很多，除了推理小說有趣的事實之外，最重要的是，我在工作的職場跟人應對的時候，如何從語言和對話裡去捕捉某些隱而不顯的事實。許多人們欲蓋彌彰的東西，無論心事也好、祕密也好，克莉絲蒂都會用文學的手法，讓你理解語言的奧妙和魅力。

克莉絲蒂的書寫會讓你覺得彷彿自己也在現場，你可以從聽到的對話當中，學會如何理解人心的一些小技巧，這是小說家最出色、最偉大的地方。我們必須學習傾聽別人說話——這些人講話是真誠的嗎？他想要跟你分享什麼資訊？這些資訊可靠嗎？——這是我在閱讀推理小說時，最大的收穫和理解。

阿嘉莎・克莉絲蒂大事記

1890		•九月十五日出生於英格蘭德文郡托基鎮。
1894	4 歲	•開始在家自學，父母親、姐姐教導閱讀、寫作、算術和彈鋼琴。
1895	5 歲	•家中經濟走下坡，舉家搬至法國，學會流利的法語。
1905	15 歲	•在巴黎寄宿學校學鋼琴和聲樂，但生性極度害羞，未成為職業鋼琴家，最終回到英國。
1907	17 歲	•陪同母親前往埃及調養身體，對社交活動充滿興趣，但尚未對日後感興趣的埃及古物點燃熱情。 •回英國後繼續寫作、參與業餘戲劇表演。
1908	18 歲	•寫出第一篇短篇小說〈麗人之屋〉，同時也寫出第一部愛情小說《白雪黃漠》，以筆名向出版社投稿，但屢遭退稿。
1912	22 歲	•與英國皇家軍官亞契・克莉絲蒂（Archibald Christie）熱戀。 •八月爆發第一次世界大戰，亞契奉派到法國作戰。
1914	24 歲	•耶誕夜結婚，亞契隨即返回戰場。克莉絲蒂參與紅十字會工作，在醫院擔任護士和藥劑師，因此對藥理和毒物非常熟悉，造就後來多部推理小說情節都以毒藥殺人。
1916	26 歲	•開始嘗試寫推理小說，寫出第一部小說《史岱爾莊謀殺案》，主角偵探赫丘勒・白羅的靈感，來自於大戰期間英國鄉間的比利時難民營。本書歷經數家出版社退稿後，終獲柏德雷・海德（The Bodley Head）圖書公司的出版機會，之後並簽下另五本小說的合約。
1919	29 歲	•前一年亞契返回英國，八月生下女兒露莎琳。

1920　30 歲　• 出版《史岱爾莊謀殺案》。

1922　32 歲　• 出版第二部小說《隱身魔鬼》，主角是夫妻檔偵探湯米和陶品絲。
• 與亞契至南非、澳洲、紐西蘭、夏威夷和加拿大等國旅行十個月，在南非得到《褐衣男子》的靈感。

1923　33 歲　• 三月出版第三部小說《高爾夫球場命案》，白羅再度登場。

1926　36 歲　• 四月母親過世，克莉絲蒂陷入憂鬱。
• 六月在「威廉．柯林斯父子出版社」出版《羅傑艾克洛命案》。
• 八月亞契因外遇提出離婚，十二月初一次爭吵後，克莉絲蒂離家棄車失蹤，消息登上全國新聞。

1927　37 歲　• 一月在悲痛心情中寫出《藍色列車之謎》，第一次創造出聖瑪莉米德村，即後來瑪波小姐居住的村子。
• 分居期間在雜誌刊登以白羅為主角的短篇小說，後來集結出版《四大天王》。
• 十二月在雜誌刊登短篇小說〈週二夜間俱樂部〉，瑪波小姐初登場，後來收錄在一九三二年出版的短篇小說集《十三個難題》。

1928　38 歲　• 十月正式離婚，仍保留「克莉絲蒂」姓氏。
• 秋天搭乘「東方快車」前往土耳其的伊斯坦堡，再轉往伊拉克首都巴格達，參觀考古現場烏爾，認識考古學家伍利夫婦（Leonard and Katharine Woolley）。

1930　40 歲　• 二月應伍利夫婦之邀再訪烏爾，認識考古學家麥克斯．馬龍（Max Mallowan），九月於英國愛丁堡結婚。這段婚姻開啟克莉絲蒂旺盛的創作生涯，兩人到中東考古現場的旅行為許多作品帶來靈感。

- 婚後克莉絲蒂開始維持固定的寫作行程。十月出版《牧師公館謀殺案》，是第一部以瑪波小姐為主角的小說。
- 出版第一部以「瑪麗．魏斯麥珂特」（Mary Westmacott）為筆名的《撒旦的情歌》，並陸續發表了五部非犯罪小說。

1932　42 歲
- 出版《危機四伏》。

1934　44 歲
- 出版《東方快車謀殺案》，是白羅海外辦案三部曲之一，故事靈感來自中東的旅行經歷。一九七四年第一次改編成電影大獲好評。

1936　46 歲
- 出版《美索不達米亞驚魂》，白羅海外辦案三部曲之二。

1937　47 歲
- 出版《尼羅河謀殺案》，白羅海外辦案三部曲之三，故事背景是年輕時與母親同遊的埃及。一九七八年第一次改編成電影大受歡迎。

1939　49 歲
- 二次大戰期間，克莉絲蒂在大學學院醫院擔任義務藥師，學習到最新的毒藥知識，對於推理小說寫作大有助益。
- 出版《一個都不留》，是克莉絲蒂最著名作品之一。

1941　51 歲
- 出版《密碼》，呈現出克莉絲蒂對戰爭的看法。
- 出版《豔陽下的謀殺案》。

1942　52 歲
- 出版《藏書室的陌生人》、《五隻小豬之歌》等名作。

1944　54 歲
- 以「瑪麗．魏斯麥珂特」為筆名出版第三部作品《幸福假面》，被美國書評人發現是克莉絲蒂的作品，讓她從此失去匿名創作的自在樂趣。

1950　60 歲　• 獲選為皇家文學學會的會員。

1953　63 歲　• 出版《葬禮變奏曲》。

1956　66 歲　• 一月獲頒大英帝國爵級大十字勳章（GBE）。
• 十一月以「瑪麗・魏斯麥珂特」為筆名出版《愛的重量》，是這個筆名的最後一部作品。

1958　68 歲　• 成為「偵探作家俱樂部」主席。

1960　70 歲　• 馬龍獲頒大英帝國爵級大十字勳章。

1961　71 歲　• 獲得艾克塞特大學頒發榮譽文學博士學位。

1968　78 歲　• 馬龍獲封為爵士，克莉絲蒂亦被稱為馬龍爵士夫人。

1971　81 歲　• 獲頒大英帝國爵級司令勳章（DBE），獲封為女爵士。

1973　83 歲　• 出版最後一部創作《死亡暗道》，亦為湯米和陶品絲最後一次辦案。

1974　84 歲　• 最後一次公開露面，出席電影《東方快車謀殺案》首映會。

1975　85 歲　• 八月六日，白羅成為有史以來第一次在《紐約時報》頭版刊出訃聞的小說主角，宣傳九月即將出版的《謝幕》，這也是白羅最後一次辦案。

1976　86 歲　• 一月十二日去世。
• 十月出版《死亡不長眠》，瑪波小姐的最後一次辦案。

克莉絲蒂推理原著出版年表

1920 史岱爾莊謀殺案 The Mysterious Affair at Styles（神探白羅系列）
1922 隱身魔鬼 The Secret Adversary（神探湯米＆陶品絲系列）
1923 高爾夫球場命案 The Murder on the Links（神探白羅系列）
1924 白羅出擊 Poirot Investigates（神探白羅系列）
1924 褐衣男子 The Man in the Brown Suit（神探雷斯上校系列）
1925 煙囪的祕密 The Secret of Chimneys（神探巴鬥主任系列）
1926 羅傑艾克洛命案 The Murder of Roger Ackroyd（神探白羅系列）
1927 四大天王 The Big Four（神探白羅系列）
1928 藍色列車之謎 The Mystery of the Blue Train（神探白羅系列）
1929 七鐘面 The Seven Dials Mystery（神探巴鬥主任系列）
1929 鴛鴦神探 Partners in Crime（神探湯米＆陶品絲系列）
1930 牧師公館謀殺案 The Murder at the Vicarage（神探瑪波系列）
1930 謎樣的鬼豔先生 The Mysterious Mr. Quin（神探鬼豔先生系列）
1931 西塔佛祕案 The Sittaford Mystery
1932 十三個難題 The Thirteen Problems（神探瑪波系列）
1932 危機四伏 Peril at End House（神探白羅系列）
1933 十三人的晚宴 Lord Edgware Dies（神探白羅系列）
1933 死亡之犬 The Hound of Death
1934 三幕悲劇 Three Act Tragedy（神探白羅系列）
1934 李斯特岱奇案 The Listerdale Mystery
1934 帕克潘調查簿 Parker Pyne Investigates（神探帕克潘系列）
1934 東方快車謀殺案 Murder on the Orient Express（神探白羅系列）
1934 為什麼不找伊文斯？ Why Didn't They Ask Evans?
1935 謀殺在雲端 Death in the Clouds（神探白羅系列）
1936 ABC 謀殺案 The A.B.C. Murders（神探白羅系列）
1936 底牌 Cards on the Table（神探白羅系列）
1936 美索不達米亞驚魂 Murder in Mesopotamia（神探白羅系列）

1937 巴石立花園街謀殺案 Murder in the Mews（神探白羅系列）
1937 尼羅河謀殺案 Death on the Nile（神探白羅系列）
1937 死無對證 Dumb Witness（神探白羅系列）
1938 白羅的聖誕假期 Hercule Poirot's Christmas（神探白羅系列）
1938 死亡約會 Appointment with Death（神探白羅系列）
1939 一個都不留 And Then There Were None
1939 殺人不難 Murder Is Easy/Easy to Kill（神探巴鬥主任系列）
1940 一，二，縫好鞋釦 One, Two, Buckle My Shoe（神探白羅系列）
1940 絲柏的哀歌 Sad Cypress（神探白羅系列）
1941 密碼 N Or M?（神探湯米＆陶品絲系列）
1941 豔陽下的謀殺案 Evil Under the Sun（神探白羅系列）
1942 五隻小豬之歌 Five Little Pigs（神探白羅系列）
1942 藏書室的陌生人 The Body in the Library（神探瑪波系列）
1943 幕後黑手 The Moving Finger（神探瑪波系列）
1944 本末倒置 Towards Zero（神探巴鬥主任系列）
1945 死亡終有時 Death Comes as the End
1945 魂縈舊恨 Remembered Death（神探雷斯上校系列）
1946 池邊的幻影 The Hollow（神探白羅系列）
1947 赫丘勒的十二道任務 The Labours of Hercules（神探白羅系列）
1948 順水推舟 Taken at the Flood（神探白羅系列）
1949 畸屋 Crooked House
1950 謀殺啟事 A Murder Is Announced（神探瑪波系列）
1951 巴格達風雲 They Came to Baghdad
1952 殺手魔術 They Do It with Mirrors（神探瑪波系列）
1952 麥金堤太太之死 Mrs. McGinty's Dead（神探白羅系列）
1953 黑麥滿口袋 A Pocket Full of Rye（神探瑪波系列）
1953 葬禮變奏曲 After the Funeral（神探白羅系列）

1954　未知的旅途 Destination Unknown
1955　國際學舍謀殺案 Hickory, Dickory, Dock（神探白羅系列）
1956　弄假成真 Dead Man's Folly（神探白羅系列）
1957　殺人一瞬間 4:50 from Paddington（神探瑪波系列）
1958　無辜者的試煉 Ordeal by Innocence
1959　鴿群裡的貓 Cat Among the Pigeons（神探白羅系列）
1960　哪個聖誕布丁？ The Adventure of the Christmas Pudding（神探白羅系列）
1961　白馬酒館 The Pale Horse
1962　破鏡謀殺案 The Mirror Crack'd from Side to Side（神探瑪波系列）
1963　怪鐘 The Clocks（神探白羅系列）
1964　加勒比海疑雲 A Caribbean Mystery（神探瑪波系列）
1965　柏翠門旅館 At Bertram's Hotel（神探瑪波系列）
1966　第三個單身女郎 Third Girl（神探白羅系列）
1967　無盡的夜 Endless Night
1968　顫刺的預兆 By the Pricking of My Thumbs（神探湯米＆陶品絲系列）
1969　萬聖節派對 Hallowe'en Party（神探白羅系列）
1970　法蘭克福機場怪客 Passengers to Frankfurt
1971　復仇女神 Nemesis（神探瑪波系列）
1972　問大象去吧！ Elephants Can Remember（神探白羅系列）
1973　死亡暗道 Postern of Fate（神探湯米＆陶品絲系列）
1974　白羅的初期探案 Poirot's Early Cases（神探白羅系列）
1975　謝幕 Curtain: Hercule Poirot's Last Case（神探白羅系列）
1976　死亡不長眠 Sleeping Murder（神探瑪波系列）
1979　瑪波小姐的完結篇 Miss Marple's Final Cases（神探瑪波系列）
1991　情牽波倫沙 Problem at Pollensa Bay
1997　殘光夜影 While the Light Lasts

國家圖書館出版品預行編目（CIP）資料

赫丘勒的十二道任務 / 阿嘉莎．克莉絲蒂（Agatha Christie）著；屠珍譯. -- 二版. -- 臺北市：遠流出版事業股份有限公司, 2022.10
面；　公分. -- (克莉絲蒂繁體中文版20週年紀念珍藏；21)
譯自：The labours of Hercules
ISBN 978-957-32-9748-2(平裝)

873.57　　111013860

克莉絲蒂繁體中文版 20 週年紀念珍藏 21

赫丘勒的十二道任務

作者 / 阿嘉莎．克莉絲蒂
譯者 / 屠珍

主編 / 陳懿文、余式恕　校對 / 呂佳真
封面、內頁設計 / 謝佳穎　排版 / 連紫吟、曹任華
行銷企劃 / 舒意雯　出版一部總編輯暨總監 / 王明雪

發行人 / 王榮文
出版發行 / 遠流出版事業股份有限公司
地址 / 104005臺北市中山北路一段11號13樓
電話 / (02)2571-0297　傳眞 / (02)2571-0197　郵撥 / 0189456-1
著作權顧問 / 蕭雄淋律師

2002年9月1日 初版一刷
2022年10月1日 二版一刷
定價 / 新臺幣380元 (缺頁或破損的書，請寄回更換)

ISBN 978-957-32-9748-2

遠流博識網 http://www.ylib.com　E-mail: ylib@ylib.com
遠流粉絲團 https://www.facebook.com/ylibfans

www.agathachristie.com